KB118113

스카이 섬에서
온 편지

LETTERS FROM SKYE
by Jessica Brockmole

Copyright ⓒ Jessica Brockmole, 2013
Korean Translation Copyright ⓒ MUNHAKDONGNE Publishing Corp., 2017

This Korean edition is published by arrangement with
Random House, an imprint of The Random House Publishing Group,
a division of Radom House, Inc through Imprima Korea Agency.
All Rights Reserved.

이 책의 한국어판 저작권은 Imprima Korea Agency를 통해
Random House, an imprint of The Random House Publishing Group,
a division of Radom House, Inc 사와 독점 계약한 (주)문학동네에 있습니다.
저작권법에 의해 한국 내에서 보호를 받는 저작물이므로
무단 전재 및 무단 복제를 금합니다.

이 도서의 국립중앙도서관 출판예정도서목록(CIP)은
서지정보유통지원시스템 홈페이지(http://seoji.nl.go.kr)와
국가자료공동목록시스템(http://www.nl.go.kr/kolisnet)에서 이용하실 수 있습니다.
(CIP제어번호: CIP2017008816)

스카이 섬에서 온 편지

제시카 브록몰 장편소설

정서진 옮김

문학동네

일러두기

1. 주석은 모두 옮긴이주다.
2. 본문 중 고딕체는 원서에서 이탤릭체나 대문자로 강조한 부분이다.

나의 숨결,

나의 빛,

내 마음이 찾아 날아가는 이.

짐을 위해

차례

：

1장

♻

엘스페스

미국 일리노이 주 어배나

1912년 3월 5일

친애하는 작가님께,

작가님께서 행여 저를 주제넘다고 생각하실까봐 조심스러웠지
만 시집 『독수리 둥지에서』에 대한 제 존경의 마음을 표현하기 위
해 이 편지를 쓰고 싶었습니다. 사실을 말하자면, 저는 평소에 시
를 읽는 남자는 아닙니다. 대개는 책장 모서리가 잔뜩 접혀 있는
『허클베리 핀의 모험』이나 목숨을 건 위험과 탈출에 관한 이야기
를 읽곤 합니다. 하지만 작가님의 시에 담긴 무언가가 지난 몇 년
동안의 그 어떤 것보다 더 제 마음을 어루만져주었습니다.

저는 현재 병원에 입원중인데, 제 기분을 북돋우는 데는 이 작
은 책이 간호사들보다 훨씬 낫답니다. 특히 필 삼촌처럼 콧수염이

난 간호사에 비하면 훨씬 낫지요. 그 간호사도 지난 몇 년간 남다를 정도로 저를 어루만졌지만, 그 방식은 아주 흥미롭지 못했습니다. 보통때 저는 퇴원시켜달라고 성가시게 의사들을 졸라댄답니다. 그래야 제가 꾸미고 있던 계략을 마저 짜러 돌아갈 수 있으니까요. 지난주만 하더라도 학과장의 말을 파란색으로 칠해놓았고, 또 그의 테리어 강아지에게도 같은 색을 선사해주려고 기대하고 있었습니다. 하지만 작가님의 책이 제 손에 있으니, 오렌지맛 젤리를 계속 가져다주기만 한다면 얼마든지 가만히 지낼 수 있을 것 같습니다.

작가님의 시들은 대부분 삶의 두려움을 밟고 일어서서 다음 봉우리를 오르는 것에 대해 이야기하고 있더군요. 짐작하셨을 수도 있겠지만, 저는 두려워하는 게 거의 없습니다(털투성이 간호사와 그녀가 집요하게 가져오는 체온계는 예외지만요). 그렇지만 작가님처럼 책을 출간하신 분께 불쑥 편지를 쓰는 일, 이것이야말로 단연코 저의 가장 대담한 행동인 것처럼 느껴집니다.

저는 이 편지를 작가님의 책을 출간한 런던의 출판사에 보내려고 합니다. 이 편지가 작가님께 잘 도착하기를 기도하겠습니다. 그리고 작가님의 감동적인 시에 보답할 수 있는 일이 있다면—이를테면 말에다가 색을 칠하는 것 같은—그저 말씀만 하십시오.

존경의 마음을 가득 담아,
데이비드 그레이엄

스카이 섬

1912년 3월 25일

그레이엄 씨께,

저희 동네의 작은 우체국에서 벌어진 소동을 그레이엄 씨도 보셨어야 하는데. 그쪽 미국인들이 말하는 '팬'으로부터 처음 받아보는 편지를 읽는 제 모습을 모두가 모여서 지켜봤거든요. 그 가련한 사람들은 섬 밖의 누구도 제 시를 눈여겨보지 않을 거라 생각했던 것 같아요. 무엇 때문에 그 사람들이 그렇게 흥미를 보였는지 모르겠어요. 누군가가 정말로 제 책을 읽었다는 것 때문일까요, 아니면 그 사람이 미국인이라는 사실 때문일까요? 미국인들은 모두 무법자에 카우보이들이 아니었나요?

제 보잘것없는 작품이 아메리카 대륙까지 건너갔다는 사실에 저 자신도 다소 놀랐다는 걸 인정해야겠군요. 『독수리 둥지에서』는 비교적 최근에 출간된 책이라, 벌써 대양을 건너갔으리라곤 생각지도 못했습니다. 어떤 경로로 그 책을 구하셨든, 저 말고도 그 보잘것없는 시집을 읽은 분이 계시다는 사실을 알게 되어 그저 기쁠 따름입니다.

감사의 마음을 담아,

엘스페스 던

미국 일리노이 주 어배나

1912년 4월 10일

친애하는 던 양께,

무엇이 제게 더 현기증을 일으킨 것일까요. 『독수리 둥지에서』가 "비교적 최근에 출간된 책"이라는 사실을 알게 되어서인지, 아니면 이토록 존경받는 시인께 답장을 받아서인지 모르겠습니다. 분명 작가님은 운율을 맞추거나 기지가 번득이는 유의어 목록(찬연하다, 찬란하다, 난연하다)을 작성하느라 무척 바쁘시겠지요. 저로 말씀드릴 것 같으면 제임스 갱단을 비롯한 무법자와 카우보이들과 은행을 털며 하루하루를 보내고 있습니다.

시집은 옥스퍼드에 다니는 제 친구가 보내주었습니다. 충격적이고 실망스럽게도 여기 미국에서는 작가님의 책을 보지 못했습니다. 대학 도서관을 샅샅이 찾아보았지만 한 권도 나오지 않더군요. 이제 작가님의 다른 책들도 책방 서가에 숨어 있다는 걸 알았으니 제 친구에게 더 보내달라고 부탁해야겠네요.

제 편지가 작가님이 처음 받아보는 '팬'레터라는 답장을 읽고 무척 놀랐습니다. 제 편지가 수북이 쌓여 있는 편지 중 하나일 거라고 확신해, 재기 넘치고 마음을 사로잡는 편지를 쓰려고 정말 고심했는데 말입니다. 아마도 다른 독자들은 저만큼 대담하지(아니면 충동적이지) 못했나봅니다.

안부를 전하며,
데이비드 그레이엄

추신: 그런데 스카이 섬은 대체 어디에 있는 거죠?

스카이 섬
1912년 5월 1일

그레이엄 씨께,

제가 사는 이 아름다운 섬이 어디 있는지 모르신다고요? 말도 안 돼요! 그건 제가 일리노이 주 어배나에 대해 한 번도 들어본 적 없다고 말하는 것이나 다름없다고요.

제가 사는 섬은 스코틀랜드 북서부에 위치해 있습니다. 토속신앙이 살아 있고 야생 그대로의 모습을 간직한 푸르른 섬인데, 정말 아름다워 다른 곳에 산다는 것은 상상조차 할 수 없답니다. 제가 사는 페잉커런의 그림을 동봉합니다. 호수를 둘러싼 언덕들 사이에 제 작은 집이 자리잡고 있어요. 당신에게 보낼 이 그림을 그리기 위해 히스꽃이나 양들의 배설물로 덮여 있지 않은 풀밭을 찾아 호수 주위를 돈 다음, 양이 지나다니는 반대편 언덕 오솔길까지 걸어올라갔다는 걸 알려드려야겠군요. 제게 일리노이 주 어배나의 그림을 보내실 때 저처럼 해주시기를 기대해보겠습니다.

당신은 어배나에서 강의를 하나요? 아니면 공부? 안타깝게도 미국인들이 대학에서 어떤 일을 하는지 모르겠군요.

엘스페스 던

추신: 참, 저는 '던 부인'이랍니다.

미국 일리노이 주 어배나
1912년 6월 17일

던 부인께(제 외람된 추측을 용서해주세요!),

참으로 아름다운 시를 쓰실 뿐만 아니라 그림까지 그리시는군요. 저에게 보내주신 그림을 보니 솜씨가 정말 대단합니다. 작가님이 못하시는 것도 있나요?

제 그림 솜씨는 작가님의 10분의 1에도 못 미치기에 대신 그림엽서를 몇 장 보냅니다. 하나는 대학 강당이고, 두번째는 도서관 건물 위 탑입니다. 나쁘지 않지요? 일리노이와 스카이 섬은 아주 다른 곳인 것 같군요. 여기에서는 산을 볼 수가 없어요. 캠퍼스를 벗어나면 눈에 보이는 거라곤 온통 옥수수뿐입니다.

제 생각에 저는 여느 미국 대학생이라면 다 하는 일을 하고 있습니다. 공부, 파이 엄청나게 먹기, 학과장과 그가 키우는 말 괴롭히기. 자연과학을 전공하는데 과정이 곧 끝납니다. 아버지는 제가 의대에 진학해서 언젠가는 당신처럼 개업의가 되기를 바라세요. 하지만 저는 아버지만큼 제 미래에 확신이 없어요. 지금으로서는 대학에서의 마지막 해를 제정신으로 온전하게 헤쳐나가려고 노력할 따름입니다!

데이비드 그레이엄

스카이 섬

1912년 7월 11일

그레이엄 씨께,

"작가님이 못하시는 것도 있나요?" 하고 물었지요. 글쎄요, 저는 춤을 못 춰요. 가죽 무두질, 맥주통 만들기, 작살 쏘기도 못하고요. 특히 요리 솜씨가 없답니다. 며칠 전에 수프를 태웠다면 믿으시겠어요? 그렇지만 노래는 꽤 잘 부르고, 라이플 명사수에 코넷 연주도 할 수 있고(누구나 다 하지 않나요?), 아마추어 지질학자로서의 자질도 좀 있답니다. 그리고 제 인생이 달린 듯 전력을 다해 근사한 양고기 구이를 만들지는 못하지만, 기막히게 맛좋은 크리스마스 푸딩은 만들 수 있어요.

이렇게 말해 미안하지만, 어째서 마음이 끌리지 않는 분야를 공부하느라 당신의 시간 전부를(그리고 정신까지) 쏟는 거죠? 만약 저한테 대학을 갈 기회가 있었다면 관심이 가지 않는 과목에는 조금도 시간을 쓰지 않았을 거예요.

저라면 대학 생활 내내 시를 읽으며 보냈을 것 같아요. 그보다 시간을 보내는 더 좋은 방법은 없으니까요. 하지만 '진정한 시인'인 체하며 살아온 수많은 시간이 차곡차곡 쌓인 현재로서는 교수에게 배울 게 많지는 않을 것 같아요.

아니, 여성스럽지 않다고 생각되겠지만, 저라면 지질학을 전공

했을 거예요. 핀레이 오빠는 바다에 나갔다 올 때마다 제게 맨들맨
들한 암석들을 가져다줘요. 그 암석들이 어디에서 왔는지, 어떻게
웨스턴아일스까지 밀려온 것인지 호기심을 떨쳐버릴 수 없답니다.

자, 이제 당신은 제가 꽁꽁 숨겨두었던 소망을 알게 됐네요! 그
대가로 당신의 첫아이를 데려와야겠어요. 아니면 당신의 비밀 하
나로 만족할 수 있을 것 같기도 하고요. 자연과학이 아니었다면 당
신은 지금 무엇을 전공하고 있었을까요? 무엇보다 당신이 살면서
진정 하고 싶은 일은 무엇인가요?

엘스페스

미국 일리노이 주 어배나
1912년 8월 12일

룸펠슈틸츠헨*에게,

당신이 제게 코넷 연주법을 가르쳐주신다면, 저는 춤을 가르쳐
드릴게요!

지질학을 하는 게 여성스럽지 않다고 생각하지는 않습니다. 왜
섬을 떠나 대학에 안 가신 거죠? 제가 일리노이 주 중부 지역보다
지질학적으로 흥미로운 곳에 살았더라면, 저도 그런 분야의 공부를

---

* 독일 민화에 나오는 난쟁이 요정으로, 난처한 입장에 처한 아가씨를 도운 다음 그
대가로 그녀의 첫아이를 달라고 요구한다.

고민해봤을지 모릅니다. 저는 늘 미국 문학―트웨인, 어빙 등―
을 공부하고 싶었지만, 아버지는 "이야기나 읽으며" 사 년을 보내
라고 등록금을 대주실 순 없다고 하셨죠.

어쨌든, 제가 가장 하고 싶은 일이 뭐냐고요? 쉬운 질문이지만,
얼른 대답을 못하겠네요. 유감스럽지만 제 첫아이를 받아주셔야
할 것 같습니다.

데이비드

스카이 섬
1912년 9월 1일

그레이엄 씨에게,

음, 이제 제 궁금증이 극에 달했어요! 어렸을 때는 뭐가 되고 싶
었나요? 해군 대령? 서커스단 곡예사? 향수 외판원? 꼭, 꼭 말해
주셔야 해요, 안 그러면 저 혼자 온갖 추측을 할 테니까요. 어찌되
었든 저는 시인인데다 요정과 유령을 믿는 사람들에 둘러싸여 살
고 있어, 상상력이 꽤 풍부하답니다.

어째서 섬을 떠나 어딘가 다른 곳에 있는 대학에 가지 않았느냐
고 물으셨는데, 고백할 게 하나 있습니다. 뭐랄까, 이건 무척 부끄
러운 이야기입니다.

심호흡 좀 한번 할게요.

저는 한 번도 스카이 섬을 떠나본 적이 없어요. 제 평생, 단 한

번도! 그 이유는…… 음, 배를 두려워해요. 수영을 못하고, 심지어 수영을 배우기 위해 물속에 들어가야 하는 것도 무서워요. 아마 당신은 웃다가 의자에서 떨어질 뻔했겠지요. 섬에 산다는 사람이 물을 그토록 무서워한다고? 그렇지만 사실이에요. 대학의 매력 앞에서도 배 위로 발을 디딜 엄두를 낼 수 없었죠. 노력은 했답니다. 정말로 노력했어요! 사실은 대학 입학시험을 볼 계획도 세워놓았었죠. 트렁크도 다 꾸려놓았었고요. 핀레이 오빠와 나, 우리는 정말이지 함께 시도해보려고 했어요. 하지만 제 눈에 페리가 들어온 순간…… 오, 그 배는 항해에 적합해 보이지 않더군요. 배가 물위에 뜬다는 건 적절한 일 같지 않아요. 저에게 위스키를 아무리 많이 마시게 한다 해도 저를 배에 오르도록 꾀어내지는 못할 거예요.

자, 보세요! 이제 당신은 제 비밀 가운데 두 가지를 알게 됐어요. 지질학에 관한 어처구니없는 열망, 그리고 물과 배를 향한 더욱더 어처구니없는 두려움에 대해서요. 그러니 이제 제게 비밀을 털어놓으셔도 분명 마음이 놓이실 거예요. 제가 그 비밀을 전할 데가 (양 말고는) 없다는 이유만으로도 저를 믿으실 수 있을 거예요.

엘스페스

추신: 저를 '던 부인'이라고 부르지 말아주세요.

2장

마거릿

보더스 주
1940년 6월 4일 화요일

사랑하는 엄마,

또다른 아이들을 데려다주었어요! 폭격에 대비해 아이들을 모두 시골로 대피시켰으니 에든버러에는 틀림없이 한 명의 아이도 남아 있지 않을 거예요. 이번에 데려간 세 아이는 다른 애들보다는 나은 편이에요. 최소한 자기 혼자서 제대로 코를 풀 줄 알거든요.

아이들이 이곳에 잘 적응하도록 돌볼게요. 그리고 선덜랜드 부인께 피블스에 있는 부인의 아이들을 보러 잠깐이라도 다녀오겠다고 약속드렸어요. 폴에게선 편지가 왔나요?

사랑과 키스를 전하며,
마거릿

에든버러

1940년 6월 8일

마거릿,

네 몸을 너무 돌보지 않고 있구나. 애버딘셔에서 돌아온 지 얼마 되지도 않았는데. 여기 아가씨들은 대부분 한곳에서 지내면서 붕대를 감거나 전함을 만들거나 아니면 요즘 젊은 여자들이 하는 일이라면 뭐든 하고 있단다. 그런데 넌 가난한 아이들이 따라나섰던 피리 부는 사나이라도 된 양 스코틀랜드 시골을 여기저기 누비며 지내고 있구나. 네가 나침반 바늘의 이쪽 끝과 저쪽 끝이 뭐가 다른지 구분 못한다는 걸 그애들은 모르지? 그리고 네가 최근에야 코를 제대로 풀 줄 알게 됐다는 것도?

그건 그렇고 폴에게서는 편지가 없구나. 믿음을 가지렴. 폴에게 기대할 수 있는 게 하나 있다면, 바로 편지잖니. 한 통이 도착하고 나면 그다음에는 백 통이 넘는 편지가 올 거야.

안전에 신경쓰거라,
엄마가

여전히 보더스 주

1940년 6월 12일 수요일

엄마께,

제 가장 친한 친구는 영국 공군이 되어 유럽 상공을 비행하는데, 저는 도대체 왜 스코틀랜드를 비행할 수 없는 거죠?

그런데 그에게서는 아직 소식이 없죠? 사람들은 영국 공군이 됭케르크에 없다고들 말하고, 폴은 "곧 돌아올 거야"라고 편지를 쓴 이후 소식이 끊겼어요. 그는 대체 어디로 가버린 걸까요? 우표가 떨어졌거나 아니면 프랑스에서 돌아오지 않은 거겠죠.

실제로는 걱정하지 않으려고 노력중이에요. 아이들은 엄마와 떨어져 있는 것만으로도 이미 충분히 불안할 텐데, 저까지 아이들의 마음을 더 힘들게 하고 싶진 않으니까요.

아침에 피블스에 갔다가 그곳에서 에든버러로 출발할 거예요. 저를 위해 차와 매키 빵집의 케이크를 준비해주세요! 부탁을 안 들어주시면 인버네스에 도착할 때까지 그냥 기차에 눌러앉아 있을지 몰라요……

사랑과 키스를 전하며,
마거릿

에든버러
1940년 6월 15일

마거릿,

너를 집으로 유인하는 데 필요한 게 매키의 케이크라는 걸 알았다면, 배급받은 설탕이든 뭐든 가지고 오래전에 시도해봤을 텐데!

여전히 폴에게선 소식이 없구나. 하지만 이런 전시 상황에는 우편 제도를 신뢰하기가 어렵잖니. 전에는 네가 이토록 폴을 걱정하는 걸 본 적이 없는 것 같은데. 그냥 편지로 소식을 주고받던 친구가 아니었나?

엄마

피블스
1940년 6월 17일 월요일

엄마,

저는 여전히 피블스에 있어요. 기차 시간표는 뒤죽박죽이고, 고집불통 애니 선덜랜드는 여행가방에 자기를 넣어 에든버러까지 데려가달라고 졸라대요. 제가 그애의 발을 바닥에 붙여놓겠다고 겁을 주니까, 그럼 이야기만 하나 더 해달라고 애원하더라고요. 그애의 커다란 갈색 눈은 엄마도 잘 아시죠? 그러니 어떻게 안 된다고 하겠어요? 그애는 자기 엄마가 보고 싶어 그러는 건데. 그래도 애니와 남자애들이 함께 지내게 된 가족은 참 좋은 분들이에요. 선덜랜드 부인께 좋은 소식을 전할 수 있을 것 같아요.

엄마한테 진작 말씀드려야 했는데, 폴은 편지 친구에서 조금 더 나아간 사이라고 할까요. 적어도 그는 그렇게 생각해요. 폴은 저를 사랑한다고 믿어요. 정말 어처구니가 없어서 그에게도 그렇게 말했어요. 우린 그냥 친구 사이예요. 물론 가장 친한 친구이긴 해요. 우리가 늘 함께 하이킹을 다니고, 암벽을 타고, 샌드위치를 나눠 먹고, 어울려 다닌 걸 엄마도 기억하시잖아요. 그런데 사랑이라뇨? 엄마가 웃으실 것 같아 미리 말씀드리지 못했어요. 그는 정말 바보같이 굴어요, 안 그래요?

저는 내일 집에 도착할 것 같아요. 피블스에서 집까지 한 걸음씩 걸어서 가야 한다면 다음주가 되겠지만요. 전진!

사랑과 키스를 전하며,
마거릿

우체국 전보
1940.6.18. 플리머스

마거릿 던 에든버러
메이지 걱정 말길 난 무사해=
플리머스에서 단기 휴가중=
너를 생각하며=
폴+

엄마!

그가 소식을 보내왔어요!

테이블 위에 전보가 세워져 있는 걸 보고는 엄마가 성당에서 돌아오실 때까지 기다릴 수 없었어요. 남쪽으로 가는 기차를 놓칠까 봐 걱정이 되어서요. 케이크는 제가 모두 싸들고 왔어요. 그에게 아주 특별한 선물이 될 거예요. 엄마가 언짢아하시지 않았으면 좋겠어요.

제 여행가방과 저는 곧장 웨이벌리 역으로 되돌아갑니다. 도착하면 편지 드릴게요.

그가 소식을 보내왔어요.

마거릿

에든버러
1940년 6월 18일

오, 내 딸 마거릿,

내가 이 편지를 부치지 못하리란 걸 알고 있다. 내 말들을 종이에 다 옮긴 순간, 난 이걸 결국 벽난로 속에 던져넣고 말겠지. 테이블 위, 빵 부스러기만 남은 텅 빈 케이크 접시에 놓인 네 메모를 읽고 내 마음이 얼마나 아팠는지 네가 알 수 있다면. 짧은 한순간의 만남을 위해 누군가를 뒤따라가는 게 어떤 기분인지, 그리고 그를 품에 안는 짧은 순간 돌아가던 세상이 멈춘다는 게 어떤 건지, 그러다가 세상이 다시 걷잡을 수 없이 움직이고 너는 결국 땅에 떨어져 혼란 속에 남는다는 게 어떤 것인지 네가 알 수만 있다면. 만날 때 나누는 안녕이란 인사가 백 번의 작별 인사보다 더 마음이 아프다는 것을 네가 알게 된다면.

하지만 넌 모르겠지. 내가 너에게 말한 적이 없으니까. 넌 내게 숨기는 게 없었지만, 난 늘 나 자신의 일부를 감추고 있었단다. 그런데 그 일부가 이 전쟁이 시작되던 날 벽을 긁기 시작하더니, 네가 너의 군인을 만나러 집을 떠난 날, 바로 지금 나오려고 울부짖기 시작하는구나.

네게 말했어야 했는데, 네가 마음을 단단히 먹도록 알려줬어야 했는데. 편지가 그저 한 통의 편지로만 남는 게 아니라는 걸 꼭 말했어야 했는데. 편지지 위에 놓인 말들이 영혼을 적실 수 있다는 걸. 네가 그걸 알 수만 있다면.

엄마

3장

엘스페스

미국 일리노이 주 어배나
1912년 9월 21일

친애하는 엘스페스,

'던 부인'이 아니라면, 뭐라고 불러야 할까요? 당신의 친구분들
은 뭐라고 부르나요? 엘리? 리비? 엘시? 여기에서 저는 '모트'로
알려져 있지만(왜냐고 묻지 마세요), 어머니는 '데이비'라고 부릅
니다.

한 번도 스카이 섬을 떠나본 적이 없다고요? 전 그게 왜 그렇게
믿기 힘든 사실이라는 건지 모르겠습니다. 바다에 대한 두려움을
품은 사람들이야 항상 있을 테니까요. 그리고 바다에 그렇게 가까
이 사는 사람이라면, 바다가 얼마나 무서울 수 있는지 직접 봤을
테고요. 다리도 건너보신 적이 없나요?

자, 그럼 정말로 제 비밀을 알고 싶으신 거죠? 부모님도 모르고, 친구들이 들으면 배꼽 빠지게 웃어댈 이야긴데. 자, 시작하겠습니다. 제가 이 세상에서 무엇이든 될 수 있다면, 전 무용수가 될 거예요. 니진스키 같은 발레 무용수. 파리에서 그가 춤추는 걸 봤는데, 굉장했어요! 사실, '굉장하다'라는 말로는 부족할 정도였어요. 무대에서 얼마나 멀리 떨어져 있는 좌석이든, 자리를 구할 수 있는 밤이면 무조건 공연을 보러 갔어요. 인간이 그처럼 높게 날아올라 빙그르 돌 수 있다는 걸 그전까지는 몰랐어요. 그런데 그는 그 모든 동작을 전혀 힘도 들이지 않고 하는 거예요! 무용 수업을 들어본 적은 없지만, 저는 항상 춤을 꽤 잘 춘다는 소리를 들어왔어요. 어쩌면 차세대 니진스키가 될지도 모르죠.

됐죠! 이제 제 비밀을 아셨죠! 제 사회생활의 미래가 당신의 손바닥 안에 놓였어요.

저멀리 스코틀랜드에서 웃음소리가 들려오는 것 같네요.

이제 줄여야겠어요. 곧 나무 전쟁이 시작되거든요!

안부를 전하며,

데이비드

스카이 섬

1912년 10월 10일

데이비,

아주 멋져요! 이 세상엔 남성 발레 무용수가 더 많이 필요해요. 여성 지리학자가 더 많이 필요한 것처럼.

그런데 나무 전쟁이 무엇인지 이야기해줄래요? 일리노이 주에는 수목이 그토록 부족해 시민들이 전쟁에 나서야 할 정도인가요? 물론 스카이 섬에도 나무가 부족하긴 하지만, 전쟁까지 할 필요는 없거든요. 상황이 그 정도로 심각하다면 제게 알려주세요. 묘목 한두 그루 정도는 우편으로 보내드릴게요.

이곳 바다에는 '아흐 이슈케'가 살고 있대요. 그건 물에 사는 말이에요. 말은 희생자들을 바닷속으로 끌고 들어가 송곳니로 갈기갈기 몸을 찢어버리고 간만 남겨놓는데, 끔찍하게도 그게 해면에 떠오른대요. 이런 이야기를 듣고 자란 제가 어떻게 바다에 발을 들여놓겠어요?

사실 제가 그러는 데에는 이유가 있어요. 바다는 무서운 곳일 수 있어요. 제 아버지는 어부예요. 앨러스데어 오빠도 어부였는데, 어느 날 영영 돌아오지 못했어요. 오빠가 탔던 배는 지붕 널빤지가 산산조각 난 채 돌아왔고요. 네, 맞아요, 저는 바다의 위험에 대해 아주 잘 알고 있어요. 스카이 섬에서 본토까지 이어주는 다리가 있었다면 떠났을지도 모르죠. 하지만 제가 배를 타는 게 무서워 이렇게 끙끙대는 한, 그런 날이 오기 전까지는 늘 제가 사는 섬의 포로로 남아 있어야 할 것 같군요.

엘스페스

추신: 이상하게 들릴지 모르겠지만 제 친구들은 저를 '엘스페

스'라고 불러요. 하지만 아직 당신은 친구라고 할 만큼 저를 잘 아는 게 아니니 그냥 좋으실 대로 부르세요.

미국 일리노이 주 어배나
1912년 11월 3일

제가 부르고 싶은 대로요? 그럼 수로 할게요!

나무 전쟁이요? 그건 그냥 우스꽝스러운 게임이에요. 모든 학년이 캠퍼스에 나무를 심고 서로 다른 학년의 나무를 죽이는 거예요. 저희 학년은 이미 나무 한 그루를 잃었어요. 그래서 새로 나무를 심었는데, 내년에 졸업하는 저희들은 가장 최근에 심은 이 나무에 높은 기대를 걸고 있어요. 우리는 물을 담은 종이 부대와 달걀로 무장한 채 교대로 나무를 지키고 있습니다. 대니 노턴이란 친구는 효능이 확실하다며 나무에다 자기가 조제했다는 무슨 액체를 주고 있는데, 제 생각에는 냄새를 가리려고 베이럼 오일을 좀 섞었을 뿐 그냥 맥주인 것 같아요. 그런데 그게 효과가 있었는지 그 나무는 아직 세상을 뜨지 않았거든요. 전날 밤에 우린 일 년 후배들의 묘목을 뿌리째 뽑아버렸고요!

나무 전쟁이 있긴 하지만 모든 일이 다 재미있는 건 아닙니다. 이번 학기는 상당히 어렵다는 게 이미 드러났거든요. 제 친구들은 4학년이 가장 쉽다고 생각하지만, 제가 듣고 있는 수업들은 만만치가 않습니다. 도서관에서 살다시피 하는 상황이라 베개와 칫솔을 가져다놓을까 생각중입니다. 이런데 뭐가 쉽다는 걸까요? 시험 기간이 참으로 두려워요.

그리고 이럴 때 저는 미래에 대한 의구심을 갖게 돼요. 언젠가는 저에게 맞는 교수님이나 수업이 나타나 제 마음에 불을 지피고, 저 또한 남들과 같은 열정을 느낄 수 있기를 늘 희망했습니다. 의심의 여지 없이 내 남은 생 동안 하고 싶은 일을 알게 될 거라고 믿었죠. 그런데 어느새 대학 마지막 학년이 되었네요. 그게 뭔지는 여전히 잘 모르겠고요.

전 늘 아버지를 따라 의사가 될 거라고 생각했어요. 아니, 생각해보니 아버지가 늘 그렇게 생각하셨고, 저는 저만의 계획을 세우지 않은 채 그저 따라만 갔습니다. 그러다 저한테는 의사가 되고 싶은 열망이 없다는 걸 깨달은 거죠. 이제 저는 학교를 싫어하는 만큼이나 한편으로는 계속 학교에 머물 수 있으면 좋겠다고 바랄 정도입니다. 그러면 '넓고 거친 세상'에 나가지 않아도 될 테니까요.

자, 이제 작가님은 제 걱정과 의심들에 대해서도 듣게 되셨네요. 어쩌면 기말시험이 다가오고 있다는 좌절감에 이런 생각이 드는 건지도 모르겠어요. 이런 우울한 생각들로 당신의 마음을 무겁게 해드려 죄송합니다. 제 맘이 바뀌기 전에 빨리 편지를 보내야겠어요.

지쳐 있는,
데이비드

스카이 섬

1912년 11월 23일

데이비,

부디 도서관 탑에서 뛰어내리진 마세요!

우리가 다른 사람들과 똑같은 일을 하려고 태어난 것은 아니잖아요. 핀레이 오빠는 마음만 먹으면 도토리에 〈모나리자〉도 조각할 수 있어요. 저라면 다 부스러뜨렸을 텐데요. 그리고 저는 아무리 노력을 해도 결코 니진스키 같은 무용수는 되지 못할 거예요. 자신의 전공에 열정이 있고 적성이 맞는 친구들은 그렇게 태어난 것이겠지요. 데이비, 스스로에게 남들과 똑같아지라고 강요하면 안 돼요. 당신도 이 지구상의 뭔가를 위해 태어난 것이지만, 그것이 당신 아버지가 생각하는 그 일이 아닐 수도 있어요. 아버지께서는 당신이 얼마나 힘들어하는지 알고 계시나요?

제 생각에 당신은 스코틀랜드에 사는 은둔자가 섬에서 겨울을 나는 동안 미치지 않게 하는 데 소질이 있는 것 같아요. 양들은 당신만큼 재미있지 않은데.

진심으로 말하는 거예요, 데이비. 당신에게는 열정이 있어요. 이 세상 어딘가에 당신을 위한 뭔가가 있고요. 그런 희망을 절대 버리지 마세요. 꼭 찾게 될 거예요.

엘스페스

미국 일리노이 주 어배나

1912년 12월 11일

수,

당신의 편지를 받고 잠시 공부에서 벗어나 정말 반가운 휴식을 가졌습니다. 지끈거리는 두통을 달래는 데도 효과가 있었어요. 저는 최근에 병원에 입원했었는데, 지금까지도 몸 상태가 완전하지 않아요.

학교에 대한 제 생각을 부모님이 아시는지는 잘 모르겠어요. 제가 대학에 입학할 즈음 미국 문학을 공부하고 싶다고 이야기를 꺼냈더니 아버지는 웃으셨어요. 신문에서 고개를 들지도 않고 그냥 웃으시면서 "말 같지도 않아서"라고 하셨죠. 아버지는 팔자수염을 길게 길렀는데, 웃을 때 소리를 내지 않으세요. 그저 콧수염 끝이 실룩거리는 걸 보고 알 수 있을 뿐이죠. 아버지는 그대로 앉아, 콧방귀를 뀌더니 콧수염을 실룩대며 "말 같지도 않아서"에 이어 "그게 무슨 직업이 된다고"라고 하셨어요. 그래서 제가 항변했죠. "그렇지만 저는 문학을 좋아해요." 이렇게요. "의학. 그게 네가 할 공부다. 나중에 내게 고마워할 거다. 그보다 나은 게 어디 있다고."

그때 저는 정말 아버지께 말하려고 했어요. 수, 진심으로 그러려고 했어요. 하지만 대화는 논쟁으로 번졌고, 어머니는 당신 손을 꼭 맞잡은 채 제게 "한번 노력해보렴" 하고 애원하셨죠. 아버지는 마침내 신문을 탁 내려놓으시더니 그런 말도 안 되는 것에는 돈을 대줄 수 없다고, 문학같이 하찮은 걸 공부하겠다면 한푼도 주지 않겠다고 딱 잘라 말씀하셨어요.

제가 왜 부모님께 말씀드리지 못하는지 이제 아셨죠. 저는 그냥 계속할 수밖에 없습니다. 대학을 마치고, 의대를 마치기. 직업을 구하면 스스로 결정을 내릴 수도 있겠죠. 아마도요.

이제 다시 공부로 돌아가야겠습니다. 학기가 다시 시작되기 전에 쉬면서 기운을 차리려고 연휴를 고대하고 있습니다.

눈물이 고여 눈앞이 흐릿한,

데이비드

스카이 섬

1913년 1월 5일

데이비드에게,

행복한 새해 보내세요! 여기는 날씨가 얼마나 추운지 저는 거의 불 앞에서 살고 있답니다. 옷을 잔뜩 껴입고 힘들게 우체국에 갔더니 당신의 편지가 절 기다리고 있어서 그곳까지 간 보람이 있었어요.

연휴는 어떻게 보냈는지요? 우린 이곳에서도 즐겁게 보내려고 애쓴답니다. 저는 그 유명한 크리스마스 푸딩을 만들었고, 말린 꽃을 줄로 엮어 자그맣고 예쁘장한 크리스마스트리에 매달아놓았어요. 상록수 가지들이 벽난로 선반을 따라 드리워져 있고 출입문들 위에서 흔들렸죠. 저는 벙어리장갑과 새 주전자, 로버트 W. 서비스의 책 한 권을 선물 받았어요. 그가 쓴 시를 읽어봤나요? 한마디로 굉장한 작품이에요. 저의 하찮은 시들을 즐겨 읽을 정도라면, 그의 시에는 푹 빠지게 될걸요.

당신은 어떤 책들을 좋아하나요? 타탄체크가 피에 흐르는 스코틀랜드 사람이라면 누구나 그렇듯 저도 W. S.를 무척 좋아해요. 솔직히 『섬의 영주』를 읽지 않았다면 저 자신을 섬사람이라고 부를 수 없을 것 같아요. 제 취향을 고려해볼 때 그의 소설은 때론 좀 지나치게 고딕풍인 듯도 하지만, 그의 시는 정말이지 변화무쌍한 스코틀랜드의 분위기를 훌륭하게 포착하고 있어요. 그리고 제가 진짜 좋아하는 책으로는 『이상한 나라의 앨리스』가 있어요. 제가 처음으로 갖게 된 저만의 책인데, 하도 읽어 다 해졌을 정도예요. 남자 형제들과 저는 조약돌이 깔린 해변에서 코커스 경주를 하며 우리가 알고 있는 가장 건조한 이야기들을 바람을 향해 외치곤 했어요.* 그리고 말하기 좀 민망하지만, 요 근래에 『삼 주』를 꽤 재미있게 완독했어요. 그렇다고 저를 엘리너 글린** 유의 소설을 읽는 여자로 생각하진 않겠죠.

엘스페스

추신: 입원했었다니 정말 안타까운 소식이네요. 심각한 게 아니길 바랍니다. 이런 식으로 사람을 자주 놀라게 하네요.

---

* 『이상한 나라의 앨리스』 3장에 나오는 내용. 앨리스가 흘린 눈물 웅덩이에서 빠져나온 여러 동물들이 몸을 말릴 방법을 고민하다가 생쥐는 가장 건조한 이야기를 들려주고, 도도새는 코커스 경주를 제안한다.
** 당대에 파격적인 성적 묘사로 유명세를 치른 영국의 연애소설 작가.

미국 일리노이 주 어배나

1913년 2월 1일

수에게,

연휴는 무척 즐거웠어요! 부모님과 시카고에서 연휴를 보냈어요. 에비 누나와 매형이 테러호트에서 와서 꼬마 조카 플로렌스를 처음 만났어요. 아이는 이제 한 살이 다 되어가요. 그 얼굴에 가득한 미소와 제 멜빵을 잡아당길 때마다 키득거리는 웃음은 어찌나 전염성이 강한지. 실크 드레스를 입은 인형을 사주었는데 아무래도 플로렌스는 인형을 가지고 놀기엔 너무 어린가봐요. 인형의 손을 씹다가 절 보고 웃는 게 끝이었어요. 아마 저는 플로렌스가 인형을 가지고 놀 나이가 지났을 때도 실크 드레스를 입은 인형을 사줄 거고, 아이는 그런 저를 보고 또 웃겠죠.

저는 크리스마스 선물로 상자형 카메라를 받았어요. 여기 제 사진을 보냅니다. 이제 변변찮은 제 모습을 보시겠군요. 그러니 당신도 제게 같은 방식으로 답해주셔야 합니다! 그리고 어머니 덕분에 필요했던 것보다 더 많은 손수건이 생겼고, 아버지께는 빳빳한 종이로 된 『그레이 해부학』을 받았고, 또 영국의 섬을 테마로 한 입체 카드 세트도 받았습니다. 이 마지막 선물은 특별히 요청해서 받았어요. 당신이 고향이라고 부르는 나라를 더 많이 보고 싶어서요. 그리고 마지막으로 당신의 초기 시집 한 권을 누나에게서 받았어요. 놀랍게도 그 책을 어딘가에서 찾아냈더라고요. 누나가 책을 포장하기 전에 슬쩍 봤다는데, 당신에게 또 한 명의 신도가 생기는 건 아닌지 걱정입니다! 새 학기가 시작된 터라 매일 밤 한 편씩 아껴가며 시를 읽고 있어요. 시집 완독은 중간시험을 잘 마치고 난 후 제게 주는 일종의 보상으로 남겨두려고요.

제가 좋아하는 책이요? 가장 좋아하는 작가는 당연히 마크 트웨인이지만, 그의 책 가운데 딱 한 권을 꼽아야 한다면? 그게 가능할지 모르겠어요! 물론 『허클베리 핀의 모험』에 필적하는 작품은 없지만 『아서 왕 궁전의 코네티컷 양키』도 아주 신나는 책이에요. 루이스 캐럴을 좋아하는 당신의 취향과는 엄청 거리가 먼 것 같지만, 『거울 나라의 앨리스』를 대강 읽어보긴 했어요. 제가 정말로 좋아하는 작가들은 잭 런던, 윌키 콜린스, H. 라이더 해거드입니다. 미스터리와 모험이 넘치는 이야기들이죠. 스릴 면에서는 포를 따라올 자가 없고요. 괜찮은 서부물도 좋아해서 '문학'에서 잠시 휴식을 취하고 싶을 때면 제인 그레이*의 책 같은 것들도 읽습니다. 그런데 윌리엄 셰익스피어가 아닌 "W. S."는 누구인가요? 안타깝게도 『섬의 영주』는 읽어본 적이 없어요.

아, 그리고 제가 당신을 엘리너 글린 유의 책을 읽는 여성으로 생각하는 일은 없을 거예요. 그 작가의 책들은 그저 지나치다 본 정도거든요. 『삼 주』가 기숙사 이 방, 저 방으로 돌 때도 저는 말 그대로 그냥 '지나쳤어요'. 혈기 넘치는 한 어린 녀석은 바닥에서

---

* 주로 서부 개척 시대를 다룬 작품을 쓴 미국의 대중소설가.

모조 호랑이 가죽 러그를 발견하고는 아마도 "엘리너 글린과 함께/죄를 범하길" 바랐나보더라고요.* 그녀는 우리 기숙사에 들른 적이 전혀 없고, 제 기억에는 다른 여자들도 그 애송이의 제안을 받아들이지 않았고요.

어쩌다 병원에 입원했느냐고요? 음…… 소를 타려다 떨어졌어요. 소를 타는 것 자체가 위험한 장난은 아니지만—그전에도 여러 번 탔거든요—소를 타고 자연사 건물의 계단을 올라 학과장실로 가려고 했어요. 물론 소는 이런 생각에 저만큼 신나하지 않았고요. 교통수단으로 소를 추천하지 못하겠다는 것 말고는 달리 드릴 말씀이 없네요.

그런데 제가 병원에 자주 입원한다는 게 무슨 말씀인지요?

저는 다시 제자리로 돌아왔고, 새 학기가 시작되었습니다. 이번 학기가 지난 학기보다 수월해 보인다고 말할 수는 없지만 그래도 거의 마지막 단계에 왔어요!

기운을 차린,

데이비드

스카이 섬

1913년 2월 27일

---

* 『삼 주』의 한 장면을 패러디한 악시를 인용한 농담.

데이비드에게,

사진 보내줘서 정말 고마워요. 모습이 아주 진지하네요! 제가 생각했던 것보다 훨씬 어려 보이고요. 그런데 눈에는 나무를 훔치고 소를 타는 소년의 장난기가 어른거리는군요. 당신 학년이 심은 나무는 어떻게 됐나요?

저한테는 사진을 기대하지 마세요. 여기에는 카메라도 없고, 제가 제 모습을 객관적으로 그릴 수 있을 것 같지도 않거든요. 끊임없이 그림을 고쳤다 지웠다 할 거고, 결국 당신은 모드 공주의 그림을 받게 될 거예요. 우리는 늘 실제보다 더 매력적으로 보이고 싶어하니까요, 그렇지 않나요? 당신도 카메라로 순간을 찍는 대신 직접 자신의 모습을 스케치했더라면, 그렇게 끔찍한 체크 재킷을 입은 모습을 있는 그대로 그리지 않았을걸요?

사진을 보고 나니 당신과 당신 친구들이 『삼 주』를 돌려 읽는 모습이 상상이 가네요. 자기 차례가 언제 오나 안달하다가 책을 손에 넣으면 방으로 달려가 그날 밤 해야 할 과제는 까맣게 잊어버리겠죠. 그리고 책을 읽기 시작하면 이 책이 헨리 제임스의 책과는 얼마나 다른지 깨닫고 뺨이 발그레해지겠죠.

저는 마크 트웨인의 작품을 읽어본 적이 없어요. 하지만 포가 스릴 넘치는 작가라는 데는 동의해요. 어린 시절, 교회에서 몰래 가져온 양초 동강이에 불을 붙여 밤중에 침대에서 『고자질하는 심장』을 읽었던 게 기억나네요. 저는 초를 훔쳐서 벌을 받았던 게 틀림없어요. 책을 다 읽고 촛불을 껐지만 한숨도 잘 수 없었거든요. 분명 아래층에서 심장 뛰는 소리가 들렸다고요. 날이 밝았을 때 어머니는 몸에 두른 담요 자락을 꼭 움켜쥔 채 눈을 부릅뜨고 침대에 꼿꼿이 앉아 있는 저를 발견하셨어요. 저는 제단의 초를 훔쳐 신께 벌을 받고 있다고 철석같이 믿었죠. 그래서 죄를 씻으려고 제가 그다음주 일요일에 어떻게 했게요? 집의 찬장에 있는 양초 하나를 슬쩍해 교회에 두고 왔어요!

아, 그리고 W. S.는 당연히 월터 스콧이죠. 그의 책 몇 권 정도는 엄청나게 큰 대학 도서관 어딘가에 꽂혀 있을걸요. 어쨌든 당신이 『거울 나라의 앨리스』를 한 번 이상 읽었다면, 우리는 친구로 아주 잘 지낼 수 있을 거예요. 제가 가장 좋아하는 부분은 「재버워키」예요.

당신이 보낸 첫번째 편지에(네, 저는 당신이 보낸 편지를 모두 보관하고 있어요!) 최근 병원에 입원했다는 이야기가 있었어요. 그때는 어떤 가축을 부적절하게 활용했던 건가요? 말과 왈츠라도 추려고 했어요? 아니면 숫양이랑 축구를?

엘스페스

미국 일리노이 주 어배나
1913년 3월 21일

수에게,

저와 제 보기 흉한 체크 재킷에 대해 변호하기 위해 책들을 밀어놓고 즉시 답장을 씁니다. 당신은 스카이 섬에서만 지내느라 유행에 둔감하신 게 분명합니다. 제 재킷과 저로 말할 것 같으면, 이곳 캠퍼스에서 패션의 최고봉에 올라 있거든요! 그리고 사진 속의 제 모습은 진지해 보일 수밖에 없어요. 처음으로 콧수염을 길러봤거든요. 궁금해서 묻는 건데, 제가 몇 살로 보이나요?

좋아요, 당신이 거울 앞에 앉아 연필로 당신 모습을 그려 보내주실 수 없다면, 거울 앞에 앉아 말로 묘사해 알려주세요. 지금 당장 거울을 보면서 당신 눈에 비치는 모습을 제게 말씀해주세요. 그럼 그것을 모두 수렴해 제가 그림을 그릴 테니까요.

아니요, 이전에는 가축을 학대해본 적 없어요. 적어도 저를 병원에 입원시킨 동물은 없었어요. 일전에 병원에 간 건, 여자 기숙사 건물 벽을 기어올라 앨리스 맥긴티의 방에 잠입하려다가 그리되었습니다. 배수관을 타고 기어올라 거의 꼭대기까지 갔는데 그만 손이 미끄러져버렸어요. 다리가 부러졌고, 제 마음도 부서졌어요. 앨리스가 제 노력을 전혀 인정해주지 않았거든요. 그녀가 왜 화가 났는지는 이해할 수 있어요. 그 사건 때문에 기숙사에서 퇴실당할 뻔했으니까요. 그런데 여기서 가장 당황스러운 부분이 뭔지 아세요? 제가 그 배수관을 타고 올라간 게 한두 번이 아니었다는 거예요. 메뚜기들을 넣은 단지를 재킷에 묶고 올라간 적도 있고, 어느 기념할 만한 저녁에는 다람쥐들을 넣은 자루를 가지고 올라가기까지 했는데.

아, 우리 학년 나무는(우린 나무 이름을 '폴리'라고 지었어요) 여전히 조금씩 잘 자라고 있어요. 이번 전쟁에서는 결국 우리가 이길 겁니다!

저는 당신이 마크 트웨인의 작품을 읽어본 적이 없다는 말에 상당한 충격을 받았습니다. 스코틀랜드에서는 어떤 유형의 교육이 이루어지나요? 이거야말로 제가 바로잡아야 할 결점이네요. 이 『허클베리 핀의 모험』을—괜찮으시다면 늦긴 했어도 크리스마스 선물로—받아주세요. 낡은 겉표지는 이해해주시고요. 이 책을 중고 서점에서 발견했는데, 최근에 버림받긴 했지만 그동안 꽤 사랑을 받은 듯합니다.

제 책상 위에는 이미 같은 책 한 권이 자리잡고 있어서 저는 이 책에 좋은 보금자리를 마련해줄 수 없지만, 당신께 맡기면 잘 보살펴주실 거라 믿습니다.

그럼 다음에 또,
데이비드

스카이 섬
1913년 4월 9일

데이비드에게,
참으로 멋진 콧수염이에요!
아, 저는 나이를 가늠하는 데는 아주 형편없는데. 그 둥그스름한 볼(꼬집기에 아주 완벽해요, 데이비 소년!)과 얼굴에 드리운 머리카락을 보면 열여덟 살 정도? 숙녀는 결코 자신의 나이를 밝히지 않는 법이지만, 저는 나이가 아주 많은 편은 아니에요.

거울을 보면 어떤 모습이 보이느냐고요? 갸름한 얼굴에 턱은 약간 뾰족한 편이에요. 코는 조그맣고 입술은 얇아요. 머리는 갈색에 선처럼 곧은 직모예요. 머리는 뒤로 넘겨 목덜미께에 최대한 단단하게 틀어올렸지만, 머리카락이 워낙 가늘어서 벌써 몇 가닥은 빠져나와 얼굴 위로 흩날리고 있어요. 눈은 아버지의 훌륭한 몰트 위스키색과 같은 호박색이고요. 어머니는 저보고 얌전하게 입고 다니라며 성화를 부리시지만, 저는 오빠들의 낡은 스웨터나 유행이라기에는 많이 짧은 스커트를 입고 다녀요. 비밀인데, 저는 바지—제 사이즈에 딱 맞춘 바지—를 입고 다니는 걸로도 알려져 있어요. 하이킹 갈 때 말이지요.

됐죠! 어때요? 저를 그리실 수 있겠어요? 제가 당신에게 보내기 위해 제 모습을 스케치했다면, 분명 가슴을 크게 그렸을 거예요.

다람쥐를 가득 넣은 자루라고요, 데이비? 세상에, 당신은 장난꾸러기군요! 가엾은 여학생들. 결국엔 일리노이 주 어배나의 훌륭한 의료 시설을 연달아 찾는 것으로 끝이 나는데 왜 이런 일들을 계속하는 거죠?

『허클베리 핀의 모험』을 받고 무척 설렜답니다. 도서관에 자료가 많지 않아 어떤 책이든, 얼마나 낡았든 모두 다 환영이에요. 길고 긴 스코틀랜드의 겨울밤에 책들은 거듭거듭 읽힌답니다.

엘스페스

4장

마거릿

플리머스

1940년 6월 19일 수요일

엄마,

저를 많이 꾸짖으셔도 돼요. 작별 인사도 안 하고 떠났으니까요. 최근까지는 편지를 주고받던 친구에 불과한 남자를, 그것도 몇 주씩 소식을 들을 수 없었던 불성실한 펜팔을 쫓는다고 말이에요. 그렇지만 역에서 기다리고 있던 그의 사랑스럽고 애처로운 모습을 직접 보셨다면 엄마도 그를 용서해주셨을 거예요!

그는 건강하지만 큰일을 당할 뻔했어요. 찰과상을 조금 입고 손목을 접질린 정도인데, 무슨 일이 있었는지 말하려 하지 않아요. 그저 저를 본 것만으로도 이미 기분이 좋아진 듯했어요.

피난처에 데려다줘야 하는 아이들이 없으니, 엄마만 괜찮다면 여기서 잠시 머물려고 해요. 폴은 다음에 언제 휴가를 얻을지 알 수 없대요. 그리고 엄마, 그에게는 제가 필요해요.

사랑과 키스를 담아,

마거릿

에든버러

1940년 6월 22일

마거릿에게,

플리머스까지 그 먼길을 혼자 가다니, 내가 얼마나 널 걱정했는지 모를 거다. 지금껏 집에서 그렇게 멀리 가본 적이 없잖니.

네가 그곳에 더 머물지 않는 게 좋을 것 같구나. 거기까지 가서 네 친구를 위로해주었고, 그가 더없이 건강하다는 사실도 확인했으니까. 게다가 내 배급 쿠폰으로 산 귀한 케이크의 마지막 부스러기까지 모두 그에게 갖다주었잖니. 지금 당장 집으로 돌아오거라. 상황이 심각해지기 전에 집에 돌아와. 제발.

사랑을 담아,

엄마

플리머스

1940년 6월 27일 목요일

엄마,

엄마가 절 사랑하는 건 알아요. 하지만 저는 스스로 결정을 내릴 수 있는 나이가 되었어요. 상황은 이미 심각해졌고요. 폴이 제게 청혼했어요.

마거릿

에든버러

1940년 7월 1일

마거릿,

절대 성급하게 결정하면 안 돼. 날 위해서가 아니란다, 널 위해서야. 네가 폴과 같은 도시에서 지낸 시간은 겨우 반년이란다. 그때 너희는 끊임없이 다퉜어. 그러던 너희가 난데없이 사랑이니, 결혼이니 하다니 그게 다 무슨 말이니?

그건 다 전쟁중이라 하는 말들이란다. 엄마는 알아. 그런 일들을 본 적도 있어. 미래의 시간이 자신 앞에 놓인 황금연못이라도 되는 것처럼 뛰어들 준비를 하고는 보란듯이 출발해. 그러다 무슨 일이 일어나면―폭탄, 팔목 골절, 안도하기에는 너무 가깝게 스쳐지나간 총알―갑자기 뭐든 매달릴 것을 찾아 움켜쥐려 한다. 황금연못, 그 연못이 주위에서 소용돌이치고, 사람들은 자칫하다 익사할까봐 걱정해. 그래서 손에 잡힌 것을 단단히 쥐고는 마음에 떠오르는 대로 뭐든 약속을 해. 전쟁중에 하는 말은 그 무엇도 믿을 수 없어. 감정이란 건 조용한 밤처럼 순식간에 지나가니까.

제발 조심하거라. 지난주엔 머리 위로 비행기가 지나갔어. 한 비행기는 크레이그밀러 성 주위에 폭탄 다섯 개와 백 개가 넘는 소이탄을 투하했어. 도시에는 하나도 떨어지지 않아 다행이었지만, 비행기들이 바로 우리 위를 지나간단다. 근처 방공호에서 실내복 차림으로 웅크린 채 공습경보와 으르렁대는 엔진 소리와 덜거덕대는 대공포 소리를 들으며 이틀 밤을 보냈지만, 무슨 일이 일어나고 있는지 전혀 몰랐단다. 그게 나를 더 초조하게 만들더구나. 내가 바라는 건 내 딸 마거릿이 내 옆에 있는 것뿐이야.

나중에 후회할 결정은 절대 하지 마. 미처 깨닫기도 전에 네 마음을 주면 안 돼. 왜냐하면 내 사랑하는 딸, 넌 그 마음을 결코 되찾아오지 못할 테니까.

사랑을 담아,
엄마

플리머스
1940년 7월 5일 금요일

엄마,
엄마는 늘 내게 두 손을 뻗어 행복을 움켜잡으라고 하셨어요. 다른 엄마들은 대학이나 공장으로, 혹은 영국군 기지 매점에서 차를 따르라고 딸들의 등을 떠밀었지만 엄마는 그러지 않으셨어요. 제가 불행해할 걸 아셨으니까요. 대신 엄마는 저에게 보호가 필요한 아이들을 시골로 대피시키는 일거리를 찾아주셨어요. 공원이 약상자와 간이 방공호 그리고 공습 대비 훈련으로 어수선해지기 시작할 때, 저는 도시를 벗어날 수 있었죠. 보더스와 하일랜드를 도보로 여행하는 건 정말 즐거운 일이에요.

엄마, 폴의 청혼을 받아들였다는 게 아니에요. 그에게 곰곰이 생각해봐야겠다고 말했어요. 아시겠죠? 저는 그렇게 성급하지 않아요. 그렇지만 엄마, 전 행복해요. 엄마가 늘 바라시는 것처럼요. 곧 집에 갈게요.

사랑과 키스를 담아,
마거릿

에든버러
1940년 7월 9일

마거릿에게,
생각할 수 있다는 건 좋은 거야. 그게 인간과 바퀴벌레의 차이 아니겠니.

엄마

플리머스

1940년 7월 13일 토요일

엄마,

엄마가 반기실 소식을 전해요. 폴이 응급치료를 다 받고 이제 기운을 차려 내일이면 페어 브리타니아로 복귀해요. 저는 북쪽으로 여정을 시작하려 하는데, 요즘엔 철도가 정상적으로 운행할지 장담할 수가 없네요.

사랑과 키스를 담아,
마거릿

에든버러

1940년 7월 18일 목요일

폴,

엄마가 우리 때문에 화가 많이 나셨어. 음, 사실은 나 때문에. 믿을 수 없을 정도로! 우리가 무슨 충격적인 일을 벌인 것도 아닌데. 그저 반지 하나, 그뿐인데. 반지와 약속.

그런데 그 일로 엄마와 난 아주 크게 싸웠고, 그래서 이 편지를 갖고 옥상에 올라와 있어. 어떻게 사과해야 할지 모르겠어. 엄마는 첫번째로 청혼한 남자에게 "좋아"라고 말했다며 나한테 어리석다고 하셨어. 전쟁중에는 행복을 찾기가 쉽지 않다고도 하셨고. 나는 엄마야말로 바보 같다고, 엄마가 마음의 결정을 내리라고 대꾸했어. 내게 첫번째로 청혼한 남자가 나를 가장 행복하게 해줄 사람이라면요? 그러자 엄마가 내게 숟가락을 던지며 엄마도 모든 답을 다 알지는 못한다고 말하셨지.

그래서 나는 옥상으로 올라와 속을 끓이고 있었는데, 결국 엄마가 침실에서 창밖으로 몸을 내밀고는 전쟁 때문에 마음이 불안하다고 하셨어. 이미 전쟁을 한 번 겪었는데도, 이번에는 공습경보가 울리는 밤이나 울리지 않는 밤이나 말할 수 없을 정도로 두렵다고. "전쟁은 충동적이야." 엄마가 그렇게 말하셨어. "유령을 찾아다니느라 네 인생을 허비해선 안 돼."

난 그게 무슨 말이냐고 물었지만, 엄마는 몸을 돌리더니 한마디도 하지 않으려 하셨어. "아빠 이야기죠, 그렇죠?"

"전에도 말했지만 넌 그 사람에 대해 아무것도 몰라도 돼."

"어째서요? 내 아빤데."

다 알지, 폴. 엄마가 아빠에 대해 아무 이야기도 안 해주셔서 내가 불평하곤 했잖아. 엄마가 항상 어떤 식으로 내 질문을 피하고, 과거는 과거일 뿐이라고 말하는지. 엄마가 왜 그러시는지는 이해해. 당연히. 엄마는 나를 혼자 키우셨고, 내가 거기에 만족하기를 바라셔. 우리가 함께한 시간을 소중히 생각하기를 바라시기도 하고. 그렇지만 내가 어디에서 왔는지, 혹은 어떻게 태어나게 되었는지 모른다는 건…… 내가 품고 있는 모든 질문들을 넌 알잖아.

엄마가 침실 창가를 서성이는 동안, 난 이런 궁금증을 모두 털어놓았어. 엄마는 농담으로 넘기려고 하셨지. "내 삶의 제1권은 절

판되었단다." 엄만 이렇게 말하는 걸 좋아해.

그렇지만 이번에는 내가 그냥 넘기지 않고 밀어붙였어. 후회? 유령? 엄마는 전에 그렇게 말씀하신 적이 없거든. "왜 그분에 대해 말하지 않으려고 하세요?" 내가 물었지. "그분의 어떤 점이 그렇게 끔찍해서 엄마의 기억에서 지우려는 거죠?"

난 엄마가 양손을 꼭 맞잡은 채 초조하게 방안을 왔다갔다할 거라 생각했지만 엄마는 꼼짝 않고 서 계셨어. "난 한 번도 그 사람을 잊은 적이 없어." 마침내 엄마가 말씀하셨어. "앞으로도 우리 둘을 위해 기억할 거다." 그 자리를 떠나던 순간 엄마의 눈이 빛났어.

지금은 엄마가 부엌 여기저기를 뒤지는 소리가 들려. 뭔가 요리를 하려고 하는 게 (안타깝게도) 엄마가 사과하는 방식이야. 뭘 만들고 계시는 건지, 냄새가 끔찍해. 엄마가 지금 어떤 채소를 망치고 있는지 생각하기조차 싫어.

부엌으로 가서 엄마한테 바보 같다고 말한 것에 대해 사과하는 게 좋겠어. 애초에 말다툼을 시작한 것에 대해서도. 아빠에 대해, 후회와 유령에 대해 말해달라고 고집 부린 것도 용서를 구해야겠고. 엄마가 날 생각해 그런 말을 하시는 거고, 지쳐 있는데다 내가 곁에 없어 쓸쓸해하셨다는 것도 알아. 엄마는 최선을 다하고 있는 거야. 나한테도 엄마와 함께하는 시간이 소중하고.

엄마한테 산책 가자고 할까봐. 해가 지려면 아직 몇 시간이 남았으니까. 엄마와 홀리루드 공원에 걸어가서 가시금작화 수풀 사잇길도 오르고, 소소한 이야기들도 하고. 그럼 혹시 알아? 엄마가 이야기하고 싶어할지. 내가 진짜 궁금한 건……

오, 세상에, 폴. 내가 뭘 쓰려고 했던 건지 모르겠어. 믿을 수 없는 일이 일어났어. 비행기 소리가 들려 얼른 노트를 블라우스 속에 밀어넣는데, 폭탄이 떨어졌어. 엄마가 최근에 있었던 공습경보며 머리 위로 날아다니는 비행기에 대해 편지로 알려주셨지만, 어떤 건지 짐작조차 못했었어. 이제야 네 앞에 놓인 삶이 어떤 건지 알 것 같아. 너는 비행기와 사이렌 소리 때문에 밤에 깨어나는 일이 셀 수 없을 정도로 많았겠지. 하지만 나는…… 폭탄이라니? 내가 아이였을 때 뛰어놀던 거리에?

그게 떨어지는 걸 봤어…… 회전하면서 곧바로 보도 위로, 거리 위로 떨어졌어. 난 때마침 지붕창 뒤로 몸을 수그려 피할 수 있었어. 사방에 돌과 먼지가 피어올랐어. 거리는 한순간에 자갈밭으로 변했고, 그다음에는 커다란 구멍에서 연기가 솟아올랐어. 내가 어떻게 균형을 잡았는지, 그런 폭발이 있었는데도 어떻게 옥상에서 떨어지지 않았는지 모르겠어. 사이렌도 울리지 않았는데.

그 순간 엄마 생각이 났어. 침실 창문은 산산조각 난 상태였고 안은 조용하기만 했어. 창유리가 울쑥불쑥하게 깨져 있어 어떻게 안으로 들어가야 할지 막막했어. 안을 들여다보니 아수라장이 되어 있었어. 침대가 반대편 벽까지 미끄러져가 있고, 그 옆에 침실용 테이블까지 밀려가 있었어. 보도의 포석이 완벽한 궤도를 그리며 창문 안으로 날아들어와 벽판을 망가뜨려놓았고, 노을빛으로 물든 방안에는 새하얗게 종이들이 흩날렸어.

난 다시 엄마를 불렀는데, 그때 복도에서 엄마의 그림자가 보였어. 엄마는 천천히 방안으로 들어오시더니 파란 공단 슬리퍼 발끝으로 종이들을 밀어냈어. 엄마는 창문까지 걸어오지 않고 그냥 멈춰 서서 갈라진 벽판과 눈처럼 내리는 종이들을 물끄러미 쳐다보셨어.

나는 손을 뻗어 등화관제용 커튼 하나를 홱 잡아당겨 그걸로 손을 감싸고는 창턱 주위의 유리를 쳐서 떨어뜨렸어. 그러고는 창틀을 넘어 안으로 들어갔어.

엄마는 여전히 아무 말도 하지 않으셨어. 그러더니 바닥에 주저앉아 팔 한가득 종이를 안아 무릎 위에 올려놓으셨어. 내가 몸을 숙여 그중 하나를 집어들어보니 누렇게 변색된 꼬깃꼬깃한 편지였어. '수'라는 이름의 누군가에게 부쳐진 편지. 폴, 그 편지의 말투가 너랑 많이 비슷해서 그걸 여기에 베껴 보내.

미국 일리노이 주 시카고
1915년 10월 31일

수에게,

화난 거 알아요. 제발 화 풀어요. '의무'니 '애국심'이니 하는 얘기는 접어두고, 당신은 어떻게 제가 이번 일을, 이 최고의 모험을 흘려보내길 바라나요?

어머니는 빨갛게 부은 눈으로 훌쩍거리며 집 주위를 서성이세요. 아버지는 여전히 제게 말을 걸지 않습니다. 그래도 저는 제가 옳은 일을 하고 있다고 생각해요. 저는 대학에서 엉망이었어요. 일에서도 그랬고요. 세상에, 라라와의 관계도 망쳐버렸죠. 최고의 성취라 할 만한 게 기껏 다람쥐로 가득한 자루 정도인 남자가 세상에 설 자리는 없다는 생각이 들기 시작했어요. 전에는 누구도 제 허세와 충동적인 성향을 원하는 것 같지 않았어요. 수, 당신은 이게 제게 맞는 일이라는 걸 알잖아요. 그 많은 사람들 가운데, 저 자신보다 저에 대해 더 잘 아는 것 같은 당신. 당신은 이게 옳은 일이라는 걸 알 거예요.

저는 내일 뉴욕으로 떠나요. 어머니께서 이 편지를 부쳐주실 거라 믿어야겠습니다. 당신이 이 편지를 읽을 즈음, 저는 배를 타고 대서양 어딘가에 있겠죠. 프랑스 정기선으로 항해하면 뱃삯을 할인받는데도 해리와 저는 영국행 배를 탔습니다. 그곳에는 해리를 기다리는 미나가 있으니까요. 그리고 제게는…… 제게는 당신이 있습니다. 옛날 기사들처럼 우리 둘 다 연인이 소매에 넣어주는 증표 없이는 전쟁터에 나갈 수 없어요.

11월 중순쯤 사우샘프턴에 도착해 런던으로 갈 예정입니다. 수, 이번에는 저를 만나주겠다고 말해주세요. 이런 부탁을 하기는 쉽다는 걸 압니다. 당신이 스카이 섬의 안식처를 떠나는 것에 비하면 훨씬 쉬운 일이죠. 당신을 한 번도 내 손길로 느껴보지 못한 채, 당신의 목소리가 내 이름을 말하는 걸 듣지 못한 채 전쟁터로 떠나는 일이 없게 해줘요. 당신에 대한 기억을 제 마음속에 간직하지 못하고 전쟁터에 나가는 일이 없게 해줘요.

당신의 사람…… 늘 그리고 영원히,
데이비

"이건 내 거야." 엄마는 나부끼고 있는 다른 편지들을 그러모으셨어. "넌 이 편지들을 읽을 권리가 없어."

난 그게 뭐냐고, 수는 누구냐고 물었지만 엄마는 대답하지 않으셨어. 엄마는 젖은 눈으로 앉아 더듬거리며 누렇게 바래가는 종이들을 차곡차곡 쌓으셨지. 창문 밖에서는 마침내 공습경보가 울리기 시작했고.

"가거라." 엄마가 편지 봉투들을 꼭 움켜쥔 채 마침내 말씀하셨어. "어서 가."

사이렌과 대공포 소리가 들리는 가운데 난 휘청거리며 방공호까지 걸어갔어. 그리고 너에게 보내는 편지를 끝마쳐야 한다는 걸 깨달았어. 오늘밤 있었던 일에 대해 얘기할 사람이 너밖에 없으니까. 현실처럼 느껴지는 일이 하나도 없다는 것에 대해서도.

내가 엄마한테 비밀로 했던 일이 없다는 건 너도 알지, 폴. 블라우스 속에 노트를 집어넣고 손에 편지를 든 채 방공호에 쪼그리고 앉아 있자니 엄마가 나 몰래 간직한 비밀이 뭔지 궁금해졌어.

마거릿

5장

❦

엘스페스

미국 일리노이 주 시카고

1913년 6월 17일

수에게,

다 끝났어요!

답장이 너무 늦어져 미안해요. 하지만 완벽하게 모두 끝났다는

것을 알릴 수 있을 때까지 기다렸지요. 아, 저를 노려보는 책더미

가 없는 책상에 앉아 당신에게 편지를 쓰는 이 호사란! 저는 지금

부모님 집에 있습니다. 열어놓은 창문 사이로 여름의 따뜻한 미풍

이 들어와 레이스 커튼을 불룩하게 부풀리고 있고, 적의에 찬 눈으

로 저를 노려보는 건 고작 〈시카고 트리뷴〉이네요. 등을 기대고 앉

아 시원한 레모네이드를 홀짝거리며 당신에게 편지를 쓰다니, 사

치 그 자체예요!

당신에게 제법 칭찬받을 일을 했어요. 아버지께 다 털어놓았습니다. 말씀드릴 용기를 어떻게 냈는지 궁금하시겠죠. 제가 들은 수업들을 간신히 통과했거든요! 아버지는 제 성적을 보시더니 콧방귀를 뀌셨어요. "이런 성적으로 어떻게 의대에 가겠다는 거냐?" 아버지가 물으셨죠. "기대하지 않습니다." 전 이렇게 대답했어요. "기대도 않고, 신경쓰지도 않아요." 아버지는 모닝커피를 마시다 거의 숨이 막힐 뻔했어요. "신경쓰지 않는다니, 그게 무슨 말이냐?" "말 그대로예요, 아버지. 저는 의대에 가고 싶었던 적이 한 번도 없어요. 그리고 아버지가 저를 설득하기에는 이미 너무 늦었고요." 아버지는 의자를 쿵 밀치고 일어나 자리를 뜨셨고, 그 이후로 제게 한마디도 하지 않으세요. 아버지가 저를 내쫓지 않은 것은 오로지 어머니 덕분인 것 같습니다.

올여름에는 누나가 잠시 부모님 집에서 지내고 있어서 아버지의 노여움을 푸는 데 도움이 될 것 같아요. 저는 조카 플로렌스를 알아가는 데 더 많은 시간을 보낼 수 있고요. 집 안쪽 거실에는 오후가 되면 햇빛이 쏟아져내리는 창가 자리가 있는데, 플로렌스와 저는 햇볕이 내리쬐는 그 동그란 자리에 앉아 서로를 바라보곤 하죠. 아이는 그 새파란 눈으로 말끄러미 저를 바라보다 싫증이 나면 제 무릎 위로 기어올라 멜빵을 잡아당기면서 "데이 삼촌, 얘기해줘" 하고 졸라대요. 그런 사랑스러운 간청을 어떻게 거절할 수 있겠어요? 옛날이야기를 해주면서 아이를 지켜보면 무서운 부분에서는 아이의 눈이 커다래졌다가 웃을 때면 눈가가 올라가요. 감정이 있는 그대로 얼굴에 드러나는 아이의 모습이 참 경이롭습니다. 느낌을 숨긴다거나 다른 감정으로 가장하지 않아요. 조카와 저는 아주 좋은 친구가 될 거예요. 전 이미 알고 있어요.

또다른 소식도 있습니다. 어떤 사람을 만나기 시작했어요. 이름 은 라라, 대학에서 독일 문학을 전공하는 정말 괜찮은 여자예요. 꼭 참석해야 하는 지루한 사교 행사 중 하나인 파티에서 만났어요. 어머니를 기쁘게 해드리려고 간 파티였는데, 이야기를 나누다보니 그녀가 제 부모님을 '알고' 있더군요. 건너 건너 아는 복잡한 사이 였어요. 그녀의 어머니가 제 어머니의 가장 친한 친구인 비비언 아 주머니와 브리지 게임을 함께 하는 사이더라고요. 뭐 별 의미가 있 는 건 아니지만. 어떻게 아는 사이든 그 말은 곧 어머니가 그녀를 맘에 들어한다는 의미고요.

그래서 보시다시피 현재 제 삶은 더할 나위 없이 잘 흘러가고 있 습니다. 제 인생의 두 여자와 저만의 방이 있고, 그리고 더는 시험이 없죠!

아, 여자 기숙사 건물에 다람쥐들을 투하했던 밤은 고전이 되었 어요! 아주 위태로웠던 등반, 낯선 곳에 던져진 다람쥐들 그리고 다양한 수준으로 옷을 벗고 있다 놀라 비명을 질러대는 여자들보 다 더 좋은 조합이 어디 있겠어요? 하지만 이런 무모한 장난이 꼭 입원으로 일단락되는 건 아니랍니다. 그럼에도 그럴 수도 있다는 가능성 때문에 이런 장난의 유혹을 떨치기는 어렵더군요.

사실은 제 별명도 그래서 생긴 거예요. 친구들이 저를 '모트Mort' 라고 부르는 것도, 언젠가는 제가 위험한 장난을 치다 영안실mortuary 로 직행할 거라고 병적으로 믿고 있어서예요. 참 멋진 친구들 아닌가요?

요즘 스카이 섬에서의 생활은 어떤가요, 수? 눈이 녹아서 분명 더 즐거우시겠죠. 당신이 바지를 입고 모자를 쓴 채 언덕 여기저기를 기분좋게 걸어다니는 모습이 벌써 그려지네요. 팔 아래에는 노트를 끼고 연필은 귀 뒤에 꽂았겠죠. 아, 여름이여!

그런데 제 나이를 정확하게 맞히지 못했네요. 저는 벌써 스물한 살이랍니다! 제가 왜 그토록 콧수염을 기르려고 애썼는지 이제 아시겠죠……

느긋하게 쉬고 있는,
데이비드

추신: 졸업 가운과 사각모를 모두 갖춰 입은 제 사진을 보냅니다. 제 옆에 당당하게 서 있는 묘목은 폴리예요. 나무와 저 모두 (놀랍게도!) 한 해를 잘 버텨냈어요!

스카이 섬
1913년 7월 7일

데이비드에게,

무척 생기가 넘쳐 보여요! 누가 더 자부심에 차 있고, 더 곧게 서 있는지 모르겠는데요—당신인지 나무인지. 모든 일들이 잘 풀려가고 있다니 기쁜 소식이네요.

조카가 정말 사랑스러운 것 같아요. 그 아이를 보고 싶을 때마다 자주 볼 수 있다니 당신은 무척 운이 좋네요. 앨러스데어 오빠는 몇 년 전에 죽었고, 홀로된 언니는 아이들과 함께 에든버러로 이사했어요. 그 이후로는 크리시나 조카들을 보지 못했답니다. 핀레이 오빠와 윌리는 여전히 집에서 함께 살고 있으니 조카들이 태어날 리 없고요(어머니는 적어도 그런 일이 없길 바라세요!). 그래도 핀레이 오빠는 꽤 진지하게 만나는 사람이 있어서 그리 오래 걸리진 않을 것 같아요. 케이트는 상냥한 사람이라 우리 모두 행운이 따라주길 바라고 있어요.

이제 의대에 가지 않게 되었으니 무슨 일을 하며 시간을 보낼 건가요? 벌써 발레 뤼스*에 입단했나요? 코넷 연주법을 배웠나요? 위대한 미국 소설을 집필하기 시작했나요?

저녁마다 공부를 하지 않아도 되니 연인과 함께하는 것이 훨씬 쉽겠네요. 라라는 대학에 다닌다고요. 미국 여성들에게는 그게 흔한 일인가요? 저와 함께 학교를 다녔던 여자 친구들은 하나같이 결혼이나 커튼 고르기에 대한 것 말고는 생각이란 걸 하지 않아요. 십수 년간 배웠던 내용들을 머릿속에서 비워내느라 바쁘죠. 그들은 대학에 가고 싶어하기는커녕, 제가 교과과정에 나오지 않은 책을 읽고 싶어했다고 저를 정신 나간 3월의 토끼** 같다고 생각했답니다.

---

* 1909년 세르게이 댜길레프가 프랑스 파리에서 창립한 발레단.

** 3월에 교미기에 접어드는 토끼가 미친 것처럼 이상해진다는 사실에서 유래한 표현.

엘스페스

미국 일리노이 주 시카고
1913년 7월 27일

수에게,

아니요, 발레 뤼스에는 들어가지 않았어요. 솔직히 앞으로 뭘 해
야 할지 모르겠습니다. 아버지가 꼼꼼하게 계획해놓은 미래에는
빈틈이라곤 없이 뭔가 안심되는 게 있었는데. 신문 구인란에서 일
자리를 알아보고 있지만, 제가 원하는 게 과연 뭔지 모르겠습니다.
어떤 방향으로 가야 할지도 확신이 서지 않고요. 어머니는 신문을
통해 일자리를 구하는 게 무척 품위 없다고 생각하시는지라 브리
지 모임에 가서 혹 "남부끄럽지 않은" 일이 있는지 조심스럽게 묻
고 다니세요.

아니요, 제 생각에도 여자가 대학에 가는 게 아주 흔한 일은 아
닌 것 같습니다. 일리노이 대학에 여학생들이 있긴 하지만 많지는
않고, 특히 생물학 전공자는 없습니다. 대학에 다닌다 해도 현대
언어, 문학, 가정학 같은 여성스러운 전공 쪽으로 한정돼 있는 듯
합니다. 그들 중에 지질학자는 한 명도 없으니, 참 안타까워요!

데이비드

스카이 섬

1913년 8월 14일

친애하는 소년에게,

왜 언어와 문학 같은 것들이 '여성스러운' 전공이라는 거죠? 당신을 책망하려는 건 아닙니다. 데이비드. 당신이 보편적인 사실─미심쩍은 것이기는 하지만─을 말한 것뿐이라는 걸 알아요. 우리는 여성의 진입이 허용되지 않았던 직업군에서도 여성들이 일하는 시대에 살고 있어요. 여전히 수적으로는 많지 않지만, 여성들은 자신이 의사, 과학자, 사업가로서 유능하다는 걸 입증했어요. 이렇게 문이 열려 있는데 왜 더 많은 여성들이 그 문으로 들어가기 위해 돌진하지 않을까요? 그러기는커녕, 자신의 자리에 안주하며 "누가 마리 퀴리처럼 노벨상을 받길 원하겠어? 로스트 치킨 요리법을 배우는 게 더 만족스러운 일일 텐데"라고 말하는 걸까요? 물론 누구나 자신만의 관심사를 가질 수 있고, 어쩌면 닭고기 요리나 가정학 말고는 진심으로 배우고 싶은 게 없는 여성들도 있을지 몰라요. 그러나 어째서 화학이나 지질학을 공부한 여성이 문학을 공부한 여성보다 반려자로서 적합하지 않다는 걸까요? 저는 여성 참정권 운동가는 아니지만, 여성과 교육에 관한 주제가 나오면 무척 격앙된답니다.

엘스페스

미국 일리노이 주 시카고
1913년 9월 4일

수에게,

마침내, 유급 일자리를 얻었습니다! 시카고의 사립학교에서 생물과 화학을 가르치게 됐어요. 라라 말로는 학기가 끝나기 전에 모든 여학생이 저와 사랑에 빠지고, 모든 남학생은 저와 친구가 되고 싶어할 거래요.

어째서 일부 전공이 '여성스러운' 과목이라 불리는지, 제대로 답하지 못하겠습니다. 당신 말이 맞아요. 우리는 점점 더 진보한 시대로 나아가고 있지만 여전히 갈 길이 멀어요. 남녀공학 대학이 늘어나면 여성들도 대학에 가서 자신이 하고 싶은 공부를 할 수 있을 겁니다. 더 나아가 과학자나 학자로 일하며 '급진적인' 새로운 직업을 찾을 수도 있고요. 그러나 엄마가 되면 당연히 그 모든 걸 포기할 거라고 여전히 생각─심지어 기대─하죠. 교육학과 평등은 항상 모성에 지고 말아요.

한데 여성이 남성보다 아이들을 훨씬 잘 키우는 건 사실인 것 같아요. 하늘도 알걸요. 제 아버지가 그 일을 맡으셨다면 완전히 망쳐놓았을 거라는 걸. 어쨌든 아이들은 자라고, 집을 떠납니다. 여성들이라고 삶의 후반기에 직업을 찾지 못할 이유가 어디 있겠습니까?

그런데 수, 당신이 좋은 지적을 해주었어요. 저는 로스트 치킨보다 더 흥미로운 주제에 대해 대화할 수 있는 아내를 바라거든요.

저와 같은 책을 읽고, 같은 문제에 대해 궁금해하는 사람. 완전히 반대되는 생각을 갖고 있더라도 활기찬 토론을 꺼려하지 않고, 그럼에도 저를 사랑해주는 사람을요.

데이비드

스카이 섬
1913년 9월 30일

데이비드,

도대체 여성들이 아이를 더 잘 키운다는 생각은 어떻게 하게 된 거죠? 그 얘긴 마치 당신 조카가 당신을 아주 좋아하는 걸 보니, 당신이 아이에게 제대로 된 일을 해주고 있는 게 틀림없다는 말처럼 들려요. 아이를 돌보는 당신의 능력, 동화를 들려주는 것보다 더 오랜 시간 아이를 보살피는 당신의 능력에 대해서는 자신감이 없는 건가요?

엘스페스

미국 일리노이 주 시카고
1913년 10월 17일

수에게,

그럼 당신은 여성들이 엄마가 되기 위한, 어떤 타고난 것을 가지고 있다는 생각에 동의하지 않나요? 그게 뭔지는 저도 잘 모르겠어요. 여성은 남성보다 훨씬 더 이타적입니다. 인내심이 강하고 너그러워요. 여성은 마음만 먹으면 가정학 학위를 전부 딸 수 있을 거예요. 대학에 가지 않고도 가정을 이끌어나가고 엄마가 되니까요.

데이비드

스카이 섬
1913년 10월 31일

데이비드,

당신의 편지는 그저 신경을 긁는 정도를 넘어서 이제는 완전히 화를 돋우고 있네요. 우리를 아내나 엄마 혹은 가정주부로 만드는 타고난 자질이라는 건 전혀 없습니다. 여성들이 요리를 하고 양말을 잘 깁도록 하는 뭔가를 내면에 가지고 태어난다고요? 전능하신 신이 20세기의 가정주부한테 필요한 능력을 미리 예견하여 여자들에게 특별히 파이 만드는 머리를 내려주기라도 했다고 생각하는 건가요? 제가 이렇게 말하는 이유는, 저는 그런 것 가운데 어느 것도 능숙하게 하지 못해서예요. 요리도 못하고, 파이도 못 굽고, 양말도 깁지 못해요. 아마 저는 반쪽짜리 두뇌로 태어나 뭔가 아주 중요한 것을 놓치고 사는 걸지도 모르겠네요. 당신이 말하려던 속뜻이 이런 건가요?

64

당신 말에 따르면 여성들은, 특히 엄마는 이타적이어야 해요. 하지만 여성들은 이타적으로 태어나는 게 아니에요. 그런 덕목들이 여성에게 기대되는 것이죠. 남자들이 일을 끝내고 맥주를 한잔 하거나, 난롯가에 앉아 쉬거나, 혹은 아침에 신문을 보며 앉아 있다고 해서 그걸 못마땅해하는 사람은 없어요. 그렇지만 엄마가 한 시간 정도 산책을 하거나, 차 한잔을 마시거나, 혹은 (당치않게도!) 친구 집에 다녀오고 싶어하면 격렬한 반대에 부딪힐걸요. 좋은 엄마라면 절대로 마지막 남은 케이크 한 조각을 먹어서는 안 될 거고요.

저는 제가 아이를 원하는지 잘 모르겠어요. 저는 그렇게까지 이타적일 수 없을 것 같아요. 제 다리에 매달리는 아이가 있다면, 산으로 소풍을 다니는 일은 불가능하겠죠. 몇 시간씩 앉아 파도를 바라보며 시를 쓸 수도 없을 테고요. 소시지와 크리스마스 푸딩 요리만 가지고는 어림도 없겠죠. 별들이 하늘을 가르는 것을 지켜보며 늦게까지 깨어 있거나, 아침 일찍 일어나 해가 폭발하듯 수평선을 물들일 때까지 언덕을 걸을 수도 없고요. 아이들을 뒤에 매달고 다니며 저 모든 일을 계속할 수 있다고 말하려는 건 아니겠죠. 그리고 저는 절대로 마지막 남은 케이크 한 조각을 포기할 수 없어요.

독립심은 여성을 탐욕스럽게 만들어요.

엘스페스

6장

❧

마거릿

에든버러

1940년 7월 19일 금요일

폴에게,

엄마가 떠나셨어.

오늘 아침, 상황을 수습하기 위해 집으로 돌아왔어. 우리가 벌였던 말다툼과, 편지들이 벽에서 우수수 떨어지자 엄마가 나를 밀어냈던 걸 생각하느라 밤새 한숨도 못 잔 상태였어. 속이 타들어가는 것 같았지.

그런데 도착해보니 집은 텅 비어 있었어. 벽판은 여전히 입을 크게 벌린 채였지만, 편지는 모조리 사라지고 없었어. 내 여행가방 두 개도 없어졌고.

집에서 몇 시간 넘게 떨어진 곳은 한 번도 가본 적 없는 엄마가 짐을 꾸려 떠나신 거야. 엄마가 어디로 가신 건지 모르겠어.

난 옆집에도 가보고, 도서관도 확인했어. 홀리루드 공원도 세 번이나 돌았고. 세인트메리 성당에도 들렀어. 편지를 넣은 여행가방을 가지고 평소에 늘 앉던 자리에 계실지도 모른다고 생각했거든. 그런데 누구도 엄마를 보지 못했대. 웨이벌리 역에도 갔었어. 엄마가 기차를 타지는 못하셨을 거라고, 그저 기차에 오를 용기를 내려고 벤치에 앉아 계실 거라고 확신했거든. 그런데 엄마는 거기에도 안 계셨어.

그래서 나는 다시 빈집에 돌아와 있어. 걱정을 해야 하는 건지 말아야 하는 건지도 모르겠어. 엄마가 잠깐의 휴가를 원하시는 거라면 당연히 쉬셔야지. 엄마는 스스로를 돌보실 수도 있고. 그렇지만 폴, 어젯밤 엄마 모습이 마음에 걸려. 엄마의 눈은 뭔가에 사로잡힌 듯 보였어. 엄마는 멍하니 바닥에 주저앉아 계셨어. 엄마는 어디에 계신 걸까. 바닷가로 바람을 쐬러 가신 것은 분명 아니야. 어디로 가셨든 엄마는 뭔가를 좇고 계셔. 기억들, 후회, 엄마의 과거. 잘 모르겠어.

그래도 내가 아는 게 하나 있다면, 이번 일이 수라는 이름의 사람에게 어떤 미국인이 보낸 편지와 관련이 있다는 거야. 난 항상 훌륭한 미스터리물에 열광했는데. 이번에도 그래야 하는 걸까?

사랑을 담아,

마거릿

1940년 7월 21일

사랑하는 메이지,

네가 모험을 떠나기 전에 이 편지가 너에게 닿아야 할 텐데. 넌 항상 탐정이 되길 바랐지. 땅거미가 질 무렵, 배스커빌가의 개를 찾아 메도스 공원 곳곳을 살금살금 돌아다니던 거 생각나? 그때 우린 참 어렸는데.

나도 모험을 떠날 수 있다면 정말 좋겠어. 하지만 팔목이 완전히 낫지 않아 여전히 비행 금지 상태야. 그래서 비행을 하는 대신 비행장 주위에서 잠복하고 있어. 내가 너의 왓슨이 돼도 될까?

계획중인 수사를 통해 네가 에든버러에서 무사히 빠져나오길 바랄게. 할머니는 도시에서 벌어지는 공습에 대해서는 한마디도 하지 않으셔. 하지만 내가 아는 할머니는 독일 비행기가 지나갈 때 계단 위에 서서 주먹을 흔드실 분이지. 우리가 라운더스*를 하던 바로 그곳에 진짜 폭탄이 떨어졌다니, 얼른 네가 다른 곳으로 피하면 좋겠어.

네 엄마도 같은 생각이실 거야. 엄마 걱정은 하지 마, 메이지. 우리 할머니처럼 강한 분이니까. 잘 계실 거야.

몸조심하길, 내 사랑.

너의 벗,
폴

---

* 야구와 비슷한 구기(球技).

에든버러

1940년 7월 24일 수요일

폴에게,

내가 아는 사람 중에 엄마의 '제1권'을 밝혀줄 수 있는 사람이
있다면, 그건 내 사촌인 에밀리일 거라 생각했어. 나보다 더 오래
엄마를 알았으니까. 난 그 누르스름해진 편지 한 장을 들고 에밀리
네 집으로 찾아갔어. 그녀는 공동 세탁장에서 빨래를 하는 틈틈이
알고 있는 걸 전부 말해줬어. 사실 많은 얘기는 아니었지만.

에밀리는 지난 전쟁 때 엄마 집에서 머물렀었대. 체펠린 비행선
의 공격이 있고 나서 크리시 숙모가 안전을 염려해 아이들을 도시
밖으로 보냈던 거야. 그리고 대피령도 떨어져 사촌들이 모두 스카
이 섬으로 피난을 간 거야.

에든버러 밖으로는 한 발짝도 벗어나본 적 없는 엄마가 예전에
웨스턴아일스에 사셨다는 걸 못 믿겠어. 그걸 비밀로 하셨던 건 아
니야. 엄마가 어릴 때 이야기들, 요정들을 찾아 언덕을 뛰어다니던
이야기들을 해주셨으니까. 그런데도 난 엄마가 에든버러에서 나고
자랐다고 생각했어. 엄마는 웨스턴아일스에서 젊은 시절을 보냈는
데. 그러니 엄마가 스카이 섬의 편지를 갖고 있는 것도 그렇게 이
상한 일은 아니었던 거야.

예전에 두 삼촌이 한 여자와 얽힌 스캔들이 있었대. 혹시 그 여

자 이름이 수일까? 에밀리는 기억을 못하더라고. 그렇다고 할머니께 편지를 쓸 수도 없고. 할머니가 읽고 쓸 줄 아는 말은 게일어뿐이거든. 에밀리는 글래스고에 사는 핀레이 삼촌에게 편지를 써보라고 했어.

엄마에게 세 명의 남자 형제가 있다는 건 알고 있었지만(에밀리의 아빠가 돌아가셨으니 두 명), 엄마는 그분들 이야기는 별로 하지 않으셨어. 앨러스데어 삼촌은 영리했고, 윌리 삼촌은 다소 건방진 스타일, 핀레이 삼촌은 뭔가를 잃어버리고 다시는 돌아오지 않는 사람이라고 했을 뿐 더는 설명하려 하지 않으셨어. 어느 날 핀레이 삼촌이 마음속에 담아놓기에 버거운 분노를 품고 떠났다는 말만 덧붙이셨지.

에밀리 말로는 자기도 핀레이 삼촌이 글래스고에 계시다는 사실을 전혀 몰랐을 수도 있었는데—그가 스카이 섬을 떠나 어디로 갔는지는 아무도 몰랐대—몇 년 전에 글래스고에서 쇼핑을 하다가 아빠, 그러니까 앨러스데어 삼촌과 꼭 닮은 남자를 지나쳤다는 거야. 삼촌은 에밀리가 어렸을 때 돌아가셨지만 크리시 숙모는 항상 침대 옆에 결혼사진을 놓아두셨대. 에밀리는 그 남자를 뒤쫓아가다 충동적으로 자기 아빠의 이름을 말했고, 놀랍게도 그 남자가 삼촌이란 걸 알게 된 거지. 그렇지만 가슴 벅찬 만남은 전혀 아니었대. 핀레이 삼촌은 그녀의 손을 꼭 잡고 악수를 하고는 별 의미 없는 말을 주고받다 잘 지내라고 하더니 가던 길을 가셨대. 에밀리가 그 즉시 서둘러 전화번호부를 찾아 핀레이 삼촌의 글래스고 주소를 알아내지 못했다면, 가족들은 짧게나마 다시 나타났던 삼촌의 흔적을 놓치고 말았을 거야.

　에밀리의 호기심이 정말 고마워. 그 호기심이 없었다면 내가 존 재조차 모르던 삼촌에게 편지를 쓸 용기를 낼 수 없었을 테니까. 그리고 소문이 사실이라면 핀레이 삼촌은 가까워지기 힘든 사람이래. 행운을 빌어줘!

사랑을 담아,
마거릿

7장

〜

엘스페스

스카이 섬

1913년 11월 5일

데이비,

지난주에 보낸 편지를 다시 읽어보니 당신이 답장을 보낼 기회를 갖기 전에 바로 편지를 다시 쓰고 싶어졌어요. 이전 편지에 썼던 생각들이 달라진 건 아니지만, 좀더 완곡하게 썼다면 좋았을 텐데.

저는 여성들이 신비롭게도 '엄마다움'을 타고난다고 한 당신의 말이 틀렸다고 생각해요. 그러나 데이비, 당신은 아직 젊어요. 그런데 제가 자꾸 그걸 잊어버리네요. 당신은 결혼한 적도, 자신의 아이를 가진 적도 없어요. 당신이 평생 그렇게 생각할지도 모르지만, 그렇다고 당신이 현재 갖고 있는 믿음에 제가 책임을 물을 수는 없는 일이죠. 당신에게 너무 많은 걸 기대해 미안해요.

자! 이걸로 된 거예요. 당신은 제가 사과를 하거나 화가 나서 한 말을 다시 주워담는 일이 자주 있지 않다는 걸 아셔야 해요. 그리고 여기서 '자주'라는 말은 '결코 없다'는 의미랍니다. 제게 너무 화가 나 있지는 않기를.

엘스페스

미국 일리노이 주 시카고
1913년 11월 22일

수에게,

어떻게 답장을 써야 하나 망설이고 있었는데, 다시 편지를 보내주셔서 기쁩니다. 당신의 마음을 상하게 할 의도는 정말 없었어요. 제 삶에는 여자들이 많지 않아요. 엄마와 에비 누나로 말하자면 제가 아는 가장 유능한 여성들이에요. 에비 누나는 첫아이가 세상에 태어날 날만 손꼽아 기다렸는데, 플로렌스가 태어난 순간부터 아이를 어떻게 안고 먹여야 하는지 그냥 알더라고요. 그리고 제 인생의 또다른 여자는 라라인데, 그녀는 직접 살림을 맡아 할 날을 손꼽아 기다리고 있어요. 장담컨대, 라라는 유치원을 졸업하면서부터 혼수와 저녁 메뉴에 대해 꿈꿔왔을 거예요.

제가 정식으로 약혼을 했다는 사실에 흥미를 느끼실걸요! 제 수준에서는 최고로 격식을 갖춘 약혼이었어요. 저는 한쪽 무릎을 꿇고 진주가 박힌 금반지를 선물하는 것이 이상적이고 낭만적이라는 생각을 가지고 있었는데, 라라는 그 반지와 제게 눈길을 한번 주더니 정중하게 다이아몬드가 들어간 반지를 요구하더군요. 그녀는 반지를 과시하는 걸 대단히 좋아해요. 꼭 "그가 의사는 아니지만 우린 어떻게든 잘살아갈 거야"라고 말하는 것처럼요. 아직 결혼식에 대한 구체적인 계획은 없는데, 약혼 기간이 꽤 길어질 것 같아요. 라라가 졸업하려면 이 년 반이 남았는데, 결혼으로 그녀의 학업에 지장을 줄 생각은 꿈에도 하지 않고 있어요. 계획을 세우는 라라와 어머니가 옆에 없다면 전 일상적인 일에서든 미묘한 문제에 있어서든 아무것도 확신하지 못할 거예요.

결혼 전에 여행을 다녀야겠다고 생각하고 있어요. 이제 총각 시절이 몇 년밖에 남아 있지 않으니까요. 제게 당신의 책들을 보내준 다정한 친구 해리를 보러 옥스퍼드에 갈지도 모르겠어요. 그 친구의 공부도 거의 끝나가고 있고, 저는 이번 학기말에 휴일이 있거든요. 일단 반지가 제 손에 끼워지면, 여행을 다닐 수 있는 날들도 끝나겠죠!

데이비드

스카이 섬
1913년 12월 13일

데이비드,
저한테 화가 나지 않았다니 마음이 놓여요. 당신은 우습다고 생각할지 모르지만 제게는 친구가, 그러니까 적어도 시를 읽고, 소를 타고, 형편없는 체크 재킷을 입는 친구가 많지는 않답니다. 어째서 당신은 대서양의 외딴섬에서 흥분해 열변을 토하는 스코틀랜드 여자에게 계속 편지를 쓰려고 하는 건가요? 지독히 감상적으로 들릴지 모르겠지만 만약 편지 왕래가 중단되면 무척 그리울 것 같습니다.

정식으로 약혼했다고요? 세상에나, 그렇지만 친애하는 소년, 당신은 성장하고 있으니까요. 하지만 암석 및 광물 편람을 당신에게 빌려줘야 할 것 같은데요. 다이아몬드와 진주를 혼동한 것 같아서요.

당신이 두려움 없이 접근할 수 있는 것들의 목록을 만드는 데 우리가 좀더 집중해야 할 것 같아요. 당신을 두렵게 하는 건 뭐죠? 당연히 대학 입학은 아닐 거고. 혹시 아버지?

지금 제가 두려워하는 것은 이 편지를 끝내기 전에 잉크가 다 떨어지는 거예요. 지긋지긋한 낡은 펜!

이 편지가 당신에게 닿을 무렵이면 이미 크리스마스가 지났겠지만, 제 유명한 크리스마스 푸딩을 (작은 걸로) 보냅니다. 즐거운 기분으로 먹고, 연휴 멋지게 보내길.

엘스페스

미국 일리노이 주 시카고
1914년 1월 12일

새해 복 많이 받아요, 수!

당신 말이 맞아요. 정말이지 크리스마스 푸딩을 기가 막히게 잘 만드네요! 어머니가 크리스마스마다 만들어주겠다고 고집을 부리시는 과일케이크랑 비슷한데요. 어머니는 막판에 메뉴를 바꿔야 하는 상황이 아니면, 일 년 내내 부엌에 발을 들여놓는 일이 없으세요. 그런데 매년 크리스마스 시즌이 다가오면, 케이크 접시 위에 올려놓는 도일리 페이퍼처럼 가장자리에 화려한 레이스 장식이 달린 앞치마를 입으시고는 부엌에서 일하는 사람들에게 모두 나가라고 손짓하시죠. 그리고 한 시간 후에 머리에는 밀가루를 뒤집어쓰고, 뺨에는 당밀 자국을 묻히고, 눈은 브랜디를 '시음'했을 때처럼 반짝이며 의기양양하게 과일케이크를 들고 나타나세요. 대개는 그 모양과 질감과 맛이 포장용 돌과 흡사하지만, 우리 모두 크리스마스이브에는 반드시 큼직하게 한 조각씩 먹어야만 합니다.

그런데 수, 올해는 당신이 만든 무척 맛있는 크리스마스 푸딩을 먹는 즐거움을 누렸네요. 에비와 행크는 제가 따로 숨겨놓은 게 없는지 확인하려고 당신이 보낸 상자를 살펴보겠다고 했을 정도예요. 심지어 아버지도 조금 더 달라고 하셨고요. 엄마가 질투심 강한 애인처럼 이 푸딩이 당신의 과일케이크와 비교해 어떠냐고 물으시길래, 우리는 재빨리 엄마를 안심시켰죠. "아, 크리스마스 푸딩 맛이 괜찮긴 한데, 뭐랄까…… 아주…… 영국적이에요." 그게 무슨 의미인지에 대한 해석은 어머니의 몫으로 남겨두었고요.

크리스마스는 평화롭게 보냈나요? 올해도 주전자를 받았어요?

유감스럽게도 산타클로스는 제게 주전자를 남겨놓고 가진 않았어요. 대신 멋진 새 테니스 라켓을 받았습니다. 밖에서 써볼 수 있게 얼른 눈이 녹았으면 좋겠어요. 에비는 "책은 주머니 속에 넣어 다니는 정원과 같다"는 문장을 수놓은 아름다운 책갈피를 만들어줬어요. 아버지는 두꺼운 체인이 달리고 숫자 부분이 금으로 된 시계를 선물해주셨고요. 그 시계는 아버지가 쓰시던 건데, 아버지는 그걸 할아버지께 물려받으셨어요. 아버지는 이렇게 말씀하셨어요. "이제 너도 남자다, 데이비드. 네게도 가고자 하는 삶의 방향이 있으니 너를 인도해줄 뭔가가 필요할 거다. 어디로 갈지는 알고 있지만, 이젠 언제 가야 할지도 알게 될 거다." 아버지의 일장 연설은 다소 진부했는데도 어머니는 눈을 가볍게 두드리셨고 에비조차 훌쩍거리더군요. 멋지긴 한데, 할아버지가 생각나는 시계입니다. 저는 제가 19세기에서 막 걸어나온 사람처럼 보이지 않으면서도 운전할 때나 등산할 때, 또는 자전거를 탈 때도 찰 수 있는 손목시계를 기대했었는데 말이죠.

아버지는 연휴 내내 기분이 꽤 좋으셨어요. 그렇지만 당신 말이 맞는 것 같습니다. 제가 두려워하는 존재가 있다면, 그건 아버지일 겁니다. 의대에 가지 않겠다고 마침내 아버지께 맞서긴 했지만, 제 마지막 학기 성적이 나쁘지 않았다면 그렇게 수월하게 넘어가지는 못했을 거예요. 아버지가 '남자가 된다는 것'에 대해 말씀하신 뒤에도 저는 여전히 아이처럼 아버지의 집에서 아버지가 정한 규칙을 따르며 살고 있습니다. 아버지는 제가 하는 어떤 일도, 제가 함께하는 어떤 사람도 인정하지 않으세요.

제 친구 해리는 아버지가 인정해야 하지만 실상은 가장 받아들이기 어려운 유형의 사람이에요. 전 그런 점이 늘 흥미로웠어요. 해리는 가장 오래된 친구입니다. 어렸을 때부터 같이 학교에 다녔고, 함께 아버지의 해부학 책을 열심히 읽었고(특히 여성의 해부학과 관련된 페이지를 열심히), '여럿이 있을 때 더 안전하다'는 원칙에 따라 첫 데이트도 함께 했죠.

해리의 가족은 아버지와 같은 사교계에 속해 있는데다, 그는 의대 과정을 이수하고 있고, 똑똑하고, 흠잡을 데 없이 공손해요. 그러니 아버지가 어떻게 결점을 집어내실 수 있겠어요?

예리한 머리는 날카로운 무기처럼 휘두를 수 있는 것인지, 해리는 우리가 강요받는 사회적 역할 중 많은 것들에서 발견되는 속물 근성을 못마땅해해요. 그의 조롱의 대상이 되는 사람 중 대다수가 그의 야유와 천연덕스러운 유머를 알아차리지 못하니 그는 운이 좋은 편이죠. 그렇지 않았다면 그는 그렇게 자주 초대받지 못했을 거예요. 해리가 옥스퍼드로 떠난 지도 몇 년이 되었습니다. 우린 편지를 주고받기는—당신과 저만큼 자주는 아닙니다만—하지만, 그를 얼른 만날 수 있으면 좋겠어요.

친애하는 수, 당신에게 크리스마스 선물을 보냅니다. 얼룩덜룩한 무늬의 검은 펜이에요. 이제 이걸로 늘 제게 편지를 쓰실 수 있을 거예요.

새로운 한 해를 위해,
데이비드

스카이 섬
1914년 1월 28일

어느새 1914년이 되었지만, 세상은 아직 끝나지 않았어요!

데이비, 어쩜 이렇게 잘못 말할 수 있죠! 얼룩덜룩한 펜이라뇨. 잘 다듬은 벽옥처럼 빨강과 검정이 섞인 대리석 무늬잖아요. 신출내기 지질학자에게 이보다 더 좋은 펜이 있을까요?

저는 크리스마스 선물로 그림용 초크 한 세트를 받았어요. 나머지 선물들은 안타깝게도 다 실용적인 것들뿐이에요. 양말, 새 숟가락 세 벌, 엄청나게 큰 빨래통. 테니스 라켓을 받았다고요? 테니스를 쳐본 적은 없지만, 분명 빨래통보다는 더 가슴을 설레게 할 것 같네요.

엘스페스

미국 일리노이 주 시카고
1914년 2월 14일

수에게,

저는 친구들과 함께 미시간 주의 이시페밍으로 스키 여행을 갔다가 막 돌아왔어요. 그래서 답장이 좀 늦었습니다. 집에 돌아오니 당신의 편지가 저를 기다리고 있을 뿐만 아니라 해리에게서도 편지가 와 있었어요. 그가 저보고 배편으로 영국에 와 영국 고별 여행을 한 뒤 함께 미국으로 돌아가자고 제안했어요. 아직 정확한 여행 계획은 모르지만, 해리는 자유롭게 다니면서 에든버러까지 가보자고 합니다. 터무니없는 생각일 수도 있겠지만, 수, 저를 만나러 에든버러까지 와주어야 해요! 좀 장난처럼 들리겠지만, 그래도 6월까지는 당신이 배에 탈 수 있는 방법을 생각할 시간이 있으니까요. 위스키를 아주 많이 마셔보는 건 어떨까요?

행복한 밸런타인데이 보내세요!

데이비드

스카이 섬

1914년 3월 10일

데이비드,

정신이 어떻게 된 거 아니에요? 제 가족과 친구들 모두가 하지 못한 일을 당신이 할 수 있다고 생각하는 거예요? 제 평생, 저를 배에 오르게 한 사람은 아무도 없었어요. 그런데 다른 사람이 하지 못한 일을 당신은 할 수 있을 거라고 생각하는군요? 데이비드라는 유혹이 대학에 대한 유혹보다 더 클 거라고요? 세상에, 당신은 참 자만심으로 가득찬 사람이군요!

엘스페스

미국 일리노이 주 시카고
1914년 3월 26일

수,
잊은 것 같은데, 제 아버지가 의사랍니다. 제게 마취제인 에테르
가 있어요.

데이비드

스카이 섬
1914년 4월 11일

친애하는 소년에게,
그걸로는 어림도 없을 거예요.

E

미국 일리노이 주 시카고
1914년 4월 28일

수에게,
계획을 세우고 있습니다! 여행 계획을 세웠고, 표도 샀고, 런던

의 랭엄 호텔을 예약했고, 이제 전 배에 오를 준비를 마쳤어요. 문
제라면, 친애하는 수, 당신은 준비가 되었나요?

　당신도 분명 저만큼이나 펜과 종이의 한쪽 끝에 있는 사람이 궁
금할 거예요. 당신은 과학자면서 예술가고, 현실주의자면서도 꿈
꾸는 사람이니까요. 호기심이야말로 당신의 특징이죠.

　　　　　　　　　　　　　　　　　　　　　　　　데이비드

　스카이 섬
　1914년 5월 6일

　데이비드에게,
　음, 에든버러에 있는 제 조카들을 못 본 지도 꽤 오래되었어요.
그애들도 고모를 보면 무척 좋아할 거예요, 그렇겠죠?
　다음번 편지에 에테르도 함께 들어 있길 기대할게요. 들통으로
여러 통이요.

　　　　　　　　　　　　　　　　　　　　　　　　　　　E

　미국 일리노이 주 시카고
　1914년 5월 21일

　수,

제 두근거리는 가슴을 진정시켜주세요! 그게 정말 사실인가요? 수가 저를 위해 바다를 건너는 용기를 낸다고요?

특별한 문제가 없는 한 저희는 16일에 에든버러에 도착할 겁니다. 나는 조금도 더 기다릴 수 없을 것 같아요. 그러니 17일 정오 어떠세요? 요크플레이스의 세인트메리 성당, 괜찮으세요?

제가 가진 모든 것에 십자를 그으며,

데이비드

우체국 전보
SRP 5.55 에든버러 25
1914.6.18.

E. 던 스카이 섬=
계획했던 대로 성당에서 기다렸는데, 당신은 어디 있나요?
답장 주세요=
데이비드 칼레도니안 호텔+

영국 잉글랜드 리버풀
1914년 6월 22일

무슨 일이 있었던 건가요, 수? 약속을 정한 거라 생각했는데. 페리를 감당하기가 너무 벅찼나요? 제가 뒤끝이 없는 성격인 걸 다행으로 여겨야 합니다. 하지만 적어도 해명은 해야 한다는 건 알죠! 바다에 산다는 무시무시한 말이 아닌 다른 이유요.

여행은 아주 좋았어요. 해리와 저는 지난 몇 년간의 새로운 소식을 주고받았죠. 그가 편지를 잘 쓰는 친구는 아닌데다, 또 들으면 놀라시겠지만 저도 마찬가지니까요. 당신은 뭔가 특별한 부분을 북돋아서 제가 끊임없이 이야기를 풀어놓게 만드는 것 같아요.

해리에게는 미나라는 애인이 생겼어요. 엄청날 정도로 감상적인 시를 쓰는 새치름한 젊은 아가씨예요. 그녀를 만나보았는데, 매우 예의바르지만 좀 가볍다고 할까요. 그녀는 명확하고 딱 부러지는 말투로 날씨와 홍차 가격에 대해 이야기하며 대부분의 시간을 보내고, 나머지 시간은 으리으리한 그녀의 부모님 집 곳곳에 있는 구석진 곳에서 해리와 단둘이 있을 기회만 찾아요. 그녀는 겨우 열여덟 살이어서, 해리의 나머지 신체 부위가 아무리 그에게 다른 말을 할지라도 그의 머리는 아직 청혼할 때가 아니라고 결정할 만큼은 이성적입니다. 그는 미국으로 돌아가 의대에 입학하고 저축예금을 개설할 거랍니다. 그리고 둘이 떨어져 있는 동안, 미나가 틈만 나면 그를 침실로 끌어들이려 할 때 보이는 욕망 외에 다른 열정이나 기술을 적어도 하나쯤은 익혀놓기를 (너무 간절히는 아닐지라도!) 바라고 있어요. 해리는 미나가 조신하게 지낼 거라 기대하지는 않았지만, 그래도 우린 노력하는 그녀를 위해 건배를 들었죠.

우리가 방문했던 도시들은 매력적이었지만, 사실을 말하자면 해리와 함께 있으니 그냥 어배나로 돌아가는 게 나았을 것 같아요.

지나치게 감상적으로 들리나요? 그는 파이프 담배를 피우고, 시를 쓰기 시작했어요(요즘엔 모두가 시인이 된 걸까요?). 그것만 제외하면 예전과 똑같은 해리여서 우리가 여전히 소년 같다는 느낌도 들어요. 분명 어린애들처럼 행동했던 경우도 있었고요.

배에 오를 준비를 하고 있지만, 영국을 떠나기 전에 편지를 써서 부치고 싶었어요. 떠나기 전에 몇 가지 기념품도 사야 하고요. 플로렌스에게 여행 선물로 뭘 받고 싶냐고 물었더니, 단호하게 영국 조랑말을 사달라고 하더군요. 조랑말이 배의 개인 전용실에는 들어갈 것 같지 않지만(그래서 이등실로 여행하게 된 거죠!) 제가 가장 좋아하는 꼬마 숙녀의 소원을 어떻게 거절할 수 있겠어요?

해리가 미나에게 전보 한 장을 더 보내러 가는 길에 저 대신 우체국에서 이 편지를 부쳐주겠다고 합니다. 그래서 이만 줄입니다. 당신에게서 열렬한 해명과 겸허한 사과로 가득한 편지가 오기를 기대하겠습니다! 더이상 비밀은 없기예요, 수!

데이비드

스카이 섬
1914년 7월 3일

데이비드,
당신의 편지가 대단히 빨리 도착해 놀랐다는 것을 털어놓아야겠네요. 그러다가 당신이 이 편지를 영국에서 부쳤다는 것을 깨달았어요. 평소처럼 멀리서 온 편지가 아니었던 거죠. 데이비, 당신은 제게 화를 낼 자격이 충분해요. 우린 약속을 했었으니까요. 세상에, 당신이 대양을 건너 저를 만나러 오다니. 저는 그저 작은 해협 하나만 건너면 될 뿐이었고요.

당연히 제 변명이 뭐냐고 묻겠죠? 물론 제 오래된 두려움을 구실로 삼는다면 편할 거예요. 그렇지만, 아아, 이번에 느낀 두려움은 더 바보 같은 거예요. 어쩌면 좀 유치하기까지 하고요. 저는 우리가 만나면 신비감이 사라질까봐 두려워요. 편지에서 하던 대로 서로를 대할 수 없을지도 몰라요. 직접 얼굴을 보면서 나누는 대화가 지금처럼 흘러가지 않는다면 어쩌죠?

당신은 세인트메리 성당에서 이상 속의 엘스페스 던을 기다리고 있었던 거예요. 저는 당신이 진짜 저를 보고 실망하는 걸 원치 않아요. 당신이 제가 너무 작다고 생각하면 어쩌죠? 제 목소리가 마음에 들지 않으면요? 저는 지금처럼, 제가 신비에 싸여 있고, 바라건대 흥미로운 상태로 남아 있으면 좋겠어요.

어쨌든 저는 정말 가려고 했어요. 그것만은 믿어주세요, 데이비.

제게 비밀이 있다고 당신이 생각하기 때문에 하는 말인데, 제게 또다른 비밀이 있긴 합니다. 그렇지만 이번 건은 당분간 비밀로 해둘게요. 들으면 웃음을 참지 못하리란 걸 아니까요.

해리는 한마디로 참 멋진 친구 같군요. 언젠가 그를 만나면 좋겠다고 말하고 싶지만, 당신을 만나지 않고서는 그럴 수 없겠지요. 그리고 이미 그럴 기회는 사라졌고요!

엘스페스

추신: 모두가 다 시인이 된 것은 아니길 진심으로 바랍니다. 그
렇지 않으면 전 실직하고 말 거예요!

미국 일리노이 주 시카고
1914년 7월 15일

수, 수, 당신은 참 재미있는 사람이에요. 저 역시 '만약이라는 문
제'에 대해 걱정할 거란 생각은 안 해보았나요? 얼굴을 직접 보는
만남을 피하는 것은 제게 더 유리하죠. 제 발이 얼마나 큰지 혹은
제가 댄스 플로어에서 내려올 때 얼마나 어설픈지 모를 테니까요.
당신은 저를 좋게 생각하고 있군요(재킷에 대한 제 취향만 제외하
면요). 어쨌든 저는 대단히 잘생겼습니다. 정말 똑똑하고요. 위트
있고 아주 영민하죠. 어째서 제가 이런 제 이미지를 위태롭게 하겠
습니까? 우리가 인사를 하는 순간, 그런 모든 환상이 사라질 수 있
는데 말이죠. 그렇지만 당신을 만날 수 있는 쉽게 잡히지 않는 기
회를 위해서라면…… 그 모든 걱정은 다 무색해집니다.

그러니까 이제 우리는 이 년 동안 편지를 주고받아온 거죠? (마
치 지금까지 당신이 보낸 모든 편지를 보관하지 않은 것처럼 다소
무심하게 말하고 있네요.) 그 시간이 흘렀는데도 정말로, 아직 신
비감이 남아 있나요? 우리는 가장 깊은 곳에 자리한 두려움에 대
해 서로에게 말했고, 비밀스러운 소원을 고백했습니다. 저는 당신

을 알아요, 수. 당신도 저를 안다고 생각하고요. 제가 지금 당신 앞에 앉아 이런 말을 하는 거라면, 당신이 제 중서부 말투를 싫어해 제 말의 의미가 다소 퇴색되는 일이 없기를 빌어야 할 거예요.

어떤 사람을 처음 만날 때를 생각해봐요, 수. 무의미하고 피상적인 그 모든 것들을, 말투나 체크 재킷 같은 것들에 대한 평가를 통과해야 해요. 외모에 대한 탐색도 이루어지죠. 서로 맞을 것 같다고 느낀 후에야 본격적으로 서로를 알아나가며 우선 조심스럽게 상대방의 마음을 헤아려보기 시작할 겁니다. 어떤 것들이 상대방의 감정을 자극하는지—무엇이 비명을 지르게 하는지, 무엇이 웃게 하는지, 무엇이 카펫 위의 다리를 떨게 하는지—알게 되고요. 그런 면에서 당신과 저는 운이 좋아요. 첫번째 단계, 시각적인 평가에 대해서는 걱정할 필요가 없었으니까요. 우리는 흥미로운 부분으로 바로 들어갔죠. 서로의 영혼에 깃든 깊이와 폭을 알게 된 것이죠.

당신에 대해 모르는 게 많지만, 그게 더 신선하게 느껴집니다. 저는 다른 사람들 눈에 제가 충분히 나이들어 보이는지 혹은 점잖아 보이는지 등에 신경써야 한다는 게 신물이 나요. 늘 공손해야 하고, 관심을 갖고 있는 것처럼 보여야 하는 것도요. 제가 당신에게 편지를 쓸 때는 그런 무의미한 것들을 생각할 필요가 없습니다. 제 큰 발을 걱정할 필요도 없고요. 저는 껍질을 벗기고(옥수수에 비유하는 것을 용서해주세요) 제 꿈과 열정과 두려움이라는 빛나는 알맹이를 보여드릴 수 있어요. 그건 당신의 것입니다, 수, 당신이 원하면 뜯어먹을 수 있는 당신의 알맹이예요! 소금을 뿌리면 더 환상적이죠.

자, 이제 제게 당신의 새 비밀을 말해줘야 합니다. 웃지 않을 거라고 약속할게요. 적어도 시카고에서부터 제 웃음소리가 들릴 만큼 크게 웃지는 않겠다고요……

제가 깜빡깜빡 졸기 시작하길래 시계를 꺼내 보았어요. 얼마나이른 새벽인지 곧이곧대로 말하진 않겠지만, 거리는 이미 오래전부터 조용했습니다. 지금 당신은 저보다 잘 자고 있길!

데이비드

스카이 섬

1914년 8월 18일

데이비,

세상이 어디로 향하고 있는 걸까요?

팔 주 전, 저는 배에 오를 용기를 내려고 애쓰며 부두에 서 있었어요. 수평선을 계속 주시하다가 깨달았죠. 그 수평선을 만나러, 당신을 만나러 간다면 모든 게 변하리라는 것을. 그곳에 간다는 게 반드시 그런 의미만은 아니지만, 떠난다는 건 그런 거니까요. 저같은 여자들은 매력적인 미국인을 만나기 위해 바다를 건너지 않아요. 집에서 남편의 배가 돌아오기를 기다리죠.

그래서 저는 집으로 돌아와 당신의 편지를 다시 읽었고, 배에 오르려 하지 않았던 것처럼 굴었어요. 청어떼를 쫓아 민치 해협에 가 있는 이언이 돌아오기를 기다렸어요. 그 오랜 시간이 흐른 끝에 아이를 가졌다는 사실을, 그에게 어떻게 말할까 생각하면서요.

그가 집에 돌아온 날, 저는 진흙이 발목까지 차오르는 정원에서 빨래를 널고 있었어요. 그는 문 안으로 들어오더니 세일러 백을 툭 내려놓으면서 단호한 목소리로 말하더군요. "우린 전쟁중이야."

모든 게 너무나 차갑게 느껴졌어요, 데이비. 제가 전할 소식은 묻혀버렸고요. '우리'가 누구를 의미하는지 묻자, 그가 신문을 건네더군요.

나흘 전, 영국이 독일에 선전포고를 했어요. 제가 집에 홀로 앉아 옛날 편지들을 읽으며 마음을 다잡고 있을 때, 세상은 전쟁에 돌입했던 거예요.

그는 짐을 꾸리는 대로 참전하겠다고 합니다. 이제 막 집에 돌아왔는데 다시 떠나겠다는군요. 그런데 무엇을 위해서죠? 그는 이 전쟁이 왜 그와 관련이 있다고 생각하는 걸까요? 우리의 섬과? 우리와? "우리 세계는 이미 사라졌어." 그가 말했어요. "그걸 되찾을 수는 없지만, 남은 세계가 산산조각 나는 걸 막을 수는 있을 거야."

그는 너무나 침착했어요, 데이비. 그가 말하는 동안, 그의 어깨 너머로 갈매기가 슬로모션으로 날아가는 듯한 모습을 바라보던 게 기억나요. 심지어 양들조차 침묵했어요. 섬 전체가 그의 선언을 들으려고 속도를 낮추는 것만 같았어요. 그의 말이 이해라도 된다는 듯이! 그리고 제 가슴속 깊은 곳에서는 고통이 차올랐죠. '가슴이 무너진다'는 건 분명 이런 느낌일 거예요.

그날 늦게, 전 뱃속의 아이를 잃었다는 걸 알게 되었어요. 초대

받지 않은 아이였지만, 원하지 않던 아이는 결코 아니었는데. 그 생각에 익숙해질 수 있는 시간이 충분했는데도, 아이가 떠난 지금 제게는 공허함만 남았습니다. 아마도 제 생각이 내내 옳았던 것이겠지요. 어쩌면 우주는 내가 엄마가 될 운명이 아니라고 계획했었나봅니다. 그렇게 저는 남편을, 아이를, 제가 알던 평화로운 세계를 잃었어요. 그다음주에 이언은 핀레이 오빠와 다른 국민방위군들과 함께 훈련을 받으러 떠났어요.

오, 데이비, 저는 당신의 편지가 필요해요. 친절한 말이, 재미있는 말이, 우스꽝스러운 체크 재킷을 입은 당신의 사진이 필요합니다. 지금 일어나고 있는 모든 일을 잊어야 해요.

엘스페스

8장

❧

마거릿

에든버러
1940년 7월 24일 수요일

선생님께,

이렇게 갑작스럽게 편지를 드려 죄송합니다. 제가 생각하는 바로
그 핀레이 맥도널드 씨께 편지를 쓰는 것인지도 잘 모르겠습니다.

제가 선생님을 삼촌이라 믿는 데는 그럴 만한 이유가 있습니다.
제 어머니는 예전에 스카이 섬에 살다 현재는 에든버러에서 지내
는 엘스페스 던입니다. 제 사촌인 에밀리 맥도널드(앨러스데어 삼
촌의 딸)가 예전에 선생님을 글래스고에서 만났다며 제게 이 주소
를 주었습니다. 저는 삼촌들 중 누구도 뵌 적이 없어서 더 잘 알고
지내고 싶습니다.

제가 편지를 써도 괜찮을까요?

마거릿 던 올림

글래스고
7월 25일

마거릿,
이미 편지를 쓰지 않았니?

핀레이 맥도널드

1940년 7월 27일

메이지에게,
다시 비행을 시작했어! 하마터면 한발 늦을 뻔했어. 여기 남부
는 전 지역이 공격받고 있어. 지상에 발이 묶여서 정말이지 안절부
절못하던 상황이었는데. 에든버러에는 별일 없지?
삼촌에게는 편지 보냈고? 답장은?

사랑을 담아,
폴

에든버러

1940년 7월 29일 월요일

폴에게,

삼촌이 편지를 보내셨어. 그런 셈이야. 내 말을 부정하는 것도 아니고 나를 완전히 무시하는 것도 아닌 걸 보면, 그래, 그분은 자기가 문제의 그 핀레이 맥도널드라고 확인해준 것 같아. 내가 편지를 써도 되냐고 물어봤더니 답이 달랑 이렇게 왔어. "이미 편지를 쓰지 않았니?" 분명 내 삼촌이 틀림없어. 그분한테서도 엄마 특유의 날카로운 기지가 엿보이니까.

답장을 쓰지는 않을 거야. 삼촌이 내 편지를 놀리지 못하도록 아주 확실하게 하려면 단어 하나하나 신중하게 써야 할 텐데, 그건 내게 너무 벅찬 일이야. 왜 나한테는 책 속에서처럼 나를 유일한 상속인이라고 선언하거나 남태평양의 귀중한 소장품을 내게 증여하겠다는, 오래전에 모습을 감춘 삼촌이 없는 걸까? 아니면 적어도 정신병원에 살든가. 예전에 분명 그런 비슷한 이야기를 읽은 것 같아. 정신병원이라면 차라리 견디겠어. 그런데 톡 쏘아붙이는 답장? 그건 힘들 것 같아.

마거릿

추신: 에든버러에 대해서는 묻지 말길. 1000파운드 폭탄이 앨버트독에 떨어졌고, 철도선을 따라, 또 그랜턴에 소이탄 공격이 있었어. 엄마가 여기 계셨다면 무너지셨을 거야. 이제 난 네 걱정도 해야 해. 부디 몸조심하길.

1940년 7월 31일

메이지에게,

내가 그토록 사랑해 마지않는 모험심은 다 어디로 간 거야? 다음 봉우리 너머를 봐야만 하는 호기심, 설령 잠시 숨막히는 상황이 닥쳐도 저돌적으로 돌진하던 그 마음은 어디로 간 거고? 난 늘 이곳 친구들에게 내 약혼녀가 남자였다면 여기 공중에서 접전을 펼치고 있을 거라 말해.

내 걱정은 조금도 하지 마. 내 주머니에 네 사진을 간직하고 있으니까. 너의 사랑스러운 눈 속에는 내게 필요한 모든 행운이 다 들어 있어.

너에게 제대로 된 답장을 쓰는 걸 주저하는 그분의 태도는 훨씬 더 흥미로운 이야기가 숨어 있다는 암시일 수 있어. 너도 그걸 알고 있겠지. 어서, 왓슨, 어서! 게임이 시작됐네!

사랑을 담아,

폴

에든버러
1940년 8월 2일 금요일

폴에게,

편지를 써볼게. 너를 위해서. 오로지 널 위해서야.

메이지

에든버러

1940년 8월 2일 금요일

선생님께,

아니면 '핀레이 삼촌'이라고 불러야 할까요?

보내주신 답장에 정말이지 당황했습니다. 제 질문을 무시하신 건가요? 사기를 꺾으신 건가요? 다시 편지를 써도 좋다는 무언의 허락인가요?

부탁드립니다. 저는 엄마에 대해, 엄마가 제게 한 번도 말씀해 주시지 않은 것에 대해 궁금한 게 정말 많아요. 저와 함께 차를 마시거나 혹은 제 결혼식에 오실 필요는 없습니다. 약간의 시간을 내서 엄마에 대한 이야기를 글로 알려주시면 안 될까요? 엄마 인생 '제1권'의 빈 부분을 채울 수 있게 도와주세요.

감사의 마음을 담아,

마거릿 던

글래스고

8월 3일

마거릿,

네 엄마가 그 책을 덮어놓은 채 지낸 건 무슨 이유가 있어서일 거라는 생각은 해보지 않았니?

또 홀로 지내는 남자는 그저 홀로 있고 싶어한다는 것에 대해서도 생각해본 적 없는지?

정말이지 네게 들려줄 엘스페스에 관한 이야기가 내게는 없구나. 때론 세월조차도 실망감을 지우지 못하니까.

핀레이 맥도널드

에든버러
1940년 8월 5일 월요일

핀레이 삼촌께,

오래된 상처에 소금을 뿌리려던 게 아니에요. 진심으로, 아닙니다. 삼촌의 개인적인 일을 캐고 싶은 마음도 없고요. 저는 그저 엄마를 더 잘 알고 싶을 뿐이에요. 저는 제가 과거의 엄마에 대해 궁금해하는 만큼 삼촌도 현재의 엄마에 대해 궁금해하실 거라고 믿습니다. 그렇지 않다면 제게 답장을 하셨을 리 없으니까요. 그것도 두 번씩이나.

그래서 삼촌이 베풀어주실 거라 기대하는 친절에 보답하기 위해

제게 뭔가를 얘기해주실 때마다 저도 엄마에 대해 말씀드리려고
합니다. 받는 만큼 돌려드릴게요.

마거릿 던 올림

글래스고
8월 6일

마거릿,

받는 만큼 돌려준다. 참호에서 우린 그걸 "나도 살고 너도 살자"
전술이라 불렀지. 독일군이 발포하지 않으면, 우리도 발포하지 않
았어. 때로 우린 독일군이 잠시나마 평화로운 순간을 보내도록 해
주었고, 그들도 그 보답으로 우리에게 조금이나마 평화로운 시간
을 주었지. 물론 지휘부는 이런 생각에 동의하지 않았어. 그들은
우리에게 먼저 총을 쏘라고 했지. 적을 몰아세우라고. 그래야 그들
이 우리를 내버려둬야 한다는 걸 깨닫는다고.

넌 고집쟁이구나. 내 인정하마. 꼭 엘스페스 같아. 엘스페스도
더할 나위 없이 고집스러웠다. 남자가 셋씩 있는 집에선 그럴 수밖
에 없었겠지만.

받는 만큼 돌려주기. 난 한 번도 지휘부의 생각이 옳다고 생각한
적이 없었다.

핀레이 맥도널드

9장

엘스페스

미국 일리노이 주 시카고
1914년 9월 10일

수에게,

제가 당신에게 들려줄 재미난 농담이나 이야기를 안다면 얼마나
좋을까요.

남편에게선 소식이 왔나요? 그가 해외로 파병됐는지 아직 모르
나요? 적어도 당신은 스카이 섬에서 안전하게 지내고 있다고 믿어
도 되겠군요. 저는 그것만으로도 다행이라고 생각합니다.

그리고 수, 이렇게 말씀드리는 게 결례가 될 수 있겠지만, 당신
이 아기를 잃었다는 소식에 제 가슴이 아픕니다. 적절한 말을 안다
면 좋을 텐데, 그 말들은 제 마음에 담겨 있을 뿐입니다.

체크 재킷을 입은 사진은 더는 남아 있지 않아요. 대신 다음에는

바보처럼 보이는 코트를 사 입고 사진을 찍어 당신에게 가장 먼저 보내겠다고 약속할게요. 당신을 위해 당장 나가서 코트를 사고 싶은 마음입니다. 당신을 웃게 할 수 있다면요.

그런데 전에는 한 번도 남편 이야기를 한 적이 없다는 걸 아시죠. '부인'이라는 호칭을 써서 당신이 결혼했다고 생각하긴 했는데, 남편에 대해서는 한 번도 이야기하지 않았어요. 다른 것들에 대해서는 안 한 이야기가 없을 정도라 좀 이상하게 느껴졌죠.

새로운 소식이 있으면 알려주세요. 신문을 통해 기사를 읽을 수는 있지만 저 바다 너머 그곳에서 실제로 무슨 일이 벌어지고 있는지 아는 건 어려우니까요.

당신을 위해 제가 여기 있어요,
데이비드

스카이 섬
1914년 10월 4일

데이비드,

마침내 이언이 소식을 보내왔어요. 그가 속한 대대는 베드퍼드의 훈련 캠프에 있어요. 소집될 때만 기대하고 있다는데, 대부분의 남자들은 그렇게 말할 거라는 생각이 들었어요. 기대 말고 달리 뭘 하겠어요? 훈련과 무기에 대해, 그리고 모두들 "훈족* 몇 명 잡기"를 얼마나 바라고 있는지에 대해 신이 나서 쓴 짧은 편지였어요.

저나 우리집, 제가 잃은 아이에 대해서는 한마디도 없었어요.

핀레이 오빠도 이언과 같은 시기에 입대했어요. 두 사람은 둘도 없는 친구 사이예요. 그들이 함께 참전한 것도 그저 당연한 일이고요. 어머니는 제 남동생 윌리가 입대하는 걸 허락하지 않으셨어요. 그애는 엄마의 아기니까, 가능한 한 오랫동안 그 아이를 곁에 두실 거예요. 윌리는 핀레이가 떠난 이후 계속 침울해해요. 어머니가 실수로 선택을 잘못해 엉뚱한 아들을 전장에 보내신 것 같아요. 윌리는 늘 엄마의 소년이었지만, 핀레이는 일단 세상을 경험하면 절대로 돌아오고 싶어하지 않을 거예요. 오빠는 농장 주인이나 어부가될 사람이 아니거든요. 그가 스카이 섬으로 돌아올 유일한 이유는 케이트뿐이에요.

저는 글을 써보려고 애쓰는 중이에요. 혼자 산책하며 시 몇 편을 구상하고 있어요. 하지만 나오는 시들이 모두 뒤죽박죽이에요. 제대로 되지 않아요. 모든 게 정상으로 되돌아오면 좋겠어요. 제 마음을 이런저런 상황과 단절시켜야 해요. 이언이나 핀레이, 전쟁에 나가 싸우고 죽을 준비가 되어 있는 다른 청년들, 그 누구에 대해서도 생각할 수가 없어요.

저도 왜 당신에게 남편에 대해 말하지 않았는지 이유를 모르겠어요. 우리의 대화에 어울리지 않는 주제라고 생각했을지도 몰라요. 그러나 이제는 내가 당신에게 항상 완전한 진실을 말하는 것은 아니라는 사실에 지치네요.

---

* 1, 2차 대전중에 독일인을 경멸적으로 가리키던 말.

엘스페스

미국 일리노이 주 시카고
1914년 11월 2일

수에게,

저는 당신의 남동생 윌리가 어떤 기분일지 이해할 수 있어요. 저역시 다른 사람들은 모두 전쟁에 나가는데 저만 뒤에 남겨진다면기분이 좋지 않을 겁니다. 저라도 모험을 원할 거예요.

미흡한 건 알지만 플로렌스에게 들려줄 이야기를 쓰기 시작했어요. 편지와 함께 이야기 한 편을 보냅니다. 「생쥐 왕의 치즈」. 플로렌스는 치즈를 아주 좋아하거든요! 당신이 재미있어할 거라는, 심심풀이로 읽을 만할 거라는 생각이 들었어요. 완결된 이야기는 아닙니다. 어떻게 끝을 내야 할지 잘 모르겠어요. 혹시 좋은 생각이있나요?

새 학기가 시작되었는데, 전에도 가르쳤던 수업들이라 좀더 자신감이 붙었어요. 화학의 역사(연금술사에서 시작해 라부아지에, 멘델레예프 등등으로)에 대한 강의를 막 마쳤습니다. 제 학생들은정말 형편없는 에세이를 제출했어요. 차세대 정치인, 법조인이 될아이들이 제대로 된 논거를 구성할 줄도 모르다니! 어쨌든 이걸읽으면서 그 나이 때 저는 글을 더 잘 썼다는 생각에 잠겨 있다보니(그랬기를!) 당신에 대해 생각하지 않을 수 없었어요.

수, 꼭 글쓰기를 다시 시작해야 해요. 스스로에게 강요하지는 말
되, 허리띠에 연필 한 자루와 네모난 종이 한 장을 넣어두어요. 그
래야 언제 어디서든 당신의 뮤즈가 돌아오면, 바로 멈춰 서서 시를
쓸 수 있을 테니까요. 에머슨은 "천재성이란 퇴락한 것을 보수하
는 활동력이다"라고 말했는데, 그는 시에 대해 말한 것이었어요.
시를 다시 쓰기 시작하면, 바로 그 일 덕에 당신이 간절히 바라는
정상 상태로 되돌아갈 수 있을 거예요.

어떠한 경우에도 제게 편지 쓰는 걸 그만두지 마세요, 무슨 일이
있어도. 이 편지는 당신에게 시가 아니겠지만, 저는 당신의 편지를
시가 아닌 다른 것으로 생각해본 적이 없어요.

시를 기다리며,
데이비드

스카이 섬
1914년 11월 29일

데이비드에게,

오, 그 못된 어린 소녀는 영원히 쥐로 남아야 한다고 생각해요!
테이블 위로 기어올라 반대편에 놓인 빵에 손을 뻗친다고요? 당신
의 조카는 식사 예절을 더 잘 익혔길 바랄게요.

음, 로티를 쥐로 남겨둘 수 없다면 그 여자애에게 어떤 일이 일
어나도록 하면 좋을까요? 제 말은, 부엉이 부인에게 잡혀서 생쥐

무스가 되는 것 외에요. 그 아이는 어떻게든 교훈을 얻을 필요가 있어요. 어쩌면 엄마가 창가에서 식히고 있던 파이와 관련된 것일 수도 있겠죠? (오, 얼마나 큰 유혹인지……) 아니면 어떻게든 생쥐 왕을 구해야 하고, 그로 인해 생쥐 왕의 끝없는 감사를 받는다? 혹은 생쥐 왕과 사랑에 빠진다? 확실히는 모르겠지만 황금색 벨벳 옷을 입고 아주 작은 신발을 신은 누군가는 틀림없이 눈에 띌 정도로 매력적일 거예요. 체크 재킷을 걸친 사람처럼요. 그녀가 사랑에 빠진다 한들 놀랄 일이 아니겠죠.

제가 시 몇 편을 단숨에 썼다는 걸 알면 기뻐하겠죠. 당신의 조언을 받아들여 노트와 연필을 가지고 다니기 시작했는데, 바닥을 닦다(이런 일들은 때로 얼마나 일상적인지요!) 착상이 떠올랐어요. 젖은 바닥에 그대로 앉아 청소용 물이 식어가는 동안 시 한 편을 급히 적어내려갔어요. 에머슨이 말한 '천재성'이 담긴 시는 아니지만 그 순간의 제 생각들을 정확히 담아내긴 한 듯해요.

이언이 떠났기 때문에 저는 그가 하던 온갖 일을 도맡게 되었어요. 어제는 지붕 이엉을 고정해놓은 줄 하나가 바람에 끊어졌어요. 그 바람에 지붕 일부가 밤새 조금씩 헐거워져서, 아침이 되자 부엌에서 저를 맞은 건 잔뜩 쌓인 눈더미였지요. 키플링의 반다로그 원숭이처럼 한 손으로 지붕을 꼭 잡고 매달린 채 다른 손으로 끊어진 이엉 묶음의 끝을 다른 끝과 묶으려고 애쓰는 저를 당신이 꼭 봤어야 하는데. 안으로 들어오니 눈썹과 속눈썹 모두 꽁꽁 얼어붙어 있었고, 차 한 잔을 간신히 만들 정도로 손을 녹이기 위해 손가락들을 빨아야 했지요. 저는 이제 거의 매일 바지를 입고 지내요. 제가 하고 있는 일이 그런 일들이니까요. 이언은 소년처럼 영광의 꿈을 좇아 갑작스레 떠나기로 결정했을 때 이런 걸 고려하지 않았겠죠.

데이비, 밤이 가장 끔찍해요. 불 앞에 앉아서 뜨개질을 하거나 글자가 눈에 들어오지도 않는 책을 무릎 위에 올려놓고 있어도 쿵쿵 뛰는 가슴을 진정시킬 수가 없어요. 삐걱대고 덜거덕거리는 소리가 계속해서 들려요. 혼자라고 생각하거나 느끼지 않으려 일찍 잠자리에 들어보지만 잠이 오질 않아요. 그래서 당신이 보냈던 편지들을 모두 끄집어내서 다시 읽고 있어요. 때로는 당신의 말들을 이불 삼아 잠들기도 해요. 그러면 당신이 정말로 여기에 있는 것처럼, 제가 혼자가 아닌 것처럼 느껴져요. 우리가 이야기를 나누고 있는 것 같아요. 바보 같은 말이라는 거 알아요. 우린 한 번도 실제로 대화를 나눈 적이 없고, 난 당신의 목소리가 어떤지도 알지 못해요. 그런데 당신이 초기의 편지들에서 얼마나 허세를 부렸는지 알고 있어요? 당신은 내게 아주 깊은 인상을 주고 싶었던 게 틀림없어요.

이제 피로가 몰려와요. 편지를 이만 줄이고 촛불을 꺼야 할 것 같아요. 내일 날씨가 좋으면 이 편지를 부칠 수 있을 거예요. 요즘에는 편지가 도착하는 데 시간이 더 걸리는 것 같아요.

엘스페스

미국 인디애나 주 테러호트
1914년 12월 23일

수에게,

저는 테러호트에서 에비와 행크, 플로렌스와 함께 크리스마스를 보내고 있어요. 역으로 출발하려는데 당신의 편지가 도착했어요. 기차에서 기분좋게 읽을 수 있는 거리가 생겨 무척 기뻤어요. 이토록 긴 편지라니. 스카이 섬의 겨울밤은 틀림없이 길겠죠.

당신이 주신 의견 덕분에 「생쥐 왕의 치즈」를 마무리할 수 있었어요. 이야기의 결말을 보내니 정독(승인?)을 부탁드립니다. 완결된 이야기를 플로렌스에게 읽어주었더니 플로렌스는 펄쩍펄쩍 뛰면서 외쳤어요. "또! 또 읽어줘!" 당신에게서도 비슷한 반응을 이끌어낼 수 있다면 더할 나위 없을 것 같아요.

당신이 "소년처럼 영광의 꿈"을 좇았다고 표현해 놀랐습니다. 당신은 성별에 기초해 꼬리표를 붙이지 않으려고 늘 조심하는 사람이니까요. 제 주변에서는 수많은 여자들이 남자들만큼이나 윌슨 대통령을 질책하고 있어요. 미국이 유럽의 대혼란으로부터 교묘하게 발을 뺀다고요. 한동안 미국에서는 전쟁이 없었기에 우리는 싸움을 갈망하고 있습니다.

바로 어젯밤 저녁식사 때 에비는 상당히 신랄하게 윌슨을 비판했어요. 할아버지가 남북전쟁 말기쯤 전쟁에 나가셨었기에 우린 할아버지의 이야기를 들으며 자랐어요. 할아버지는 막힘없이 이야기를 늘어놓으셨죠! 누구도 전쟁을 그토록 전쟁 같지 않게 이야기할 수는 없을 거예요. 어린 시절 에비 누나는 할아버지의 이야기에 완전히 매료되어 여름 내내 가짜 콧수염을 붙이고 저와 함께 의용 기병대 놀이를 했을 정도였어요.

아버지는 전성기를 누리고 있을 때 전쟁을 겪지 않아 군대와는 동떨어진 삶을 살았고, 그래서 할아버지는 오래도록 실망하셨어요. 할아버지가 그 점에 대해 아버지를 용서했는지는 잘 모르겠어요. 할아버지는 군인 생활과 전쟁이 시민의 의무라 생각하시지만, 아버지는 자살행위라고 생각하세요. 미국이 전쟁에 뛰어든다면, 저는 바로 참전해서 아버지를 곤경에 빠뜨릴 생각입니다.

그렇지만 더 유쾌한 생각들이 분명 필요하긴 해요. 에비는 전쟁 이야기로 크리스마스의 들뜬 기분을 이미 망쳐놓았어요. 행크는 누나를 헛간으로 내보내 자게 할 기세예요. 최고로 즐거운 크리스마스를 보내요, 수. 그곳의 작은 집에서 당신은 온전히 혼자겠지만, 이번 크리스마스에 누군가는 당신을 잊지 않고 생각하고 있다는 걸 기억하세요.

데이비드

스카이 섬
1915년 1월 21일

데이비에게,

이미 새로운 한 해가 시작돼 때늦은 감이 있긴 하지만 크리스마스 선물을 보내요. 최근에 출간한 제 책이에요! 출판사에서 보낸 갓 인쇄된 책들이 담긴 상자와 당신의 편지가 같은 날 도착했어요. 그래서 가장 먼저 나온 인쇄본 중 한 권을 당신이 받게 된 거예요.

이 시들을 지금 읽으려니 무척 낯설게 느껴져요. 모두 전쟁 전에 쓴 시들이라서요. 제가 최근에 쓰는 시와는 주제가 많이 달라요. 요즘 시에는 꽃도 구름도 여름날도 없어요. 외로움이나 화, 으스스한 겨울 같은 더 어두운 주제와 감정들에 대해 쓰고 있어요. 그게 좋은 건지는 모르겠지만, 소위 "내 안의 용을 죽이는" 데는 도움이 돼요.

이언에게서는 소식이 너무 드문드문해 미칠 것 같아요. 핀레이 오빠를 통해 그에 대한 소식을 더 많이 듣고 있는 상황이에요. 편지를 쓰는 오빠가 있다는 게 얼마나 다행인지 몰라요. 사실 저는 이미 미쳐가고 있는 것 같아요. 이언이 집에 돌아올 때까지 부모님 집에 가 있을까 고민하고 있거든요. 며칠 전엔 길을 가다 빙판에서 넘어져 발목을 삐었어요. 운좋게도 마침 식료품을 사러 시내에 가 있을 때라 누군가가 저를 의사에게 데려다줄 수 있었지만, 그 일을 겪고 나니 걱정이 되더군요. 집에 혼자 있을 때 그런 일이 생겼다면 어땠을까? 집에 전화기도 없으니, 누가 예고 없이 찾아오지 않는 한 저는 혼자 그 일을 겪었을 거예요.

그리고 이제는 이곳의 온갖 일들에도 질려요. 농장 일은 온 가족이 거들어야 할 정도로 힘든 일인데 한 사람이 하다니요? 모든 게 저를 덮쳐내리는 것 같아요. 지붕 위의 줄이 또 끊어졌어요. 다시 올라가봤더니 모든 줄이 다 약하더군요. 줄에 곰팡이가 잔뜩 핀 건지, 새들이 줄을 가져간 건지, 아니면 이엉을 엮은 제 솜씨에 문제가 있는 건지 모르겠지만 줄이 너덜너덜 풀어져 갈라지고 있어요. 데이비, 질문 하나 할게요. 꽤 여러 권의 책을 출간한 시인이 긴 헤

더 줄을 입에 물고 한겨울에 초가지붕 위로 기어올라 대체 뭘 하고 있는 걸까요? 도서관의 활활 타오르는 난로 앞에 놓인 가죽 안락의자에 앉아 있어야 하는 거 아닌가요? 당신도 거기에 있을까요?

「생쥐 왕의 치즈」 결말은 재밌게 읽었어요. 로티는 성장해서 나눔을 배우고 "고맙다"는 말도 하는군요. 저는 여전히 그녀가 생쥐 왕과 사랑에 빠진다면 근사할 거라고 생각하고 있어요. 체크 재킷도 포함해서요. 라라는 이 이야기에 대해 어떻게 생각하나요?

잘 지내길,

엘스페스

미국 일리노이 주 시카고

1915년 2월 16일

수에게,

믿기지 않겠지만, 제가 쓴 이야기 중 한 편을 잡지사에 보냈어요! 한동안은 당신에게 답장을 받을 수 있을 거라 기대하지 않지만, 제가 「요정들의 해질녘 무도회」를 바깥세상에 내보낼 용기를 냈다는 걸 당신이 알면 자랑스러워할 거라 생각했어요. 당신의 격려가 없었다면 이야기를 써보지도 못했을 겁니다. 당신은 어떤 계기로 당신의 시를 바깥세상으로 보내야겠다고 결심했나요?

당신의 새 책은 대단해요! 게다가 저를 위해 직접 서명까지 해주다니, 이제 저를 '친애하는 친구'로 생각하는 거죠? 주제가 밝다는 것이 어떤 의미인지 알 것 같습니다(물론 최근에 쓴 시들은 읽어보지 못했지만요). 어쩌면 요즘 같은 때일수록 우리 모두 꽃과 구름과 여름날들에 대해 읽어야 할지 몰라요.

저는 휴가를 마치고 학교에 돌아왔습니다. 학생들에게 읽을 신문을 가져다주고 있어요. 학생들은 유럽에서 무슨 일이 벌어지고 있는지 한심할 정도로 모르더군요. 윌슨이 참전 결정을 내리면 제가 가르치는 졸업반의 일부는 입대할지도 몰라요. 최소한 지금은 학생들도 발칸 지역이 스웨덴 근처 어디라고는 생각하지 않습니다.

당신의 질문에 답을 하자면, 저는 라라가 「생쥐 왕의 치즈」에 대해 어떻게 생각하는지 몰라요. 그녀는 제가 쓴 이야기를 읽은 적이 없거든요. 아주 솔직하게 말해 전 그녀가 평소 뭘 읽는지 잘 몰라요. 제가 좋아하는 책을 몇 권 빌려주려고 했지만 그녀는 "남자들의 책"이라며 그냥 돌려주더군요. 최근에 그녀가 무언가를 읽는 걸 본 건 패션 잡지와 우리가 계획중인 결혼식 손님 목록뿐입니다. 결혼식이 끝나면 편하게 책 한 권을 읽을 시간이 생기겠죠. 그렇겠죠?

부모님 집에 들어가는 일에 대해서는 행운을 빌게요. 당신은 용감한 여성입니다! 여기서 저는 딱 반대의 결정을 고대하고 있지만요.

데이비드

스카이 섬
1915년 3월 8일

데이비드에게,

당신에게 편지를 쓰고 얼마 지나지 않아 이언의 편지를 받았어요. 마침내 전선으로 나가게 되어 금요일에 떠날 거라는 내용이었어요. 편지를 받은 게 금요일 오전이었으니 그는 이미 떠나고 난 뒤였죠.

그는 왜 전보라도 보내지 않았을까요? 한 번이라도 더 남편을 보기 위해 제가 배에 오를 용기를 낼 수 있었을지 모르는데요. 선전포고가 이루어진 후 그를 한 번도 만나지 못했으니 못 본 지 반년이 넘은 거예요. 핀레이 오빠가 집에 다니러 왔기 때문에 그때 이언도 휴가를 받았다는 것을 알았어요. 제가 휴가에 대해 묻자 그는 베드퍼드에서 집까지 올 경비가 충분치 않았다고 하더군요. 정말이지 화를 내게 만드는 사람이에요. 저한테 책의 인세를 저축해둔 게 어느 정도 있는데, 그는 한사코 1페니도 건들지 않으려고 해요. 자신의 고집은 그냥 배낭에 남겨두고, 작별 인사를 하러 오는 기차표는 내가 사게 하면 되는데 말이죠. 이제 전쟁터에 나가 있으니 제가 그를 다시 보게 될지 누가 알겠어요?

그런 일만 제외하면 저는 잘 지내고 있어요. 스카이 섬은 대도시와 달리 큰 타격을 받지 않았어요. 오빠의 미망인인 크리시는 에든버러에 있는데, 음식이 점점 귀해지고 있다고 편지에 썼어요. 적어도 여기에는 우리가 재배하는 농작물과 소에서 얻는 충분한 우유가 있어요. 매년 이맘때가 다소 힘들긴 하지만, 푸른 채소와 씨 없는 작은 과일을 얻을 때만 기다리고 있어요. 그래도 아직까지는 순무, 스웨덴 순무, 감자, 훈제 생선이 충분히 남아 있으니 불평할 수는 없죠. 하지만 차가 떨어지고 있어서 가능한 한 찻잎을 여러 번 우리고 있어요. 설탕 가격이 오르긴 했지만, 요즘엔 마지팬 케이크나 설탕 비스킷을 만들지 않으니 괜찮아요.

이언은 프랑스에 있다는데, 그것 말고는 무슨 일이 있는지 아는 게 없어요. 그와 핀레이 오빠가 늘 그래왔듯 서로를 지켜주길 기도할 뿐이에요. 그들이 무사하기를 기도하고 있어요.

엘스페스

미국 일리노이 주 시카고
1915년 3월 29일

무슨 말을 해야 할지 모르겠어요. 위로는 물론 마음으로부터 공감하고 싶어 당신이 처한 입장과 당신의 마음을 가늠해보려 노력 중이지만, 잘 안 되는군요. 미안해요.

결혼식이 얼마 남지 않아 예복을 솔질하고 결혼식 때 할말을 연습해야 합니다. 그런데 그렇게 하는 대신 저는 뭘 하고 있는 걸까요? 수, 저는 책상에 앉아 당신에게 편지를 쓰고 있습니다. 다가오는 결혼식에 더 설레야 한다는 걸 알지만, 다소 불안한 기분이 드는 게 당연한 거겠죠? 제 결정을 의심하는 건 아니지만…… 결혼식 전반에 대해서는 사뭇 걱정스럽습니다. 라라는 드레스 가봉에 온 정신이 팔려 있는 듯하고, 친구들과 속닥속닥 의논하느라 바빠요.

112

저는 우리가 만나본 사람들 혹은 만나길 희망하는 사람들 모두가 그 자리에 있을 거라는 사실 말고는, 계획들이 전부 잘 진행되고 있는지 알지 못합니다. 아마 거의 손도 안 댄 상태로 대부분 부엌으로 되돌아갈 오르되브르*와 손님들이 먹을 수 있는 양보다 두 배는 더 되는 구운 고기를 내놓겠죠. 여자들은 전부 우아하게 옷을 차려입고 레이스 끈으로 허리를 너무 꽉 조여놓아 음식은 입에 대는 둥 마는 둥 할 테고요. 욕조 여러 개를 채울 정도로 엄청난 양의 샴페인—파티에서 손님들이 유일하게 열정적으로 소비하게 될 것—을 마시게 될 테고, 뒤이어 너무 달아서 치과의사의 탄식을 자아낼 온갖 케이크와 페이스트리가 나올 거예요. 이 모든 게 끝나도 제게는 신혼여행이 남아 있습니다.

그런데 수, 저는 홀로 불 앞에 앉아 소금에 절인 생선과 감자, 연한 차와 설탕을 넣지 않은 케이크로 '견디고 있을' 당신을 머릿속에서 떨쳐낼 수가 없어요. 죄책감에 마음이 아픕니다. 당신과 전선에 나가 있는 남자들은 아무 보상도 없이 그토록 많은 일을 감당하고 있는데, 저는 호화로운 연회와 여가를 계획하고 있다니. 누가 저에게 결혼식 날 어디에 있고 싶은지 묻는다면—낯선 사람들로 가득한 방에서 제 몫의 피로연 음식을 먹는 것과 당신과 함께 단둘이 연한 차를 마시는 것 중에서—저는 제가 어느 쪽을 택할지 알고 있습니다.

데이비드

---

* 프랑스어로 전채 요리.

스카이 섬

1915년 4월 17일

데이비드,

음, 저는 부모님 집으로 이사했습니다. 혼자 사는 일이 여러모로 점점 더 감당이 되질 않아서요. 저는 소식을 기다리며 거의 매일 우체국에서 시간을 보내다가 그게 얼마나 처량한 일인지 깨달았어요. 아무리 멀리 달아난다 해도 나쁜 소식은 우리를 찾아내겠죠.

저 혼자 그 집을 유지하기가 너무 벅찼어요. 그래서 대담하게도 새집을, 슬레이트 지붕과 굴뚝이 있는 현대식 벽돌집을 짓겠다는 결정을 내렸답니다. 이언이 입대하면서 제 앞으로 나온 별거 수당이 있는데다, 그는 여기에 있지 않으니 안 된다고 말할 수도 없죠. 소목장이를 비롯해 인부들 몇을 고용했어요. 제가 계획하고 있는 집의 작은 스케치를 같이 보냅니다. 낡은 검은 집은 가축들을 위해 남겨둘 거예요. 더는 제 집을 암탉들과 나눠쓰지 않을 거예요!

이언에게서는 꽤 오랫동안 소식이 없어요. 상황이 그리 암울하지 않다면, 남편에게서보다 한 번도 만난 적 없는 남자로부터 더 많은 편지를 받는다는 사실에 웃었을 거예요. 어쨌든 흔히 말하듯 무소식이 희소식이겠지요.

지난번 편지에서 언급하진 않았지만, 당신이 동화 중 하나를 잡지사에 보냈다는 사실에 자랑스러움을 느낍니다. 아직 아무런 소식이 없나요? 어떻게 되어가고 있는지 알려주세요.

제가 어떻게 시를 세상 밖으로 보낼 용기를 냈는지 물었죠. 핀레이 오빠 덕분이었어요. 우리 둘은 자라면서 주어진 삶에 만족한 적이 없었어요. 핀레이 오빠는 조각을 하고, 저는 스케치를 하거나 글을 끼적거리며 해변에 앉아 있곤 했죠. 우리의 눈은 수평선에 고정돼 있었고, 아무런 말도 필요 없었어요. 그런데 오빠가 어느 정도 나이를 먹자 아버지는 오빠를 배에 태워 함께 바다로 나가셨어요. 오빠는 해변에 저만 남겨두고 고기를 잡으러 떠났죠. 오빠가 항상 자신이 발견한 돌을 가져다줬기 때문에 전 오빠와 함께 있는 기분이 들곤 했어요. 하지만 거의 매일 아침 오빠가 바다로 떠난다 해도 그것은 탈출이 아니었어요. 배를 타고 나가는 건 그 어떤 것보다 확실하게 오빠를 섬에 묶어놓는 일이었죠. 오빠는 결코 떠날 수 없었어요. 그래서 오빠는 제게 시를 보낸다는 약속을, 저 자신의 일부를 세상 밖으로 보내기 위해 노력하겠다는 약속을 하게 했어요. 왜냐하면 오빠는 덫에 걸려 있었거든요. 하지만 마음만 먹으면 세상은 제 것이었어요.

저는 일주일 동안 매일 밤 학교에 몰래 들어가 교장 선생님이 아끼는 타자기를 두드렸어요. 출판사에 보낼 정도의 시가 모일 때까지요. 이 경우에는 범죄가 득이 되었어요. 그 나머지는 뭐, 아시는 대로고요. 믿기 어렵겠지만 저는 그때 겨우 열일곱 살이었어요.

제 책의 발행인은 놀랍게도 저와 제 은둔 생활에 인내심을 보여줬는데, 지난주 정말 흥미로운 편지를 보내왔어요. 오래전에 그가 제 시집의 속표지에 넣을 사진을 부탁한 적이 있었거든요. 그런데 제가 보낼 사진이 없다고 하니 그쪽에서 사진사를 보내겠대요! 최종 확인이 오기를 기다리고 있지만 몇 주 후면 사진사가 도착할 것 같아요. 제가 얼마나 긴장하고 있는지 표현할 방법이 없네요, 데이비! 저는 한 번도 사진을 찍어본 적이 없는데다 다른 사람의 눈을 통해(말하자면 렌즈로) 저 자신을 본 적도 없어요. 뭘 입어야 할지도 모르겠어요. 엘스페스의 단 하나뿐인 유일한 사진에 세상이 실망하는 일은 없어야 할 텐데.

어느 순간, 당신은 어떤 식으로든 결혼식에 대해 결정을 내려야만 할 거예요. 출항하는 배에 타기를 원하는지, 아니면 견고한 부두로 돌아가는 게 더 행복할지 결정해야 해요. 난 당신이 뒤에 남아 배가 나아가는 걸 그저 바라보는 데 만족하는 사람이 아니란 걸 알아요. 그런데 어쩌면 그 배는 당신의 배가 아닐지 몰라요. 당신이 원하는 곳으로 가는 배가 아닐 수도 있고요. 당신은 올바른 결정을 내리게 될 거예요. 그게 어떤 건지 당신은 이미 알고 있을 거예요.

E

미국 일리노이 주 시카고
1915년 5월 9일

수에게,
당신은 잘 지내고 있는 것 같군요. 비록 전선에서 무슨 일이 벌어지고 있는지 소식을 듣지 못하지만요. 혹시 알아요, 마침내 윌슨이 참전을 결정하면 제가 당신에게 직접 체험한 소식을 들려줄 수 있을지. 루시타니아호 사건 이후 미국인들은 모두 독일에 적의를 품고 있어요. 이 전쟁과 아무 관련 없는 천이백 명의 사람들이 배에 타고 있다 죽었습니다. 당신이 첫번째 편지에서 뭐라고 했죠? 미국인들은 모두 카우보이에 무법자라고 했어요. 우리가 그곳에 가면 독일 황제는 조심해야 할걸요!

학기가 마무리되고 있고, 저는 학생들이 이 교실을 떠날 때 조금은 더 나아져 있길 바랍니다. 여전히 많은 학생들이 전쟁을 유럽의 문제로 치부하긴 해도, 상당수는 생각보다 더 큰 문제라는 걸 이해하고 있습니다. 나라들이 제각각 고립되어 있던 시대는 갔습니다. 지금은 20세기예요. 한 나라에 영향을 미치는 일은 우리 전체에 영향을 미치죠. 이제 학생들은 세상을 위해 싸울 가치가 있다는 걸 이해합니다.

그런데 진짜 겨우 열일곱 살에 시를 보낼 용기를 냈던 거예요? 수, 당신은 정말 대단해요! 그리고 제가 계산을 좀 해봐도 된다면 당신은 그처럼 두각을 드러낸 분의 나이로 제가 짐작했던 것보다 젊으시네요. 당신이 처음 데뷔한 나이가 열일곱, 그리고 당신의 첫 책 앞면에 나온 연도를 따져보면 이제 겨우 스물일곱. '나이 먹는 것'에 대해 놀리더니 우린 겨우 네 살 차이밖에 안 나네요.

이미 사진을 찍었다면 잘 진행되었기를 바랍니다. 그냥 체념하고 낡은 바지를 입거나 양들 사이에서 찍지는 않았어야 할 텐데. 사진이 어떻게 나왔는지 몹시 보고 싶네요.

데이비드

스카이 섬
1915년 5월 29일

오, 데이비, 이토록 어리석고, 어리석은 전쟁이라뇨!

페스튀베르에서 큰 전투가 있었어요. 스카이 섬 남자들 대부분이 속한 대대가 최전방에 있었고요. 이곳에서 제가 아는 거의 모든 가족이 단 한 번의 전투로 아들이나 남편, 아버지를 탐욕스러운 전쟁의 구렁텅이 속에서 잃었습니다.

핀레이 오빠도 꽤 심한 부상을 입었어요. 폭탄이 바로 오빠 앞에 떨어졌지만, 다행히 빗나갔어요. 하지만 왼쪽 다리가 산산조각이 날 정도로 큰 부상을 입었어요. 오빠는 말 그대로 재앙으로부터 한 발짝 거리에 있었던 거예요. 어머니는 오빠를 보러—오빠는 영국인들이 말하는 '본국 휴가'를 얻었어요—런던에 있는 병원에 가셨어요. 사실 저도 어머니를 따라 부두까지 갔었고, 배는 코앞에 있었어요. 그러나 저는 배에 오를 수가 없었어요. 핀레이 오빠를 위해서도요. 제가 그런 겁쟁이라는 사실에 얼굴을 소매에 묻고 울고 난 뒤, 손수건에 시 한 편을 적어 오빠에게 보냈습니다. 그 시가 제가 말할 수 없는 것을 전해주었으면 좋겠어요. 내가 오빠를 얼마나 사랑하는지도요. 저는 오빠의 부상이 그리 심하지 않기를 기도하며 스카이 섬에서 어머니의 편지를 기다리고 있습니다.

이언도 부상을 입었지만 며칠 이상 전선을 비울 만큼 심하지는 않다고 합니다. 그는 제게 편지도 쓰지 않고 야전 엽서만 보냈어요. 상관없는 내용에 줄을 그어 지우기만 하면 되는 미리 인쇄된 엽서에 스타카토식의 짧은 메시지만 담겨 있었어요. "나는 부상을 입고/ 병원에 입원했지만/ 곧 좋아질 거요." 그후에 도착한 그의 편지에는 괜찮다는 짧은 메모가 적혀 있었는데―어깨에 상처를 입었을 뿐, 걱정할 게 전혀 없다고요―제가 담배를 보내도 되는 걸까요?

그런데 이상한 게 뭔지 알아요, 데이비? 적어도 이언에 대해서는 별로 걱정이 되지 않아요. 그저 좀 공허한 느낌이 들 뿐. 외롭긴 하지만 요즘 같은 때 이상한 감정은 아니겠죠. 뭔가 허허로운 느낌이 드는데 그게 무엇 때문인지 잘 모르겠어요. 그렇다고 슬프거나 화나거나 두렵거나 걱정되는 건 아니에요. 적어도 지금으로선 그래요.

미국이 이 전쟁에 연루되는 일이 없기를 기도합니다. 데이비, 지금 있는 바로 그곳에 그대로 있어요. 약자를 괴롭히는 자의 조롱에 굴복하지 말아요. 걱정하기 시작해야 할 이유가 생기는 걸 원치 않아요.

기도하며,
엘스페스

미국 일리노이 주 시카고

1915년 6월 15일

수에게,

저는 왜 가장 필요한 순간에 무슨 말을 해야 할지 모르는 걸까요? 지금 당신을 향한 생각들을 말로 수월하게 옮길 수 있다면, 당신은 편지로 전할 수 있는 가장 깊은 포옹을 받을 겁니다. 핀레이는 어떤가요?

유럽의 혼란은 제 삶에서 일어나는 혼란을 보여주는 거울인 듯합니다. 우선, 에비의 남편이 아파요. 처음에는 그다지 심각해 보이지 않았는데, 회복에 꽤 오랜 시간이 걸리네요. 플로렌스는 현재 부모님 집에 있습니다. 에비가 플로렌스의 건강을 얼마나 염려했는지 상상하실 수 있을 겁니다. 행크가 열이 조금 나기 시작하자마자 플로렌스를 보냈으니까요.

저는 결혼식을 연기했어요. 라라는 잔뜩 화가 났습니다. 전 행크가 많이 아파서 함께하지 못하는 상황에서 잔치를 벌이는 건 적절치 못하다고 말했어요. 그녀는 그게 유일한 이유라고 생각하지 않는 것 같아요. 사실은, 제 생각도 그래요. 아마 당신 말이 맞을 거예요. 이건 제가 탈 배가 아닐지 몰라요. 라라가 이런 생각을 마음에 들어할 거라고 기대하진 않지만요.

불운은 한 번에 세 가지가 몰려온다고 하던가요? 행크의 병이 첫번째 불운이라면, 결혼식 연기가 두번째, 그리고 내년에 교직으로 돌아오지 말라는 요청을 받은 게 세번째 불운일 겁니다. 매우 정중한 태도로 고지하긴 했지만, 실제로는 저를 자른 거죠. 학부모들이 제가 신문을 가져와 루시타니아호나 그 밖의 야만적인 사건들에 관해 학생들에게 알려준 것을 문제삼은 것 같아요. 부모들은 소중한 자기 자식이 세상이 얼마나 끔찍한 곳인지 아는 것을 원치 않아요. 저는 교육을 위해 노력한 것뿐인데, 너무 지나치게 노력한 덕분인지 이렇게 해고되고 말았네요. "주기율표 교육에나 힘쓰세요." 이게 제가 들은 말입니다.

그리고 「요정들의 해질녘 무도회」 또한 별다른 운이 따라주지 않았고요. 잡지사는 제 원고가 그들의 요구에 부합하지 않는다며 "유감스럽지만 사양합니다"라는 형식적인 메모와 함께 제 원고를 돌려보냈습니다. 거절은 거절일 뿐입니다. 어쨌든 보시다시피, 저는 모든 면에서 실패를 경험하고 있습니다.

그렇지만 그 어떤 일도 인내심 없이는 이루어지지 않겠죠. 저는 다시 결혼식 일정을 잡고, 구인광고를 훑어보기 시작할 것이며, 제 이야기를 다른 잡지사에 보낼 겁니다. 이 정도 도전을 피한다면 저는 '모트'가 아닐 테니까요. 예전에 배수관에서 떨어져 다리가 부러지고도, 아시죠, 그 작은 사건이 있고 몇 달 뒤에 전 같은 배수관을 또 기어올라갔습니다.

제게 일어난 좋은 일 중 하나는 제가 마침내 부모님 집을 나오게 되었다는 거예요. 해리가 미국으로 돌아온 후 아파트를 빌렸는데 그 집으로 들어가려 합니다. 다시 한번 그와 영국에서 지내는 기분이 들 것 같아요.

제 삶에서 또다른 좋은 일은 당신입니다.

당신을 둘러싼 상황들이 더 나아지길 바랄게요, 친애하는 수.

당신을 생각하며,
데이비드

스카이 섬
1915년 7월 2일

데이비드에게,

핀레이 오빠는 다리를 잃었어요. 무릎 아래쪽이긴 하지만, 그렇다고 누가 잃고 싶어할까요. 오빠는 어머니에게 편지로 그 사실을 알릴 용기를 내지 못했어요. 물론 어머니는 개의치 않으세요. 그저 오빠가 살아 있다는 것만으로도 신께 감사하세요. 우리도 모두 똑같은 마음이고요. 오빠는 회복과 치료를 위해 에든버러의 병원으로 이송됐는데, 의족을 맞춘 후 스카이 섬으로 돌아올 거예요. 예전처럼 긴 산책을 할 수는 없겠지만, 그래도 최소한 오빠가 돌아오는 거예요.

당신의 편지를 읽으면서 꽤 걱정이 됐어요. 진심으로 하는 말같이 들려서요. 가장 대담한 사람마저 우울하게 할 정도로 너무나 많은 일들이 당신에게 일어나고 있네요. 당신이 여전히 예전과 같은 '모트', 다람쥐가 가득 든 자루를 메고 신이 나서 배수관을 오르던 소년이란 걸 스스로 인정했을 때에야 마음이 놓였어요. 나의 데이비가 위험한 상황 앞에서 기운을 잃고 웃지 않는다면 이 세상에 제대로 되는 일은 하나도 없을 거예요. 제가 이 모든 일을 겪고도 어떻게 축 처지지 않고 지낼 수 있겠어요? 이런 혼란의 바다에서 어떻게 둥둥 떠다닐 수 있겠어요?

사진 촬영은 잘 진행되었어요. 어머니가 런던을 떠나시기 전에 제가 우편환을 보내 단정하면서 현대적인 원피스 한 벌을 사다달라고 부탁했어요. 그런데 지나치게 많은 금액을 보냈던 것인지, 적당한 모직 정장과 블라우스, 완전히 실용적인 원피스(스코틀랜드의 겨울 날씨처럼 회색), 그리고 고상함과는 아주 거리가 먼 장밋빛 원피스를 사다주셨어요. 그 장밋빛 원피스는 하늘하늘 나부끼는데다 전에 입었던 둔탁한 옷들에 비하면 엄청나게 얌전치 않아 보여요. 그래도 입어보니 꼭 무지개를 입은 것 같았어요. 그리고 제가 전쟁 같은 일들은 걱정해본 적 없는 사람처럼 몇 년이나 어려 보였고요.

사진사는 그 장밋빛 원피스를 입으니 제가 더 시인처럼 보인다며—"천상의 존재"라는 표현을 썼어요—그 옷을 입으라고 저를 설득했어요. 당연히 그는 제 시의 배경인 야외에서 사진을 찍고 싶어했고, 그래서 저를 정원 옆, 자갈길 위, 맞아요, 데이비, 심지어 양들 옆에 서게 했어요. 제가 무척 바보같이 느껴졌어요. 어떤 스코틀랜드 하일랜드의 여자가 실용적이지 않은 깃털 같은 원피스를 입고 양떼를 몰며 언덕을 오르겠어요? 그런데 사진이 그런대로 잘 나온 편이어서 불평은 못하겠어요. 제가 낡은 검은색 부츠를 신고 있는 것은 보이지 않을 거예요. 어머니가 작은 꽃밭을 가꾸시는데 거기서 찍은 사진이 제일 잘 나온 것 같아요. 제 얼굴을 사진으로 보는 것은 무척 이상한 경험이었어요. 이렇게 거리를 두고 나 자신을 본 적이 없었으니까요. 사진사가 사진 몇 장을 보내주어서, 사진을 동봉해요. 이제 제가 정말 어떻게 생겼는지 알 수 있겠죠. 실망하지 않길 바랍니다.

어젯밤 저는 집밖에 앉아 무릎에 공책과 연필을 올려놓고 달이 뜨는 걸 지켜봤어요. 정원에서는 폭스글러브*와 허니서클** 향이 났고, 물론 그 향에는 진한 바다 내음이 섞여 있었죠. 작은 벌레들이 그다지 신경쓰지 않을 정도로 날은 선선했어요. 어머니가 잠자리에 드시기 전에 차를 담은 보온병을 가져다주셨어요. 저는 밖에서 꼬박 밤을 지새웠어요. 저에겐 뜨거운 차와 공책이 있었으니까요. 누가 이보다 더 많은 것을 원하겠어요? 밤은 많은 것으로 충만했고, 감동으로 일렁였어요. 왜 아직도 정령이나 요정을 믿는 이들이 있는지 이해할 수 있는 그런 스코틀랜드의 밤이었어요. 저는 기대감에 차서, 그곳에서 무언가를 기다렸어요. 뭘 발견하게 될지 저조차 알 수 없는 무언가를요. 아침에 아버지가 우유를 짜러 나오셨다가 집 옆 벤치에 깊이 잠들어 있는 저를 발견하시곤, "요정처럼 온통 이슬로 덮여 있구나"라고 하셨어요. 제가 어디에서 시의 영감을 얻는지 이제 아시겠죠!

아시다시피, 현재 저는 만족하고 있지만 그 만족감이란 달걀처럼 부서지기 쉬운 거예요. 저는 그것을 쿠션에 올려놓고 해협 건너의 대포 소리와 굉음으로부터 지켜내려고 노력중입니다. 무엇인가

---

* 고깔처럼 독특한 모양의 꽃을 피우며 정원을 화려하게 수놓는 허브.
** 향이 있는 덩굴풀의 일종.

가 굉음을 내며 부딪쳐 그 소리가 내 작은 섬까지 또렷이 들려올까
봐 너무 두려워요.

E

미국 일리노이 주 시카고
1915년 7월 21일

수에게,

당신 사진을 책상 위에 세워놓고 이 편지를 쓰면서, 편지를 읽고
있을 당신 모습을 그려봅니다. 당신은 당신 모습을 제대로 묘사하
지 못했어요. 당신이 얼마나 사랑스러워 보이는지 굳이 말할 필요
가 없겠죠.

이렇게 사진을 보고 나니 당신 아버지께서 왜 당신을 정원에서
잠든 요정 같다고 생각하셨는지 알 것 같아요. 당신이 제 엄지손가
락보다 크다는 걸 몰랐다면 당신이 입은 원피스가 장미 꽃잎과 거
미줄로 만든 거라고 생각했을 거예요. 꽃들 속에 있는 당신은 초현
실적인 느낌을 줘요. 표정은 깊은 생각에 잠겨 있는 것 같고요. 사
진이 찍히던 바로 그 순간 무슨 생각을 하고 있었나요? 저는 제 장
난과 터무니없는 모험들이 당신에게 그토록 중요했는지 미처 몰
랐어요. "이런 혼란의 바다에서 어떻게 둥둥 떠다닐 수 있겠어요"
라니. 저는 저의 무모한 행동이 사람들을 실컷 웃게 하거나 한바탕
박수를 치게 하는 것 이상의 반응을 끌어내길 바란 적이 없었어요.

앞으로 제가 이루어야 할 일들이 많은 것처럼 느껴지지만, 늘 그랬듯이 저는 도전하는 사람입니다. 당신이 믿는다면……

저 위까지 쓰고 난 후 사건 하나가 일어났습니다. 해리가 저를 놀래주려고 라라를 제 방에 들여보냈는데, 그녀가 책상 위의 편지를 발견하고 만 것이죠. 그녀는 제가 무슨 일이 일어나고 있는지 깨닫기도 전에 편지를 낚아채 읽었습니다. 라라는 결국 약혼을 완전히 철회했고, 약혼반지를 쓰레기통에 던졌습니다. 그녀는 제가 당신을 사랑하고 있다는 생각이 든다며, 지금껏 늘 승리를 거두어오던 누군가와 경쟁할 수 없다고 말합니다.

대학을 마치지 않았지만 그녀는 상당히 영리합니다.

데이비드

스카이 섬
1915년 8월 4일

데이비, 오, 데이비! 당신은 그런 편지를 쓰지 말았어야 했어요. 당신이 그 편지를 쓰지 않았다면, 전 이런 곤란한 상황에 빠지지 않았을 텐데. 계속 비밀을 품은 채 지닐 수 있었을 거예요. 새로운 사상자 명단을 확인하며 미망인이 될지 모른다고 생각하면서요. 당신은 계속 나의 유쾌한 펜팔, 내 시를 좋아하는 팬, 재미있는 친구로 남고요. 그런데 이 마지막 편지로 다 망쳐놓고 말았어요. 이

제 당신은 그저 '재미있는 친구'가 될 수 없어요.

제가 무슨 말을 해야 할까요? 결혼한 여자에게 편지를 써서 그녀를 사랑한다고 주장하다니 도가 지나친 거 아니냐고 말해야만 하겠죠. 그러나 저 자신은 무슨 말을 하길 바라는 걸까요? 당신이 제가 느끼는 감정에 대해 어느 정도 확신하지 않았다면 그런 편지를 쓰지 않았을 거라고 말하고 싶어요.

그 사진을 찍을 때 제가 무슨 생각을 하고 있었을까요? 당신은 알 거라고 생각했어요, 데이비. 저는 당신을 생각하고 있었습니다.

수

미국 일리노이 주 시카고
1915년 8월 20일

친애하는 나의 수,

당신의 답장을 기다리는 동안 제가 얼마나 초조했는지 아시나요? 제가 도박꾼이라면 당신이 답장을 하지 않는 쪽에 큰돈을 걸었을 겁니다. 하지만 당신이 보내는 편지에서 매번 신호와 징조를 보았던 내 마음 한구석에선, 행간뿐만 아니라 그 위와 아래도 읽은 또다른 나는 당신이 답장을 하고 내가 무슨 말을 하는지 정확히 알 거라는 데 돈을 걸었을 거예요. 내 안의 또다른 내가 이겨서 기쁩니다. 돌아온 보상이 어마어마하니까요.

이제 무슨 일이 생길까요? 당신이 시카고에 산다면 같이 저녁식

사를 하자고 청했을 거예요. 어쩌면 안 그랬을지도 모르고요. 결혼
한 여자와는 무엇을 함께할까요, 그녀를 혼자 있게 하는 것 말고요?

보세요, 저는 이번 일 또한 엉망으로 만들 거예요. '이번 일'이
무엇이든 간에요. 요즘 제가 전념하던 거의 모든 일에서 어떤 식으
로 실패를 거듭하고 있는지 아시잖아요. 전 배짱 말고는 장점이라
고 할 만한 게 없는 남자예요. 그런데 당신은 왜 저 같은 남자를 원
하는 거죠?

궁금해하며,

데이비드

스카이 섬

1915년 9월 6일

데이비, 데이비, 데이비,

당신은 걱정을 많이 하는 사람이 아니에요. 그런데 왜 이번 일은
이토록 골똘히 생각하는 건가요? 지난 삼 년 동안 우리는 상황이
흘러가도록 내버려두었고, 그러다 사랑이 싹텄어요. 다음에 무엇
이 올지 우리가 계획해야 하는 걸까요? 우리가 알아야만 할까요?

저는 한 번도 당신을 "배짱 말고는 장점이라고 할 만한 게 없는
남자"로 생각한 적이 없었다는 걸 당신이 알아주었으면 좋겠어요.
당신이 날 생각하고 있다는 사실을 안다는 것만으로도 난 계속 살
아갈 수 있다는 걸, 정신을 차릴 수 있다는 걸 당신이 알 수만 있다

면. 제 뮤즈가 달아났다는 생각에 빠져 있을 때 당신은 제가 다시 글을 쓸 수 있게 저를 일으켜세웠어요. 제가 그저 외로운 은둔자가 아님을 일깨워주었고요. 이제 제게는 더 많은 것이 있어요. 제게는 당신이 있어요.

당신은 정말 당신에게 능력이 있음을 내게 보여줘야 한다고 생각하나요? 그냥 그 자리에 계속 있어주는 것 외에 어떤 다른 일을 해야 한다고 생각하나요? 제가 부탁하는 것은 이게 다예요. 그냥 그 자리에 있어주세요.

당신을 생각하며,

수

미국 일리노이 주 시카고
1915년 9월 28일

수,

이곳에서는 정말 많은 일이 일어났어요. 당신은 절대 알아맞히지 못할 거예요—제가 전쟁터에 나가게 되었습니다! 해리가 프랑스군 소속으로 구급차를 운전할 자원자를 모집하는 아메리칸 앰뷸런스 필드 서비스* 광고를 봤어요. 윌슨이 넋 놓고 앉아 미국인들

---

* American Field Service, 즉 AFS는 1914년 1차 대전중 이념을 초월하여 부상병을 구호하기 위해 모인 앰뷸런스 운전병과 간호사들의 자원봉사 조직이다.

을 참전시키지 않고 있으니 우리 스스로 참여할 방도를 찾아야 합니다.

생각해봐요! 머리 위로 폭탄이 날아가는 와중에 최대한 빨리 자동차를 몬다는 것을. 누군가의 목숨이 무모하고 두려움 없이 운전하는 제게 달려 있는 거예요. 이보다 더 완벽하게 제게 맞는 일을 생각할 수 있겠어요? 선생으로서는 제대로 해내지 못했지만, 이건…… 이건 제가 해낼 수 있는 일이에요.

우린 보수를 받지 않아요. 하지만 할아버지가 제 앞으로 해주신 얼마간의 자금이 있어요. 해리는 일단 프랑스에 도착하면 우리 자금을 공동으로 관리하자고 합니다. 매일 통조림 콩이나 갈색 빵 따위를 먹어야 한대도 상관없어요. 아버지에게선 한푼도 받지 못할 거예요!

해리와 저는 이 소식을 전하려고 어젯밤 저녁을 먹으러 집에 갔어요. 어머니는 눈가를 훔치며 식탁을 떠나셨고, 아버지는 "도대체 프랑스에는 왜 간다는 거냐?" 하고 물으셨죠. 해리는 의자에 기대앉아 "글쎄요, 저도 모르겠습니다. 그렇지만 아주 멋진 모험이 될 겁니다"라고 말하더니 마데이라 와인이 든 잔으로 거수경례를 했습니다. 아버지 낯빛이 얼마나 벌게졌는지, 저러다 뇌졸중으로 쓰러지시는 게 아닌가 생각될 정도였어요.

우린 여기서 몇 가지 할 일이 있어요. 장티푸스 예방접종을 해야 하는데, 몇 주 정도 걸릴 거예요. 국무부에 보낼 아메리칸 앰뷸런스 본부의 공식 서한도 기다려야 하고요. 은행에서 신용장도 받아야 합니다. 같이 사야 하는 물건들(부츠, 스웨터, 운전용 장갑)이 있는데, 제복은 파리에서 구해야 해요. 그리고 사진! 면허증과 신분증에 쓸 사진이 십여 장은 필요해요. 해야 할 일이 너무 많지만 최대한 빨리 마치려고 합니다.

공식적으로는 육 개월간 복무하기로 계약하는데, 그후에 한 차례 삼 개월을 연장할 수 있습니다. 해리와 저는 적어도 일 년은 활동할 수 있게 해달라고 말해두었어요. 우린 뭐든 어중간하게 하고 마는 유형이 아니거든요.

수, 마침내 제 삶의 목적을 찾은 느낌이에요. 어서 그곳에 가게 되길 몹시 바라고 있습니다!

활기 넘치는,
데이비

스카이 섬
1915년 10월 15일

이 어리석고, 어리석은 소년 같으니! 제가 당신의 계획에 기뻐할 거라고 기대했나요? 남편은 전선에 있고, 오빠는 이 저주받은 전쟁에서 불구가 됐는데, 당신은 대체 내가 뭐라고 말해줄 거라 생각한 건가요?

당신이 왜 이런 일을 벌이는지 조금도 이해할 수 없어요. 프랑스에 빚진 게 있나요? 아니 그 문제에 있어서 다른 어떤 나라에라도 빚진 게 있나요? 왜 대양 반대편에서 일어나는 이 어리석은 전쟁에 관여할 의무를 느끼는 거죠? 무엇 때문에 이 전쟁이 당신과 상관있다고 생각하는 거죠?

이 모든 과정에서 한순간이라도 나에 대해 생각해봤나요? 겨우 최근에야, 나 자신의 감정을 믿지 못해 망설이고 주저하면서도, 당신을 전적으로 믿고 내 마음을 당신에게 보여줬는데. 그런데 이제 당신은 서둘러 달아나면서 그 모든 걸 짓밟는군요.

제가 원하는 것은 당신이 그곳에 있어주는 것밖에 없어요. 그런데 왜 떠나려고 하는 거죠?

미국 일리노이 주 시카고
1915년 10월 31일

수에게,

화난 거 알아요. 제발 화 풀어요. '의무'니 '애국심'이니 하는 얘기는 접어두고, 당신은 어떻게 제가 이번 일을, 이 최고의 모험을 흘려보내길 바라나요?

어머니는 빨갛게 부은 눈으로 훌쩍거리며 집 주위를 서성이세요. 아버지는 여전히 제게 말을 걸지 않습니다. 그래도 저는 제가 옳은 일을 하고 있다고 생각해요. 저는 대학에서 엉망이었어요. 일에서도 그랬고요. 세상에, 라라와의 관계도 망쳐버렸죠. 최고의 성취라 할 만한 게 기껏 다람쥐로 가득한 자루 정도인 남자가 세상에 설 자리는 없다는 생각이 들기 시작했어요. 전에

132

는 누구도 제 허세와 충동적인 성향을 원하는 것 같지 않았어요. 수, 당신은 이게 제게 맞는 일이라는 걸 알잖아요. 그 많은 사람들 가운데, 저 자신보다 저에 대해 더 잘 아는 것 같은 당신. 당신은 이게 옳은 일이라는 걸 알 거예요.

저는 내일 뉴욕으로 떠나요. 어머니께서 이 편지를 부쳐주실 거라 믿어야겠습니다. 당신이 이 편지를 읽을 즈음, 저는 배를 타고 대서양 어딘가에 있겠죠. 프랑스 정기선으로 항해하면 뱃삯을 할인받는데도 해리와 저는 영국행 배를 탔습니다. 그곳에는 해리를 기다리는 미나가 있으니까요. 그리고 제게는…… 제게는 당신이 있습니다. 옛날 기사들처럼 우리 둘 다 연인이 소매에 넣어주는 증표 없이는 전쟁터에 나갈 수 없어요.

11월 중순쯤 사우샘프턴에 도착해 런던으로 갈 예정입니다. 수, 이번에는 저를 만나주겠다고 말해주세요. 이런 부탁을 하기는 쉽다는 걸 압니다. 당신이 스카이 섬의 안식처를 떠나는 것에 비하면 훨씬 쉬운 일이죠. 당신을 한 번도 내 손길로 느껴보지 못한 채, 당신의 목소리가 내 이름을 말하는 걸 듣지 못한 채 전쟁터로 떠나는 일이 없게 해줘요. 당신에 대한 기억을 제 마음속에 간직하지 못하고 전쟁터에 나가는 일이 없게 해줘요.

당신의 사람…… 늘 그리고 영원히,

데이비

우체국 전보

S 8.25 사우샘프턴
1915.11.15.

E.던 스카이 섬=
런던에 도착하면 다시 랭엄 호텔에 투숙할 예정
도착하면 전보할게요=
D+

우체국 전보
S 15.07 포트리
1915.11.15.

D 그레이엄 랭엄 호텔=
목요일 여섯시 반 킹스크로스 역 스코틀랜드 특별 급행=
기다려주길 내 사랑=
수+

10장

마거릿

에든버러

1940년 8월 7일 수요일

핀레이 삼촌께,

엄마는 마음을 드러내지 않는 분이에요. 제가 태어나기 전의 엄마는 어떤 사람이었는지 모르지만 제가 아는 엄마는 모든 걸 가슴속에 단단하게 품고 계세요. 유년 시절 외에는 과거에 대해 전혀 말씀하지 않아요. 친구에 대해서도, 열망이나 사랑, 상실에 대해서도 전혀요. 그저 현재라는 시간만 살고 계세요.

엄마에게는 일상이, 매일 하는 일들이 있어요. 아침에는 산책을 하세요. 리스 강을 따라서. 홀리루드 공원 주위를. 방비가 강화되기 전의 해변과 부두를. 도시의 가장 먼 끝까지 걸어갔다가 다시 돌아오시기도 해요. 날씨가 어떻든, 계절이 어떻든, 밖에 나가 걸

으세요. 가시금작화 잔가지를 가지고 돌아와 베개에 끼워놓고 향을 맡거나 겨울의 첫 스노드롭꽃을 가지고 와 봄의 징조를 되새기시고요.

산책을 마치면 세인트메리 성당에 가서 앉아 계세요. 미사를 보러 가는 건 아니에요. 성당에 아무도 없어 한적하고 조용할 때 가시거든요. 신부님들은 엄마의 이름만 알고 있어요. 엄마는 그저 앉아서 성당의 평화로운 분위기를 만끽하려고 오는 사람이니까요.

하지만 이번 전쟁은 한 번도 본 적이 없을 정도로 갑작스레 엄마를 뒤흔들어놓았어요. 사라지기 전의 엄마는 핸드백에 갈색 성경책을 넣어 가지고 다니셨어요. 예전처럼 멀리, 오랫동안 산책을 나가지도 않으셨고요. 엄마는 무너지고 있었던 거예요.

이런 전쟁을 이미 겪어본 사람이라면 특히나 전쟁이 무서우리라는 건 알아요. 그런데 엄마는 왜 그러신 걸까요? 하필이면 왜 지금일까요?

마거릿 던

글래스고
8월 8일

마거릿,

아마 더 좋은 질문은 "다른 사람들은 왜 안 그럴까?"일 거다. 스물다섯이 넘은 다른 이들은 어째서 전쟁을 언급하는 것만으로도 얼어붙지 않는 걸까?

엘스페스는 과거에 얽매여 사는 사람이 아니었다. 아가씨였을 때도 늘 얼굴은 태양을 향해 있었어. 그애는 자신의 감정을 속에 품어놓지도 못했어. 앨러스데어 형은 늘 말했지. 엘스페스는 모두가 자신을 사랑해주길 지나치게 바란다고. 그때 우린 정말 그애를 사랑했지.

그게 엘스페스의 문제였어. 너무 신경을 많이 썼지. 전쟁이 그애 주위의 모든 사람을 위협하자 그애는 자그마한 행복이라도 잡으려고 애쓰며, 손에 잡히는 건 뭐가 됐든 움켜쥐었어. 정말로 삶이 그런 식으로 굴러가기라도 하는 것처럼. 그애는 스스로 부서지는 길을 택했고, 그렇게 되었다. 우리 중 누구도 그 선택을 막을 수 없었어. 이번 전쟁이 엘스페스에게 예전 전쟁의 기억을 떠오르게 했다는 게 내겐 전혀 놀랍지 않구나. 그애가 우리 가족을 산산이 깨뜨려놓은 시절의 기억을.

핀레이 맥도널드

에든버러
1940년 8월 9일 금요일

핀레이 삼촌께,
그게 이유였나요? 그래서 엄마가 소녀 시절 이후의 삶에 대해서는 전혀 말하지 않으셨던 건가요? 엄마는 기차로 가면 금세 도착하는 글래스고에 삼촌이 산다는 말을 왜 전혀 하지 않으셨을까요?
성당에 다니고 자연을 사랑하는 엄마가 어떤 일로 가족을 산산이
깨뜨렸을까요?

　그게 다 수 때문이었나요?

마거릿

글래스고
8월 10일

　마거릿,
　이런 질문들은 네 엄마에게 해야 할 거다. 난 널 도울 수 없구나.
난 수라는 사람을 모른다.

핀레이 맥도널드

에든버러
1940년 8월 12일 월요일

　핀레이 삼촌께,
　엄마에게 여쭤볼 수가 없어요. 사라지셨어요. 떠나셨다고요.
　지난달 우리 동네에 폭탄이 떨어졌어요. 창문이 깨진 것 말고는
큰 피해가 없었지만, 그 잔해 속에서 전에 한 번도 본 적 없는 편지

를 발견했어요. 여러 개의 편지 뭉치들이었어요. 제가 하나를 주웠는데, 데이비라는 미국인이 '수'에게 보내는 거였어요. 저는 그들이 누구인지, 나머지 편지에는 어떤 내용이 담겼는지 몰라요. 다음 날 아침 엄마와 편지가 모두 사라졌거든요.

그래서 엄마에게 물을 수 없어요. 엄마를 찾을 수조차 없어요. 절박하지 않다면 베일에 싸인 삼촌들을 찾아나서지도 않았을 거예요.

마거릿

글래스고

8월 13일

미국인? 이게 또 그 미국인과 관련된 거라고? 이토록 많은 세월이 흘렀는데 또 그 미국인 문제라고?

난 그때도 엘스페스의 선택을 막지 못했는데, 틀림없이 지금도 그런가보구나. 다시는 내게 편지를 쓰지 말거라.

핀레이 맥도널드

에든버러

1940년 8월 14일 수요일

폴에게,

효과가 있었어. 핀레이 삼촌이 조금씩 엄마에 대해 알려주고 계셔. 삼촌 말로는 "가족을 산산이 깨뜨려놓은" 무슨 일이 있었대. 그다음에 내가 그 편지와 미국인에 대해 언급했더니 편지를 중단하셨어. 내가 무슨 말을 한 걸까! 이 미국인을 엄마의 이야기에 어떤 식으로 끼워넣어야 하지? 그토록 오래전에 무슨 일이 있었던 걸까?

마거릿

런던
1940년 8월 10일

내 딸 마거릿,

내가 어디로 갔는지 너에게 설명하는 편지를 수십 통은 썼었단다. 하지만 내가 가져온 편지들을 훑다보니 네가 여전히 에든버러에 있을지 의구심이 들더구나. 네가 비밀을 찾아 이미 출발했을 것 같았지.

내 편지 중 하나가 사라졌어. 그날 밤 바닥에서 네가 주운 편지. 그 편지가 어떤 건지 난 정확히 알고 있단다. 철없지만 아주 멋진 청년이 스스로 남자임을 증명하기 위해 참전한다는 내용의 편지. 사랑하는 여자에게 엄청나게 큰 미지의 세계를 향해 발을 내디뎌 달라고 간청하는 편지. 런던, 그의 품, 둘 다 똑같이 두려운 세계로. 그가 그녀에게 자신을 믿어달라고 부추기는 편지. 어처구니없는 것은, 이렇게 어린 청년은 세상에 대한 두려움을 조금도 느끼지 않는데 편지를 기다리는 상대방 여자는 바다 너머로 나가는 걸 무서워한다는 거야. 그 펜을 휘두르는 이를 만나는 걸 두려워해. 자신의 마음을 다시 여는 걸 두려워해.

전쟁이 우리집 벽을 허물어 기억들이 쏟아져나왔으니, 런던 말고 내가 어디로 갔겠니? 난 늘 에든버러 주위를 떠도는 유령들이 이곳에도 여전히 존재하는지 확인해야 했다.

예전에, 아주 오래전, 난 사랑에 빠졌어. 예기치 못한, 무모한 사랑에. 난 그 사랑이 지나가버리는 걸 원치 않았어. 그의 이름은 데이비드, 그의 영혼은 아름답게 꽃피었지. 그는 나를 '수'라고 부르며 내게 편지를 썼는데, 연필로 쓴 한 획마다 그의 감정이 그대로 묻어나왔어. 그가 편지를 쓰면, 나는 작은 섬에서 혼자라는 느낌을 받지 않았어.

그러나 그때 전쟁의 파도가 소용돌이쳤단다. 새로운 사랑을 하기 위한 시간도, 세상도 아니었어. 전쟁중엔 감정이 뒤죽박죽이 되고, 사람들은 사라지고, 마음은 변할 수 있단다. 그토록 갑자기 사랑에 빠진 게 잘못이었어. 오래전에 일어난 그 일로, 데이비드와 있었던 일로 나는 오빠를 잃었어. 나는 많은 걸 잃었어.

내가 다르게 행동할 수 있었다면, 그렇게 했을까? 가족을 지킬 수 있는 다른 선택을 할 수 있었을까? 남은 삶을 홀로 보내지 않아도 되었을 다른 선택을 할 수 있었을까?

나는 지난 이십 년간 그걸 생각해보았단다. 그렇지만 런던행 기차에서 데이비드의 편지에 둘러싸여 있게 되자 내가 다르게 행동하지 않았으리란 걸 깨달았어. 물론 핀레이 오빠가 떠나는 일도 없었길 바라고. 그렇지만 남은 생을 낯선 외로움 속에서 살아야 한다 해도 아름다움으로 밝게 빛나던 그 몇 년을 결코 바꾸진 않을 것 같구나. 그때 내가 한 선택 때문에 네가 내게로 왔어. 그리고 네가 내게 와줘서 그전에 일어났던 모든 일들이 그만한 가치가 있게 된 거고.

모든 걸 다 털어놓지 못하는 나를 용서하렴. 하지만 과거는 과거일 뿐. 나는 너와 함께하는 현재를 사랑해. 그 현재를 흔들리게 하는 것은 그 어떤 것도 원하지 않아.

생일 축하한다, 내 딸 마거릿. 필요한 답을 찾으면, 네가 있는 집으로 돌아갈게.

사랑한다,
엄마

11장

엘스페스

런던 랭엄 호텔

1915년 11월 27일

데이비,

방금 당신이 떠났어요. 아마도 지금쯤 자리에 앉아 런던을 빠져
나가는 기차 소리를 듣고 있겠죠. 역까지 배웅 나가지 못해 미안해
요. 진심으로 미안해요. 나 자신을 믿을 수가 없었어요. 역까지 함
께 가면 당신 팔에 매달려 당신이 가지 못하게 붙잡을 걸 알았으니
까요. 그런데 이제는 가지 않은 게, 당신의 사랑스러운 얼굴을 한
번이라도 더 볼 수 있는 기회를 놓친 게 후회돼요.

눈물이 마르자 당신에게 무척 화가 났어요. 어떻게든 당신을 설
득해 머물게 할 수 있을 거라 생각했었나봐요. 내가 당신에게 모든
걸 주었다면, 당신이 떠날 수 없었을지도 몰라요. 그렇다고 당신에

게 나 자신을 다 주지 않은 건 아니에요. 어떻게 그럴 수 있었겠어요? 지난 구 일간은 모든 게 완벽했어요.

런던행 기차에서 난 두려웠어요. 배에 오를 때보다 더 두려워 눈을 감고 숨을 들이쉰 채 기차에 올라야 했어요. 배가 요동칠 때마다 집으로, 바닥이 움직이지 않는 곳으로 돌아갈 수 있길 바랐어요. 그런데 기차는 훨씬 심했죠. 기차는 나를 집에서 멀리 데려갈 뿐만 아니라 미지의 세계로 데려가고 있었으니까요. 나를 당신에게로 데려가고 있었죠.

난 당신이 나를 사랑하고 있다는 걸 알고 있었어요. 그 점에 대해선 전혀 의심하지 않아요. 삼 년간 지속된 신중한 단어 선택, 깔끔하게 정리된 구절들, 편지 봉투에 특별히 정성을 기울여 쓴 '수'. 우리의 만남에 대해 걱정할 이유가 없었다는 건 알아요. 하지만 걱정이 되었어요. 그 모든 건 펜과 종이에 드러나는 엘스페스를 위한 것이었죠. 미국인에게 생각나는 대로 술술 편지를 써 보내는 위트 있고 세상에 대해 많이 아는 여성, 책에 대해 논하고 주저 없이 시를 써내려가는 그런 사람 말이에요.

그러나 나의 시들은 새들이 저 위 이엉에 앉아 쉴 때 희미한 촛불 옆에서 써내려간 거예요. 나는 소용돌이치듯 올라오는 매캐한 이탄* 불 옆에 웅크린 채 얼얼해진 눈을 닦으며 당신의 편지를 읽어요. 이웃들은 한 손에 물렛가락이 아니라 책을 들고 시내로 걸어가는 나를 별종으로 생각해요. 기차가 칙칙 소리를 내며 런던에 가

---

* 땅속에 묻힌 시간이 오래되지 않아 완전히 탄화하지 못한 석탄.

까워지는 동안, 당신도 나를 그렇게 생각할까봐 걱정을 떨쳐낼 수 없었어요.

그런데 킹스크로스 역에 발을 내디뎌 군중 속에 있던 당신과 눈이 마주치자 모든 두려움이 눈 녹듯 사라졌어요. 당신은 우아한 분홍색 드레스와 곧게 펴느라 한 시간이나 공들인 머리, 매력적인 미국인을 만나기 위에 국토를 횡단하는 여자처럼 보이려는 내 노력 그 너머를 보았죠. 당신은 진짜 엘스페스를 봤어요. 나를 봤어요.

그런데 당신은 정말 당신 양복 깃에 단 그 바보 같은 빨간 카네이션이 없다면 내가 당신을 알아보지 못할 거라 생각한 건가요? 내가 알고 있는 당신의 로맨틱한 면을 알아보지 못할 거라고 생각한 거예요? 난 당신의 사진이 내 눈꺼풀 안쪽에 새겨지면 어쩌나 할 정도로 사진을 자주 꺼내 봤어요. 난 이제 내 꿈들이 상상력을 넘어선다는 걸 알아요.

그런데도 흑백사진이 아닌 실물로 당신을 보니 내가 기대하던 것 이상이었어요. 당신의 눈동자가 딱 겨울날의 스코틀랜드 언덕처럼 갈색빛이 도는 녹색이라는 걸 알고 있었나요? 당신은 내가 사진을 보고 추측했던 것보다 키도 훨씬 컸어요. 그토록 애써 길렀던 콧수염은 없어졌고, 곱슬곱슬한 모래 빛깔 머리는 더 짧아지긴 했어도 손가락으로 쓸어내릴 수 있는 길이였죠.

당신은 역에서 나를 만났을 때 마치 나를 전혀 모른다는 듯 정말 수줍어하는 것처럼 보였어요. 나는 나의 데이비가, 책과 나무 전쟁과 조카에 대해 몇 페이지씩 이야기하던 그 소년이 저녁을 먹으면서 열 단어 이상 생각하지 못한다는 게 믿기지 않았어요! 나는 우리 둘을 위해 쉴새없이 이런저런 말을 늘어놓았죠. 하지만 나 역시 처음 가본 레스토랑에서 식사하느라 무척 긴장했었어요. 너무나 많은 사람들, 너무나 많은 포크들, 그런데 귀리 비스킷은 하나도 보이지 않고요. 하지만 우리가 랭엄 호텔로 돌아갈 때, 내가 이야기하는 도중에 당신이 키스를 하는 바람에 난 숨이 막힐 뻔했어요. 바로 그 순간 내가 사랑하는 데이비를 보았어요. 바로 그 순간 내 마음을 훔친 두려움 없는 청년을 보았어요.

아, 랭엄 호텔! 정문을 지나 들어서는 순간, 나는 공주가 된 느낌이었어요. 궁전처럼 온통 대리석과 유리와 조명 들로 가득했죠. 당신은 내가 당신 방으로 돌아올 거라고 예상치 못했나요? 그랬던 게 분명해요. 내가 그 얘기를 꺼내자 당신의 눈이 아주 커지면서 손이 떨렸던 걸 보면. 당신은 방까지 가는 동안 다섯 번이나 열쇠를 떨어뜨렸어요. 세어봤답니다. 그러고는 마침내 전혀 긴장할 게 없었죠.

우리가 그곳에서 내내 깨어 있을 수 있었더라면 좋았을 텐데. 구 일간의 완벽한 나날들. 눈을 떴을 때 여전히 그 자리에 있는 나를 발견하고는 깜짝 놀라던 그 재밌는 표정을 보던 일. 어둠 속에서 잠에 취해 대화를 나누다가 당신 품에서 잠들던 일. 나는 그 말 하나하나를 구슬처럼 모아놓았어요. 스카이 섬에 돌아가면 외로운 밤마다 그 말들을 엮으려고요. 처음으로 미국식 말투를 들어본 거였죠. 난 당신이 "사랑해요"라고 말할 때가 제일 좋아요.

당신이 떠나야 했다는 걸 이해해요. 그 모든 일이 있은 후에도, 심지어 나를 뒤에 남겨두고 당신은 떠나야 했죠. 그런데도 그걸 견디지 못하는 나 자신이 싫어요. 상황이 달라질 수 있다면 얼마나 좋을까 바라면서 우리의 소중했던 순간순간을 낭비했던 나 자신이 싫어요.

물론 이런 얘기를 입 밖으로 꺼낼 수는 없었어요. 많은 말을 할 수가 없었죠. 우리의 목소리는 너무나…… 이상했어요. 지극히 평범하달까요. 고백컨대 내 느낌을 전하기 위해 어서 편지지와 펜으로 돌아가고 싶었어요. 내 머리와 마음과 몸이 하나가 되어 내가 생각했던 것보다 훨씬, 믿을 수 없을 정도로 많이 당신을 그리워한다고 말하기 위해서요.

당신을 사랑해요. 안전하게 지내요. 날 위해 안전하길.

수

런던 랭엄 호텔
1915년 11월 29일

내 사랑,

내가 앞서 보낸 편지를 아직 받지 못했겠지만, 당신을 얼마나 그리워하고 있는지 다시 한번 말하는 게 결코 너무 이른 일은 아닐 거라 생각해요. 당신이 없는 호텔은 어찌나 크고 외로워 보이는지(방에 메아리가 울려요, 그냥 제 상상일까요?). 공기 중에는 오렌지 향이 감돌고, 매트리스에서는 여전히 당신의 모습이 분명하게 보여요. 랭엄 호텔이 사랑스럽긴 하지만 떠나는 게 아주 슬플 것 같지는 않아요. 당신이 여기에 없으니 예전처럼 사랑스럽지 않아요.

오늘은 쇼핑을 하러 나갔어요. 데이비, 당신은 어째서 이 수많은 책들에 대해 말하지 않았나요? 길을 걷다 모퉁이를 돌자 서점으로 빼곡한 거리가 나왔어요. 당신은 웃을지 모르겠지만 내 상상력을 아무리 자유롭게 풀어놓는다 한들, 가게 전체가 오직 책들로만 가득한 이미지는 결코 생각해내지 못했을 거예요. 첫번째 서점에 들어간 나는 입구에 선 채 눈이 휘둥그레져 주위의 수많은 책장을 응시했어요. 그 모습이 꼭 '시골뜨기'처럼 보였을 것 같아요. 그곳은 포일스 서점이었고, 내가 눈을 가늘게 뜨고 햇빛 속으로 다시 나가기까지는 당연히 얼마간의 시간이 걸렸어요. 남은 하루 내내 난 차링크로스 로드를 한쪽 끝에서 다른 쪽 끝까지 느릿느릿 걸으며 지나치는 모든 서점에 들렀어요. 책을 한 권도 사지 않고 그냥 나온 곳이 없었어요. 무심한 어조로 "이걸 랭엄으로 보내주세요"라고 말하는 데도 꽤 능숙해졌는데, 그날 저녁 호텔에서 날 기다리고 있는 소포 꾸러미들을 보고는 소스라치게 놀라고 말았답니다.

친애하는 나의 데이비, 당신을 위해 어떤 책을 보낼까 고민중이에요. 당신의 배낭에 여유 공간이 충분치 않다는 걸 아니까요. 삶의 예상치 못한 변화를 헤쳐가기 위해 정말로 필요한 책은 성경과 W. S.(두 사람 다)뿐이죠. 성경은 이미 가지고 있는 듯해서 스콧의 『호수의 여인』과 내가 찾을 수 있었던 것 가운데 가장 소형판인 셰익스피어 작품집을 보내요. 그리고 소포에 공간이 조금 남아서 드라이든으로 채웠어요. 결국 "말은 우리의 생각을 그려낸 것에 불과"하니까요.

가장 재미있었던 일은, 내 책을 진열해놓은 한 서점에서 인사를 받았다는 거예요. 『페잉커런에 닿는 파도』를 집어드는 내 표정이 즐거워 보였던지 점원이 서둘러 내게 오더군요. "감상적이고 앙증스러운 시예요." 그녀가 꽤 진지하게 말했어요. "작가가 스코틀랜드 하일랜드에 살아요. 그곳의 미신과 거의 원시에 가까운 삶의 방식을 엿볼 수 있는 멋진 책이죠." 난 점잖게 고개를 끄덕이고는 그 책을 계산대로 가져가 책 속지에 아주 분명하게 '엘스페스 던'이라고 사인을 해주었어요. 놀란 점원에게 그 책을 건네주면서 바라건대 대수롭지 않은 듯한 어조로 말했죠. "우리가 평소에 미개인이긴 하지만, 항상 아이들을 잡아먹는 건 아니랍니다."

난 한번 더 사치스러운 목욕을 오래 즐기기 위해 물을 틀어놓고 있어요. 직접 물을 길어와 데워야 할 필요가 없는 목욕이라니. 장미 향유를 타놓은, 김이 피어오르는 물속에 기대앉기만 하면 되니 천국이 따로 없는 것 같아요. 아침에는 세실코트에서 출판사 사장과 만나기로 했고(거기서 그가 훨씬 더 많은 서점을 소개해준다고 약속했어요!), 그후에 역으로 가서 북쪽으로 가는 기차를 탈 거예요. 도착해서 다시 편지하겠지만, 당신의 편지가 나를 기다리고 있기를 손가락과 발가락, 어쩌면 내 눈까지(아무도 안 볼 때) 포개며 기도할게요.

내 존재의 전부를 담아,

수

프랑스 파리

1915년 12월 5일

나의 수,

여기에 도착해보니 당신에게서 온 편지가 한 통도 아니고 두 통이나 있어서 깜짝 놀랐어요!

필요한 서류 작업을 확실히 해두고, 제복과 몇몇 장비들을 마지막으로 구입하고, 운전 시험을 보느라 파리의 한끝에서 다른 끝까지 뛰어다니며 바쁜 날들을 보내고 있어요. 내가 말했던가요? 배로 대서양을 건널 때 제복을 갖춰 입은 모습으로 당신을 만나고 싶어 파리에 먼저 들렀다가 런던으로 가려는 유치한 충동에 사로잡혔었다고요? 내가 보기에는 나한테 군복이 꽤 잘 어울리는 것 같아요. 제대로 다 갖춰 입어도 갈 곳은 없지만요!

전선에 나가 실제로 임무를 수행하기 전까지는 우리에게 주어진 시간을 좀 즐겨보려고 해요. 제복이 여러 방면에서 요긴하네요. 반값 극장표에 음료 할인까지. 재미있긴 했지만…… 제가 기억하는 '즐거운 파리' 같지는 않았어요. 극장과 콘서트홀 상당수가 닫혀 있거나 단축 운영되고 있어요. 카페는 일찍 문을 닫아 밤이면 거리의 불빛들이 희미해집니다. 참호에서 아무리 멀리 떨어져 있어도, 전시의 도시입니다.

보내준 책들이 정말 좋아요. 그 책을 살 때 당신이 무슨 생각을 했을지 알 것 같아요. 내게 시를 읽히려고 작정한 거죠, 맞죠? 내게는 엘스페스 던이 유일한 시인이라고 말하지 않았던가요? 내 군용 가방에는 셰익스피어가 들어갈 자리밖에 없어서 드라이든과 W. S.는 해리가 먼저 읽고, 그다음에 바꿔 읽기로 했어요.

내 성경책은 첫 영성체 이후로 갖고 있던 거예요. 잠자리 날개처럼 얇은 종이를 부드러운 갈색 가죽으로 묶은 작은 책이라 크기가 제 가방에 딱 맞아요. 속표지에는 아이 같은 둥근 글씨체로 내 이름이 쓰여 있고, 「룻기」 편 어딘가에 에비의 머리카락 한 줌을 끼워놓아서, 계속 집 생각이 나요.

제 손때가 묻은 『허클베리 핀의 모험』도 가져왔어요. 책 전체를 암송할 수 있을 정도지만, 읽기 위해서라기보다는 위안을 얻기 위해서요. 긴장되거나 생활에 변화가 생겨—입원(한두 번이 아니란 걸 알고 계시죠)이나 첫 항해, 대학 입학, 아파트로의 이사 같은— 짐을 싸야 하면, 가방에 제일 먼저 챙기는 게 바로 모서리가 잔뜩 접혀 있는 이 책이에요. 이걸 꺼내 죽 읽어내려가면 그 즉시 부모님 집 서재로 돌아가 녹색 안락의자에 파묻혀 있는 느낌이 들어요. 그래서 이 책을 여기까지 가지고 온 거예요.

미신일 수도 있지만, 한편으로는 그 책이 행운의 부적 같기도 하고요. 에비와 내가 홍역을 앓고 있을 때 어머니가 그 책을 사서 큰소리로 읽어주셨거든요. 우리가 그 책을 다 읽은 다음날, 에비의 열이 내렸어요. 그후론 모두가 안도의 한숨을 내쉬던 기억과 『허클베리 핀의 모험』이 늘 함께 떠올라요.

당연히 당신은 궁금할 거예요. 무적의 모트한테 행운의 부적이 왜 필요하지? 글쎄요, 수, 난 두려워요. 내 생애 처음으로 눈에 보이는 뭔가가 정말로 두려워요. 배를 타고 건너올 때만 해도 괜찮았는데, 프랑스에서 날 기다리고 있는 것을 간절히 열망하기까지 했고요. 그런데 난 런던에서 발견하게 될 것을 간과했던 거예요. 돌아오기 위해 노력할 가치가 있는 대상을 만난다는 걸요. 나는 당신을 발견했어요, 수.

그 어떤 무모한 짓도 마다하지 않던 소년이 방금 만났을 뿐인 한 여인에게 무릎을 꿇고 말았어요. 그 여인은 정말 대단한 사람이에요! 당신이 기차에서 내릴 때 지붕 유리창을 뚫고 들어온 한줄기 햇빛이 당신을 붉게 물들이는데, 무신론자라 해도 그 모습에서 신의 손길을 봤을 겁니다.

당신은 그늘 속으로 발을 내디딘 후에도 계속 촛불처럼 빛났어요. 당신이 말하면 천사들의 합창이 들려왔어요. 우리가 역을 떠날 때 내 팔을 잡던 당신의 손길에서는 날개가 스치는 느낌을 받았고요. 조금은 낯간지러운 표현이라는 걸 알지만 그때 내 마음은 그랬어요. 당신을 처음 봤을 때 햇빛 한줄기가 내리쬐었고, 난 갑자기 겁이 났어요. 당신이 희뿌연 거품 속으로 사라질까봐, 바로 다음 순간 내가 버스에 치일까봐, 우리의 세상이 시작되기도 전에 끝나버릴까봐.

택시에 올라 안쪽으로 몸을 옮기다가 당신이 거의 내 무릎 위로 넘어질 뻔했던 순간에야 나는 당신이 피와 살로 된 사람이라는 것을 깨달았죠. 내 살결은 당신의 손길이 닿은 모든 곳을 기억하고, 그때의 느낌은 오후 내내 사라지지 않았습니다. 그 작은 사건이 내게 그랬던 것처럼 당신에게도 깊은 인상을 남겼는지 모르겠지만, 그 일로 내 옆에 있는 사람이 누구인지 다시 한번 깨달을 수 있었어요. 도달할 수 없는 천사가 아니라 내 손바닥의 손금보다 더 잘 아는 여인이라는 것을.

그런데도 여전히 겁이 났어요. 섣불리 실수하고 싶지 않았어요. 첫날 저녁은 완벽했죠. 저녁식사, 춤, 리젠트 공원 산책. 부적절한 뭔가를 제안해서 그날 저녁을 망치고 싶지 않았습니다. 정말 그러고 싶었지만—오, 세상에, 정말로 원했어요!—결코 내가 먼저 물어볼 수는 없었을 겁니다.

사소하지만 한 가지 고백할 게 있어요. 어쩌면 당신은 이미 눈치 챘을지도 모르지만요. 그날 밤이 내가 처음으로 여자와 함께 보낸 밤이었습니다. 그런 식으로 여자와 함께한 걸로는요. 당신이 내 어깨 위로 시트를 끌어올려줬던 순간이 기억나나요? 난 추워서 떨었던 게 아니었어요. 죽도록 겁이 났던 거였어요. 물론 뭘 해야 하는지는 알지만—모든 남자들이 그것에 대해 말하니까요—구체적인 지침이 존재하는 건 아니니까요. 잘못된 방식으로 시작하고 싶진 않았어요. 그때 당신이 웃으며 내게 다시 키스했고, 그 웃음소리를 듣고 당신도 나만큼 긴장하고 있다는 걸 깨달았어요. 사실 지침 같은 건 존재하지 않는다는 걸 어떻게 알 수 있었겠어요? 그게…… 그럴 수 있다는 걸 어떻게 알 수 있었겠어요?

그리고 당신 말이 맞아요. 그토록 축복 같았던 구 일의 시간이 흐르고 그 방을 떠나야 했던 게 정말 안타까웠어요. 하지만 그럴 수밖에 없었죠. 해리의 들러리 역할을 놓칠 수는 없었으니까요. 미나도 증인으로 엄마 외에 또다른 사람이 있어 기뻐했고요. 해리는 역에서 미나를 떼어놓아야만 했어요. 해리가 기차에 오르자 그녀는 자기 머리를 헝클어뜨리고는 장난스럽게 진한 키스를 보내더군요. 우연히 뒤를 힐끗 보았다가 그녀의 씩씩해 보이던 모습이 흔들리는 걸 보고, 순간 그녀가 아주 어린애처럼 보였어요. 그녀의 어린애 같은 행동에도 불구하고 가끔은 그녀가 얼마나 어린지 잊어버리곤 해요.

미나와 해리와 함께 등기소에서 앉아 대기하고 있을 때, 난 우리의 미래에 대해 생각하지 않을 수 없었어요, 수. 제가 전선에서 돌아오면, 복무를 마치고 나면 그때 우리는 어떻게 될까요? 우리에게는 어떤 선택들이 있을까요?

해리가 어서 불 끄고 자라고 툴툴거려요. 급기야 방금 부츠 한 짝을 집어던지기까지 했어요. 심술궂은 녀석 같으니. 몇 시간 후에는 일어나야 하니, 해리가 나를 더이상 표적으로 삼지 않게 하려면 그의 말을 따라야겠어요.

이런 이야기들을 당신에게 다 쓰고 나면 두려움이 어느 정도 잦아듭니다. 저멀리 스코틀랜드에서부터 이어진 생명줄 같은 당신의 편지들이 있는 한 난 괜찮을 거예요. 행운의 부적 삼아 책을 가지고 다닌다고 말했지만, 사실은 수, 당신이, 당신이야말로 내 행운의 부적이에요.

당신을 사랑하는,
데이비드

에든버러

1915년 12월 12일

내 사랑,

당신의 편지가 나보다 앞서 에든버러에 도착했더군요. 그리고 크리시는 자기 집 현관에서 나를 맞이하고는 소스라치게 놀랐고요. 스코틀랜드로 돌아가기 전까지 며칠은 요크에서, 또 며칠은 보더스 주의 수도원들을 돌며 시간을 보냈어요. 섬에서 나와 있는 동안 가능한 한 많은 것을 보기로 작정했거든요. 크리시의 현관에 짠하고 나타나면 재미있을 거라 생각했어요. 그녀가 날 보고 충격을 받았다고 해도 과장은 아닐 거예요.

외떨어진 집에서 혼자 지내다가 아이들과 소음으로 가득한 비좁은 아파트의 어지러운 공간에서 지내려니 꽤 벅차긴 해요. 그래도 크리시가 저만의 공간을 마련해준다고 작은 거실의 소파를 내주었어요. 거의 내내 어지럽고, 그들의 수다에 계속해서 머리가 아프지만, 아주 즐거워요. 아이들이 아주 많이 자랐어요! 스카이 섬에서 떠난 지 육칠 년쯤 됐으니 그리 놀랄 일도 아니죠. 아이들이 작아졌을 거라 예상했던 것도 아니고요. 에밀리는 곧 열한 살이 되는데 숙녀가 다 되었어요. 남자아이인 앨리와 로비는 여덟 살, 여섯 살인데 다루기가 꽤 힘드네요. 내가 마지막으로 로비를 봤을 때 그애는 아직 걸음마도 못 뗐었는데, 이제는 달리고 농담도 하고 암산도 해요. 요즘 같은 전시에는 어울리지 않을 정도로 모두들 정말 활기가 넘쳐요.

그건 그렇고 데이비, 뭔가 필요한 게 있으면 나한테 말해야 해요!

에든버러도 물가가 비싸긴 하지만 프랑스보다는 좀 나을 거예요. 런던에서 책도 충분히 샀기 때문에 당신의 배낭에 여유 공간이 있으면 보내줄 수 있는 여분의 책도 있어요. 머그잔이나 무기류는 갖다 버려요. 그대여, 정말로 중요한 것들을 위해 공간을 만들어요!

당신이 애지중지하는 『허클베리 핀의 모험』이 위안과 심지어 행운을 가져다준다는 게 무슨 말인지 잘 알아요. 나야 거의 집을 떠날 일이 없기 때문에 당신만큼 불안한 순간들을 맞닥뜨린 적은 없지만, 그런 순간을 꼽는다면 윌리를 매수해 내 눈을 가리고 배의 가장 안쪽에 나를 던져달라고 했을 때, 바로 그 순간이었을 거예요. 내 행운의 부적은 호박 조각이었어요. 맑은 꿀 빛깔의 광물인데, 핀레이 오빠가 아버지와 처음으로 배를 타고 나갔다가 돌아오면서 가져다준 거예요. 그 돌 덕분에 지질학에 매료되었던 거고요. 난 아주 오랜 시간 동안 그걸 주머니에 넣고 다녔어요. 우울한 기분이 들 때면 그 돌을 가지고 나와 살펴보면서 그 안에 내재된 마법을 발견할 수 있기를 바라곤 했어요. 학교에서 소리 내어 책을 읽거나 시험을 보기 위해 앉아 있을 때면 주머니 속에서 내 마음을 달래주는 그 돌을 만지작거리곤 했어요. 이제 호박 조각은 제법 닳아서 내 엄지손가락이 쏙 들어가는 정겨운 홈이 파여 있을 정도예요. 그러니 당연히 스카이 섬을 떠날 때 그걸 내 여행가방에 제일 먼저 챙겨넣었고요.

내가 기차에서 내리던 순간 비추던 한줄기 햇빛에 대해 들으니 재미있네요. 당신이 무슨 얘기를 하는지 알지만, 아쉽게도 난 그 순간을 당신처럼 시적으로 보지 않았거든요. 그 터무니없는 햇빛이 창문을 뚫고 들어와 내 눈을 비추던 순간, 난 당신을 찾으려고 역을 훑어보려던 중이었어요. 그리고 택시에서 뜻하지 않게 균형을 잃고 옆으로 쓰러졌을 때요? 채신머리없게 당신의 무릎 위로 쓰러지는 바람에 그토록 당황하지 않았다면 나도 비슷한 전류를 느꼈을지 몰라요.

당신이 받은 낭만적인 인상들을 가볍게 받아들이는 건 아니에요, 내 사랑. 나는 어쨌든 시인이니 모든 순간을 감상적으로 다룰 수 있어요.

당신을 만난다는 사실에 내가 긴장한 것은 확실하지만, 당신도 그렇게 긴장할 거라고는 꿈에도 생각지 못했어요. 겁이 났다고요? 당신은 그런 말을 들어본 적도 없을 거라 생각했는데. 난 대담하게 물었을지도 몰라요. 전에도 이런 일을 해봤던 거 아니냐고. 한 번도 만난 적 없는 여인에게 불멸의 사랑을 선언하고, 대서양을 건너려는 핑계로 프랑스군에 합류해서는 그녀를 런던의 호화로운 호텔로 유혹한 적이 없느냐고.

우리가 당신의 방에 도착했을 때 당신의 자신감이 살짝 떨어진 게 느껴졌어요. 그것이 당신의 첫 경험일 거라고 확신할 수는 없었지만 그럴지도 모른다고 생각했어요. 그렇지만 당신 말이 맞아요. 나 또한 두려웠어요. 세상에서 겪는 그 모든 경험도 사랑하는 사람과 함께하는 맨 처음 순간을 위해 우리를 준비시킬 수는 없다고 생각해요. 그런데 정말 걱정해야 하는 일이 있었던가요? 분명 모든 일이 잘 흘러갔어요. 그렇지 않았다면 그토록 여러 번 반복되는 일도 없었을 거예요!

미래에 우리 앞에 놓일 선택이 무엇일지 나 또한 알지 못해요. 지금 그것에 대해 걱정해야 할까요? 우리가 또다른 걱정의 실타래를 엮지 않아도 세상은 이미 넘쳐나는 걱정들로 뒤엉켜 있어요. 당신은 총탄과 포탄을 피하는 것에만 집중해요. 난 당신에게 편지를 쓰며 하루하루 지날수록 당신을 더욱 사랑하는 것에만 집중할게요.

당신의 여인,

수

12장

∽

마거릿

에든버러
1940년 8월 14일 수요일

핀레이 삼촌께,

제게 다시는 편지를 쓰지 말라고 하셨지만, 저는 시키는 대로 고분고분 말을 들을 만큼 어리지 않답니다.

엄마가 편지를 보내오셨어요. 런던에 계신대요. 한 달 전에 삼촌이 해주신 이야기가 아니었다면 전 그 사실을 믿지 못했을 거예요. 제 평생 엄마가 에든버러를 떠나신 적은 한 번도 없거든요. 그렇지만 스카이 섬에서의 삶에 대해 알게 된 지금은 뭐든 믿을 준비가 되었어요.

엄마는 제게 데이비드에 대해 말해주셨어요. 오랫동안 사랑했다는 그 '미국인'이요. 예상치 못한 사랑이었지만, 그 사랑이 없었다면 견딜 수 없었을 거라고 하셨어요. 바다에서 편지를 줍던 엄마의 얼굴로 보건대, 여전히 견디기 힘들어하시는 것 같다는 생각이 들고요. 하지만 삼촌은 엄마가 견뎌내셨다는 걸 알게 되어 기쁘실지도 모르겠네요. 엄마는 지금도 그렇게 지내세요. 지난 이십 년 동안 저 말고는 다른 누구도 없이 혼자 지내오셨어요. 폭탄이 떨어졌던 밤, 전쟁이 엄마의 마음을 할퀴고 지나간 그날 밤의 엄마 모습을 보지 못했다면, 저 역시 그런 사실을 결코 알지 못했을 거예요. 그 순간 엄마가 얼마나 외로웠는지 보지 못했을 거예요.

엄마는 한 번도 사랑받거나 혼자 남겨진 일에 대해 말씀하신 적이 없어요. 제 아버지에 대해서도 말씀하지 않으셨고요. 데이비드에게 무슨 일이 일어났던 거죠? 그토록 오래전에 두 사람에게 무슨 일이 일어났던 건가요?

마거릿

에든버러
1940년 8월 14일 수요일

폴에게,
믿기 어렵겠지만 엄마가 런던에 계신대. 기억을 좇아서. 그리고 나 역시 같은 기억을 좇아 퉁명스러운 삼촌에게 적절한 질문을 하기 위해 노력중이야.
엄마가 마침내 내게 편지를 써 뭔가 설명해주시려고 한 거야.

폴, 엄마가 '수'였어. 그 편지들, 그게 전부 엄마에게 온 거야. 지난 전쟁의 한가운데 일어난 엄청난 로맨스. 그것도 미국인과! 어떻게 스카이 섬에서 미국인을 만나게 된 걸까? 그리고 그 사람과 무슨 일이 있었기에 엄마의 오빠는 떠나게 된 걸까?

엄마에게 답장을 쓰려고, 머릿속에서 소용돌이치고 있는 모든 질문들을 풀어놓으려고 펜을 든 순간, 엄마가 주소를 알려주지 않았다는 걸 깨달았어. 그저 '런던'이라는 것만 알 뿐이야. 런던에 있는 모든 호텔에 편지를 다 써본다 한들 엄마를 찾을 수는 없을 거야. 엄마가 그동안 어디에 있었는지 알게 된다면, 그 사실이 엄마가 현재 있는 곳으로 나를 인도해줄 거라는 생각을 지울 수 없어.

폴, 엄마의 삶을 캐는 게 잘못된 일일까? 엄마가 바라는 대로 그저 과거는 과거로 남겨두어야 하는 걸까? 삼촌도 바라듯이? 모두가 그렇게 해주기를 바라듯이?

마거릿

1940년 8월 16일

메이지에게,

이런 야간 출격이 있는 날이면, 우리가 궁지에 빠져 있을 때 과거는 도움이 되지 않는다는 걸 깨닫게 돼. 기억이란 건 매달리기에 괜찮은 것이긴 하지만, 그것도 다 옛 기억을 밀어내는 데 도움이 되는 새로운 기억을 만들 거란 약속이 있어서야.

너에게 한 번도 말하지 않았지만, 사실 난 철수 직전에 프랑스 하늘에서 격추당했었어. 플리머스에서 그 사실을 털어놓았다면, 넌 너무 걱정한 나머지 내가 기차에 타는 걸 막았을 거야. 부상이 심하지는 않았고—땅에 추락하기 전에 뛰어내렸으니까—네가 봤듯이 난 멀쩡했어. 나는 됭케르크 해안으로 후퇴하던 부대에 합류했지. 거기서 우리 편 비행기는 한 대도 보지 못했어. 아군이 배에 오르지 못하게 막고 있던 그 빌어먹을 독일 공군만 있었을 뿐.

사람들이 알고 있던 것과 달리 우린—영국 공군—프랑스에 있었어. 단지 해변이 아니었을 뿐. 우린 내륙에서 독일놈들이 해안까지 접근하지 못하도록 온힘을 다 쏟고 있었어. 그러나 후송되기를 기다리고 있던 이들 모두, 모래 위에서 맹포격을 받고 있던 그들 모두가 그 사실을 알지 못했어. 공군 제복을 입은 나는 "영국 공군은 어디 있는가?"라는 눈초리와 불만을 무시하려고 애쓰면서 그들과 함께 해변에서 기다리고 있었어.

나와 빗발치는 총알 사이에 있는 거라곤 군모와 목 위로 깍지 낀 손밖에 없는 상황에서 포격중에 몸을 수그리고 있는 느낌이 어땠는지 기억하려고 멈춘다면, 수 킬로미터를 힘겹게 행군해왔는데 내 앞에서 동료들이 지뢰를 맞닥뜨린 장면을 떠올리려고 멈춘다면, 윙 소리를 내며 떨어지는 다음번 포탄이 나를 명중시킬지도 모르는데 어둠 속에서 기어가던 장면을 기억하려고 멈춘다면, 내가 임무를 수행하며 거기에 있다는 것을 모르는 주위의 다른 군인들이 쏟아내던 불만들을 기억하려고 멈춘다면, 난 결코 앞으로 나아갈 수 없을 거야. 난 곧 네게로 돌아갈 거라고 계속 되뇌어야만 해.

그 밖에 내가 할 수 있는 건 아무것도 없어.

그렇지만 앞으로 나아가기 위해 과거를 제쳐두려고 힘껏 노력해봐도, 또 그것만큼 발목을 잡아끄는 것도 없어. 너에겐 기억보다 의문이, 이해되는 것들보다 수수께끼가 더 많아. 너 자신을 되돌아볼 필요가 있어. 현재와 미래는 과거 위에 세워지는 것이니까. 난 네가 어디로 가야 할지 알아내기 전에 네가 어디에서 왔는지 찾고 싶어한다는 걸 알아.

나의 소녀, 포기하지 말길. 퉁명스러운 삼촌들? 그들은 네 적수가 못 돼.

사랑을 전하며,

폴

에든버러
1940년 8월 19일 월요일

핀레이 삼촌께,

런던에서 보낸 편지에서 엄마가 삼촌을 언급하셨어요.

엄마는 데이비드와 함께 있을 때 정말 행복했다고, 그리고 아주 뜨거운 사랑에 빠졌다고 하셨어요. 그리고 그 일로 오빠를 잃게 되었다고 말씀하셨어요. 삼촌이 스카이 섬을 떠나셨는데, 엄마는 삼촌이 떠나지 않기를 바랐다고도 하셨고요.

엄마는 그 이유에 대해 설명하지 않으셨고, 저도 물어보지 않을 거예요. 물론 궁금하지만―작은 목소리로 말할 수밖에 없는 가족의 불화에 대해 궁금해하지 않을 사람이 있을까요?―제가 상관할 일이 아니란 것을 아니까요. 삼촌은 그가 미국인이라서 반대하셨던 건가요? 아니면 전쟁중의 로맨스라서요? 그 이유가 소중한 가족과 수십 년을 떨어져 지낼 만큼 대단한 것이기를, 그만큼 위협적이고 지속적인 것이기를 바랄 뿐입니다.

하지만 이건 꼭 아셔야 해요. 엄마가 스스로의 선택을 후회하든 아니든, 삼촌을 잃은 것에 대해 무척 마음 아파한다는 것을요. 지난 이십 년 동안 삼촌이 어디 계셨는지 엄마가 알았다면, 직접 그렇게 말씀하셨을 거예요. 엄마는 이미 오빠 하나를 잃었어요. 어떻게 삼촌은 그런 엄마가 또 한 명의 오빠를 잃고 견딜 수 있을 거라 생각하셨던 거죠?

마거릿

글래스고

8월 20일

마거릿,

엘스페스가 네게 사실을 털어놓았구나. 네 엄마는 미국인과 사랑에 빠졌지. 그 이상이었다. 무슨 동화 같은 걸로 만들어놓았지. 우연한 편지 한 통이 수년간 지속된 서신 왕래의 발단이 되었고, 편지지에 쓰인 한 글자 한 글자 사이에서 사랑의 흔적들을 발견한 거야. 조수와 달보다 우편에 더 의존하면서. 전쟁조차 그들 사이에 피어난 것을 막을 수 없었다.

엘스페스는 미국인이나 자신이 느끼는 감정에 대해 거짓말을 하지 않았어. 하지만 그렇다 해도 그럴 때가 아니었다. 사랑에 빠지기에 적당한 때가 아니었어.

미국인에게 편지를 쓰기 시작할 때 네 엄마는 이미 기혼자였다.

핀레이 맥도널드

에든버러
1940년 8월 21일 수요일

핀레이 삼촌께,

이름 앞에 '부인'이 붙어 있긴 하지만 막상 집에는 남자가 없는 여자들이 제 주변에 아주 많아요. 검은 테두리를 두른 채 벽난로 위에 놓여 있는 제복 입은 남자의 사진은 차라리 잊어버리는 게 좋은 이야기를 암시하는 듯하죠. 늘 엄마는 제 질문에 답해주지 않았기 때문에 전 엄마의 이야기도 별다를 게 없을 거라고—전쟁중에 어디에선가 끝난 젊은 시절의 슬픈 결혼일 거라고—짐작했어요. 하지만…… 엄마가 이미 결혼한 상태였다고요?

누가 제 아버지인가요? 제발요, 핀레이 삼촌, 전 알아야 해요! 저와 관련된 이야기는 무엇인가요?

마거릿

잉글랜드 런던
1940년 8월 6일

친애하는 귀하께,

아주 오래전, 그레이엄이라는 가족이 이 주소에 살았습니다. 그 가족이 아직 그곳에 살고 있는지 아니면 시카고에서 이사를 갔는지 모르겠습니다만, 혹시 어떤 사실이라도 알려주실 수 있다면 감사하겠습니다. 저는 그 가족과 한동안 연락이 끊긴 상태였는데, 그들을 찾고 싶습니다.

그들의 소재에 관해 어떤 사실이라도 아신다면, 혹시 당신이 그레이엄 가족 중 한 분이라면, 제게 연락을 주시겠는지요? 런던의 랭엄 호텔로 제게 편지를 쓰시면 됩니다. 미리 감사드립니다.

엘스페스 던 부인 드림

13장

❦

엘스페스

프랑스 파리
1915년 12월 17일

나의 수,

크리스마스를 에펠탑 아래에서 보낼 가능성이 점점 더 높아지는
듯합니다. 에든버러나 스카이 섬, 아니 어디든 당신이 있는 곳에서
크리스마스를 보내고 싶은 제 마음은 설명할 필요도 없겠지요. 해
리가 정말 좋은 친구이긴 하지만 크리스마스 장식용 겨우살이 아
래에서 깜짝 놀래주고 싶은 사람은 결코 아니니까요.

우린 다른 미국인 자원봉사단원들과 함께 병원 위 기숙사에서
지내고 있어요. 며칠 동안 빠른 프랑스어를 듣느라 머리가 뒤죽박
죽이었는데 비음 섞인 그리운 미국식 억양을 들으니 얼마나 위안
이 되는지 몰라요. 우리는 사면에 침대가 늘어선 커다란 방에서 자

요. 우리에게 배정된 샤워실은 하나뿐인데다 찬물만 나와요. 밤에
는 방 한가운데에 놓인 램프 외에는 전깃불이 안 들어와서 이 편지
는 낮에 잠깐씩 틈을 내 쓰고 있어요. 충분한 시간은 아니지만 그
래도 지금으로선 집에 온 듯 편해요.

　해리와 나는 배에서 내리자마자 곧장 구급차를 몰고 위험천만
한 최전선으로 가게 될 거라는 환상을 품고 있었던 것 같아요. 아
직 전선에 파견되지는 않았지만, 그렇다고 한가하지는 않아요. 맥
기라는 친구와 함께 작은 구급차를 배정받아 일하고 있어요. 전선
에서 출발한 병원 열차가 도착하면 기진맥진한 부상병들을 싣고
오기 위해 샤펠 가 끝에 있는 화물 조차장까지 달려갑니다. 일부는
꽤 심각한 상태지만, 그들은 그나마 기차 여행을 할 수 있다고 판
단된 이들이에요. 아주 심각한 경우에는 기차에 오르지도 못합니
다. 우리는 그들을 싣고 어두운 거리를 돌진해 도시 여기저기에 흩
어져 있는 임시병원으로 가요. 난 죽음의 신이 구급차 뒤에 있는
이들을 누가 먼저 데려갈지를 두고 내 옆에서 차를 몰며 나와 병원
까지 시합을 벌인다고 상상하곤 합니다. 내 작은 트럭은 가볍고 빨
라서 늘 죽음의 신은 길에서 입안 가득 먼지를 문 채 내 뒤꽁무니
에 있는 것으로 끝이 나죠.

　여기에서의 일은 사실 그리 힘들지 않아요. 기차는 주로 밤에 도
착하는 것 같아요. 우린 대부분의 시간을 차고에서 차량 유지를 하
며 보내지만, 그래도 낮 동안에는 파리를 탐험할 기회가 많아요.
해리와 나는 관광객처럼 관광을 하고, 고몽 팔라스 극장에서 반값
으로 영화도 봐요. 당신이 런던에서 그랬던 것처럼 아주 신나게 프

랑스 서점들을 훑고 다니고 있어요. 또 좋아하는 카페에 앉아, 고등학교 시절에 배워 그다지 사용한 적이 없는 프랑스어의 먼지를 털어내려고 (원어로) 뒤마와 부스나르를 힘겹게 읽기도 하고요.

아직 크리스마스는 아니지만 선물을 보냅니다. 직접 줄 수 있다면 얼마나 좋을까요. 날 위해 부탁 하나 들어줄래요? 크리스마스이브에서 크리스마스로 넘어갈 때, 정확히 자정을 알리는 시계 소리가 날 때 밖으로 나와 달을 향해 얼굴을 들어줘요. 입술로 떨어지는 눈송이를 맛보며 그 눈송이가 당신의 입술에 가 닿는 내 입술이라고 상상해줘요. 나도 정확히 같은 시간에 밖으로 나갈게요. 약속해요. 내가 여전히 파리에 있든, 프랑스의 다른 곳에 있든 상관없이 나도 눈을 감고 같은 장면을 상상할게요. 어쩌면 아주 짧은 순간일지라도 현실로 이루어질지 몰라요. 예수의 탄생 같은 기적이 이러한 밤에 이루어질 수 있었다면, 우리의 영혼이 만나는 것쯤이야 대단한 일도 아니니까요.

사랑을 담아,
데이비

에든버러
1915년의 늦은 성탄절 전야, 자정이 지난 성탄절의 한밤

내 사랑,
크리스마스이브의 밤이 깊었어요. 아이들은 "포근한 침대에서

편히 자고 있고"*, 나만 홀로 깨어 성 니콜라스를 기다리고 있어요.

크리시와 나는 머그잔으로 멀드 와인을 엄청 들이켜며 늦게까지 앉아 있었어요. 주위를 뛰어다니는 아이들 없이 처음으로 그렇게 앉아서 지난 육 년간의 밀린 이야기를 나눌 수 있었죠. 할 이야기가 많지는 않았어요. 남편은 떠나버리고 멋진 미국인이 유혹한 이야기를 제외하면, 지난 육 년 동안 한 일이라곤 작은 농장을 가꾸고 글을 쓴 것밖에 없었으니까요. 당신의 이름이 무심코 딱 한 번 흘러나오긴 했지만, 아마도 제 얼굴에 떠오른 뭔가 때문인지 그녀는 또다른 질문을 하는 대신 내 이마에 입을 맞추곤 잠자리에 들었어요.

난 와인을 한 잔 더 따랐는데, 열린 문으로 앨러스데어 오빠가 죽은 뒤 비워져 있던 침대로 들어가는 크리시의 모습을 보고, 내가 행여 당신에 대해 말한다 해도 그녀는 이해하지 못하리라는 걸 알았어요. 그녀는 남은 생애 동안 홀로 앨러스데어와의 결혼 생활을 유지할 거예요. 그래서 나는 초와 노트, 와인, 그리고 비밀들을 안고 거실로 물러갔어요.

나는 창문을 열고 창틀 위에 앉아 발을 흔들며 당신이 보낸 선물을 열어보았어요. 아…… 진짜 프랑스 향수라니! 상사병에 걸린 소년이 파리에서 보내기에 적절한 선물이네요. 그리고 오, 데이비, 목걸이는 정말이지 예뻐요! 진주는 한 방울의 달빛처럼 무척 아름답고요. 고마워요.

---

* 클레먼트 클라크 무어의 시 「성 니콜라스의 방문」에 나오는 구절.

탁상시계가—이 분 빨라요—자정을 알려서 창밖으로 몸을 내밀고 있어요. 느꼈나요, 내 사랑? 그대의 뺨에 닿은 건 눈송이가 아니라 그대를 음미하는 내 입술. 귓가에 들리는 건 바람의 속삭임이 아니라 "사랑한다"고 속삭이는 내 목소리. 공기 중에서 어렴풋한 앙브르 앙티크의 향기를 맡았나요? 그곳에 내가 있었어요.

아이들이 일찍 일어나 성 니콜라스가 다녀갔는지 보려고 부엌으로 우르르 몰려들 테니, 당신과 이 편지와 함께 더 깨어 있고 싶지만 이젠 잠자리에 들어야겠어요. 우리가 멀리 떨어져 있긴 하지만 오늘밤만큼은 잠시 그 거리를 지우려고 노력했어요.

즐겁고, 즐거운 크리스마스 보내요, 나의 데이비

엘스페스

프랑스 파리

1916년 1월 1일

사랑하는 수,

그대의 편지가 오질 않아 안절부절못하던 중이었어요! 연휴라서 편지가 늦어질 수 있다는 생각은 못했어요. 알았다 해도 조바심이 줄어들지는 않았겠지만, 적어도 편지가 늦어진 이유가 자신만만한 다른 미국인 카우보이를 만나서가 아니라 크리스마스 무렵 편지를 쓰려고 기다렸기 때문이란 건 압니다.

손목시계라니, 정말 완벽한 선물이에요! 주머니 시계를 대신할 다른 시계가 필요했다는 걸 기억하고 있었군요. 여기서는 이 시계가 훨씬 유용할 거예요. 주머니 시계를 상의 안쪽에 넣어 단추를 잠가놓는데, 시간을 확인할 때마다(요즘은 꽤 자주 봐요) 꺼내는 게 여간 불편한 게 아니거든요.

편지와 선물이 없었다면 어둡고 천둥이 칠 것 같던 한 주였는데, 그대가 빛을 보내주었어요. 날씨가 그렇게 음산한 것은 아닌데, 안타깝게도 내 기분이 어둡고 천둥이 칠 듯합니다. 크리스마스를 가족과 떨어져 보내는 것만으로도 충분히 낙심해 있는데(심지어 어머니의 과일케이크까지 그리워요!) 해리가 소집 명령을 받았어요.

지금까지 해리와 난 계속 함께했는데, 상부에서는 나보고 징징대는 맥기와 남아 있으라 하고, 해리만 가혹한 전장으로 가야 한다는군요. 이 모든 게 그저 우리가 등록하던 때 해리가 내 앞에 서 있었기 때문입니다. 가족이 곁에 없어도, 수, 당신이 없다 하더라도, 해리와는 크리스마스를 함께 보낼 수 있을 거라 생각했어요. 그런데 존슨을 비롯한 다른 타락한 이들과 홍등가에서 어울릴지 아니면 기숙사에 앉아 맥기가 큰 소리로 어머니에게 받은 편지를 읽는 걸 들어줘야 할지 선택해야 하는 상황에 놓이고 말았습니다. 결국엔 (이제는 꽤 많은 책장이 접혀 있는) 드라이든을 들고 침대로 기어들어가 불이 꺼질 때까지 읽었어요.

해리가 이번 결정에 관련되어 있는 것도 아닌데, 그가 짐을 싸는 동안 그에게 좀 화가 나더군요. 난 툴툴거리며 그에게 욕을 했는데, 그 욕 대부분은 내 침대에 놓여 있는 셰익스피어의 책에서 주워들은 거예요. 특히 "가공할 정도로 사악한"과 "볼품사나운 곰새끼"가 마음에 들어요. 해리는 그냥 날 보고 웃더니 어깨를 주먹으로 쳤는데, 남자들 사이에서는 그게 부드럽게 안아주는 거나 다름없는 행동이에요. 그러곤 여분으로 가져온 자기 양말을 내 침대 위로 던졌어요.

그건 우리 둘 사이에서 두고두고 써먹는 농담 같은 거예요. 우리가 처음 만났을 무렵, 하굣길에 장난을 좀 쳤어요. 정확히 어떤 장난이었는지는 기억나지 않지만, 그는 모자를 잃어버렸고 나는 신발과 양말을 잃어버렸어요. 우리는 해리의 집에 먼저 도착했고, 난 그에게 신을 만한 뭔가를 빌려달라고 부탁했어요. 엄마가 '집에' 계시는 날에 맨발로 현관에 걸어들어가는 소년을 기다리고 있을, 상상할 수 있는 가장 무서운 벌을 알고 있었거든요. 그는 망설이다—뭐랄까, 우리의 우정이 막 시작할 때라—나보고 눈을 모들뜨고 어깨 너머로 침을 뱉은 다음 신발과 양말을 돌려주겠다고 맹세하라고 시킨 후에야 마지못해 그것들을 빌려주었어요. 나중에 들어보니 그는 그 신발과 양말을 돌려받지 못할 거라 생각했다더군요. 그런데 난 해리가 상당히 마음에 들어서 더 좋은 친구가 되고 싶은 마음에 바로 다음날 양말을 돌려주었죠.

그 이후로 그게 우리끼리 통하는 뭔가가 되었어요. 양말 한 켤레는 우리가 서로 다시 볼 거라는 약속인 셈이에요. 대학으로 떠날 때 내 여행가방 속에는 그의 흰색 고급 정장양말이 접혀 있었고, 그가 대서양을 건너갈 때 그가 탄 증기선에는 내 두툼한 털양말이 있었죠. 그래서 난 그의 양말을 가지고 있으니 그를 꼭 다시 보게 될 거라고 생각해요. 비록 그가 '볼품사나운 곰새끼'라 할지라도.

나도 당신에게 약속한 대로 크리스마스이브 한밤중에 몰래 밖으로 빠져나올 수 있었어요. 눈을 감고 그대의 손가락이 내 어깨를 지그시 누를 때, 그대의 머리카락이 내 뺨을 간질일 때, 그대의 몸이 내 몸 위로 포개질 때 어땠는지 그 느낌을 기억하려 애쓰면서 할 수 있는 한 고요히 서 있었습니다. 희미한 꽃향기를 맡았고, 효과가 있는 듯하다는, 짧은 순간 우리의 영혼이 어떤 식으로든 우리 사이에 놓인 거리를 뛰어넘었다는 무모한 생각에 사로잡혀 있었죠.

하지만 이내 훅 끼치는 담배 냄새와 시끌벅적한 웃음소리로 그 순간은 중단되고 말았습니다. 존슨과 페이트와 디긴스가 저마다 매춘부를 부둥켜안고 안뜰로 들어왔거든요. 여자들은 거의 무릎 위까지 올라오는 치마를 입고 있었고, 지독한 싸구려 향수 냄새가 뜰을 가득 채웠어요. 페이트는 이미 손 하나를 그 짧은 치마 속에 집어넣은 상태였죠. 디긴스는 형편없는 프랑스어로 "잠깐 기다려요, 아가씨들" 하고 어물어물 말하더니 기숙사 안으로 사라졌어요. '프랑스 편지'*를 가지러 간 건지 소변 때문인지 알 수는 없지만, 아마 둘 다였겠죠. 나의 시간이 엉망이 된 건 굳이 말할 필요가 없겠죠?

존슨이 나를 발견하곤 왜 자기네를 따라오지 않았느냐고, 내 "계집애 같은 엉덩이"**는 혼자 밖에서 몰래 뭘 하는 거냐고 따져 묻더군요. 난 (엄청난 자제력을 발휘해) 그를 무시하고 뜰 안쪽으

---

* 콘돔을 가리키는 속어로, 포장이 프랑스식 편지처럼 생겨 붙은 표현이다.
** pansy ass. 여자 같은 남자를 가리키는 속어로, 때에 따라서는 남자 동성애자를 의미하기도 한다.

로 깊숙이 들어가려고 했지만, 그가 놀리며 따라왔습니다. 무슨 이유에서든 그는 내가 매음굴에 가지 않는 것을 비정상이라고 보는 것 같았어요. 그가 왜 그토록 내게 화를 내는 건지 모르겠어요. 맥기야말로 전형적인 '계집애 같은 엉덩이'라고 불릴 만한 친구인데, 그를 괴롭히는 건 본 적이 없거든요.

존슨은 술에 취해 있었고, 싸움을 걸기로 작정한 듯 온갖 욕설을 퍼부었어요. 대부분이 내 성별이 의심스럽다는 이야기와 어떻게 생겨났는지 알 수 없는 나의 저속한 애인들과 관련된 것이었습니다. 내가 그에 대한 반박으로 생각해낸 건 고작 "볼품사나운 곰 새끼"와 "터무니없는 콧수염을 기른 자줏빛 얼굴의 술꾼"밖에 없었어요. 두 표현 다 셰익스피어가 이런 상황에 쓰려고 만들어낸 건 아닐 텐데. 그후 존슨은 거의 정곡을 찌르는 언어 수류탄(내 입으로 다시는 옮기지 않을 말)을 던졌고, 나는 그에 맞섰죠. 그때 병동으로 향하는 문이 열리지 않았다면, 난 싸움에 휘말렸을 거예요. 직사각형 모양의 빛에 야간 근무 간호사의 모습이 비치길래 난 건물로 들어가 서둘러 기숙사로 올라갔습니다. 창밖으로 보니 존슨과 페이트, 여자들은 사라지고 없었고, 영문을 모르는 디긴스만 간호사에게 혼이 나고 있더군요.

수, 믿어주세요. 내가 올해 크리스마스를 그리며 바라던 것은 싸움도, 혼자 있는 것도 아니었습니다. 그래도 이 모든 것을 견딜 수 있었던 것은, 적어도 자정을 알리는 그 순간만큼은 우리가 그 거리를 뛰어넘어 서로의 손에 닿을 수 있다는 가능성 때문이었습니다.

으음, 수, 카페 주인이 머그잔을 닦으며 내게 날카로운 시선을

보내고 있어요. 얼핏 새 손목시계를 보니 생각했던 것보다 너무 오
래 여기 있었네요. 일단 오늘은 줄이지만, 그대의 다음 편지를 기
다리며 매일 우편물을 살펴볼 거예요.

사랑해요,

데이비

에든버러

1916년 1월 7일

데이비,

존슨이 했다는 "거의 정곡을 찌르는" 말은 뭐죠? 그렇게 스릴
가득한 이야기를 해주고는 미국인들이 말하는 '결정적 구절'을 생
략하는 법이 어디 있나요.

방금 어머니께 편지를 받았어요. 마침내 윌리의 입대를 허락하
셨다고요. 윌리는 어머니의 뜻을 꺾으려고 지난 일 년 반 동안 무
척 애를 썼어요. 핀레이 오빠가 전쟁터로 돌아가지 못하게 됐으니
어쨌든 어머니는 전쟁에서 살아남은 아들을 적어도 하나는 확보한
셈이에요.

내가 사라졌을 때 어머니가 어떤 생각을 하셨는지는 아무도 모
를 거예요. 난 떠난다는 사실을 누구에게도 말하지 않았어요. 윌리
는 알았지만 이유는 알지 못했죠. 아버지는 바닷가재 통발을 손보
고 계시고, 어머니는 정원에 쏠 해조류를 찾아 해변에 나가 계시

는 동안, 우린 집에서 빠져나왔어요. 난 중간에 편지를 쓰기는 하겠지만 해야 할 일이 있어서 최소 이 주 후에나 돌아올 거라는 짧은 메모를 남겼어요. 부모님이 내 휘갈겨 쓴 글씨를 해독하려면 시간이 꽤 걸릴 거라는 것도 알았어요(데이비, 당신은 어떻게 내 글씨를 알아보나요?). 부모님 중 누구도 나를 찾아 부두로 나올 생각은 하시지 못할 거라고, 그리고 페리 승무원에게 물어봐야겠다는 생각을 하시기 전에 이미 난 런던으로 가는 중일 거라고 확신했어요. 윌리는 재미있는 모험을 사랑하니까 아무리 사실을 말하고 싶어 입이 근질거려도 바로 비밀을 누설하지 않을 테고요. 에든버러에서 바로 집으로 갈 예정인데, 집으로 가는 기차 안에서 나 혼자 바다를 건널 용기를 내게 된 설득력 있는 이야기를 지어내려고 해요. 좋은 생각 없나요?

윌리는 참전할 예정인데, 곧 에든버러에 도착할 거예요. 오늘 아침에 도착한다고 했는데 기차가 연착했나봐요. 그가 공식적으로 입대해 어떤 즐거움도 누리지 못하게 되기 전에 며칠간 도시 이곳저곳을 구경시켜주려고 해요. 하지만 싸움에, 프랑스 창녀들과 어울리는 생활 등 당신이 내 생각과는 다른 상황을 알려주는 걸 보면…… 내가 생각했던 것보다 전쟁은 훨씬 흥미로운 것 같아요!

당신은 즐거운 시간을 보내고 있나요, 나의 데이비? 이런 모든 심각한 상황과 어두운 면은 차치하고 당신을 행복하게 해주는 것들을 찾고 있나요? 당신의 편지들을 읽어보면 당신은 만족스러워하는 것 같네요. 파리의 카페에서 책을 보는 한가한 나날들, 그 사이에는 거리와 골목을 질주하며 당신이 그토록 사랑해 마지않는 돌발적인 흥분과 모험을 즐기는 순간들이 있고요. 그리고 스코틀랜드에서 그대에게 열렬한 편지를 써보내는 여인……

다음에는 어떤 책을 보낼까요? 어디 보자, 여행하면서 지금껏 모아놓은 책들 중에서 살펴볼까요…… 제게 예이츠의 얇은 책 한 권(그 어떤 '순례하는 영혼'이 예이츠를 거부할 수 있겠어요?)과 조지 달리의 시집이 있고, 그 외에 당신이 즐겨 읽을 만한 게 뭐가 있을까요? 아하! 딱 맞는 책이 있어요. 『아벨라르와 엘로이즈의 서한』. 하지만 우리의 연애는 이렇게 비극적으로 막을 내리지 않을 거라고 약속해줘요. 난 수녀원은 견디지 못할 거예요.

에든버러는 멋진 곳이지만, 나의 아름다운 섬을 향한 그리움이 점점 커져가요. 이탄의 연기, 들버드나무의 싸한 내음, 외양간 건초의 따뜻한 냄새가 그리워요.

윌리가 방금 도착했어요. 이제 그만 줄이고 윌리와 밖에 나가 돌아다니다가 이 편지를 부쳐야겠어요. 사랑해요.

E

프랑스 파리
1916년 1월 12일

수에게,

마침내, 마침내, 전선으로 가요! 퀸이라는 남자와 함께 소집 명령을 받았어요. 정확히 어디로 가는지 아직 듣지 못했지만, 그 유명한 1분대로 배정받았어요. 해리가 속한 곳과 같은 구급차 분대인지 알 수 없지만 만일의 경우를 대비해 그에게 돌려줄 양말도 챙겼어요.

아니요, 수, 제발 존슨이 뭐라고 했는지 묻지 말아요. 해적의 귀에도 걸맞지 않은 언어를 사용했고, 그가 말한 요지도 모욕적이었습니다. 그게 사실이었기에 더욱 그랬고요. 하지만 존슨 같은 사람들을 통해 나오는 말들은 그게 진실이라 해도 저속하고 왜곡되어 들릴 수 있어요. 이 점에 대해서는 날 믿어주세요.

음…… 부모님께 어떤 이유를 댈지 좋은 생각이 있느냐고요? 본토의 양들도 스카이 섬 양들만큼 털이 많은지 보고 싶은 불타오르는 열망 때문에? 잉글랜드 푸딩을 맛보고 싶은 억누를 수 없는 욕구? 새 모자를 사야만 하는 절실한 필요? 낯선 미국인 남자를 따라 호텔방으로 따라가고 싶은, 설명할 수 없는 갈망 때문에?

나는 아침에 떠날 예정입니다. 파리를 떠나기 전에 편지를 한 통 더 부치고 싶었어요. 편지를 쓸 수 있는 기회가 언제 다시 생길지 몰라서요. 내가 대양을 건너온 이유가 바로 이것 때문이었는데도 찌르르 밀려오는 불안감은 어쩌지 못하겠어요. 내일 어떤 일이 생길지는 곧 알게 되겠죠!

당신의 데이비

스카이 섬
1916년 1월 22일

나의 사랑하는 데이비,

나의 작은 섬으로 돌아왔어요. 크리시가 당신의 편지를 다시 내게 보내주어야 해서 답장이 늦어졌어요.

윌리는 당신들의 어리석은 전투에 합류하러 떠났어요. 동생이 군복을 입고 거들먹거리며 활보하는 걸 당신도 봤어야 하는데. 꼭 공작새처럼 우쭐거렸죠. 여자들은 그 킬트* 군복에 거의 거부할 수 없는 매력을 느끼는 것 같은데, 윌리는 대체 어떻게 그런 우스꽝스러운 옷을 입고 남자들이 일하고 싸우기를 기대하는 거냐며 황당해하더군요.

그는 차를 마시면서 내게 만나는 여자가 있다고 털어놓았어요. 우리 중 누구에게도 털어놓은 적이 없는 이야기였어요! 윌리는 이유를 말하려 하지 않지만, 모든 걸 비밀로 하려고 한대요. 그 바람에 나도 비밀이 있다고 털어놓고 말았어요. 더는 말하지 않았지만 윌리는 미루어 짐작하겠죠. 윌리 말로는 지난 몇 달간 내 입가에서 미소가 떠나질 않았다는군요. 오, 데이비, 내가 우리에 대한 질문에 답할 준비가 전혀 되어 있지 않다는 걸 그제야 깨달았어요. 그래서 "누군가를 사랑하게 되는 건 어쩔 수 없는 일이야"라고 불쑥 말해버렸어요. 동생은 그저 미소를 짓더니 내 말이 맞다고 했어요. 전쟁이 시작된 이후로 윌리가 그렇게 즐거워 보였던 적은 없었어요.

여기에 돌아오니 여러 가지 이유에서 이상해요. 부모님의 집은

---

* 전통적으로 스코틀랜드 남자들이 입는 격자무늬 모직으로 된 짧은 치마.

너무 어둑하고 연기가 자욱하고, 밤은 내가 익숙해져 있는 것보다 훨씬 어둡고 조용하고, 사람들은 더 지저분해요. 런던과 에든버러에도 똑같은 양의 먼지가 있을 텐데(한 도시 안에 그토록 많은 말들이 다니는데 어떻게 도시가 더러워지지 않을 수 있겠어요?) 그 먼지는 도시의 온갖 세련된 면모에 가려져 있어요. 내가 도착하자마자 어머니가 바로 내 손에 우유 짜는 들통을 들려주시는 바람에, 할 수 없이 산뜻한 정장에서 따끔거리는 울 블라우스와 늘어진 치마로 갈아입고, 실크 스타킹과 단추가 달린 부츠를 벗고 손으로 짠 스타킹과 크고 투박한 부츠를 신었어요. 마치 엘스페스가 두 사람 있는 것 같아요. 비싸고 멋진 옷을 입고, 택시로 여행하며, 오리고기로 식사를 하고, 젊고 잘생긴 미국인을 만나기 위해 충동적으로 나라를 횡단하는 엘스페스. 그리고 집에서 만든 익숙한 옷을 입고, 직접 걸어서 다니며, 포리지 죽을 먹고, 젊고 잘생긴 미국인을 만나기 위해 충동적으로 나라를 횡단하는 또다른 엘스페스.

내가 사라졌던 이유를 부모님에게 설명하기 위해 당신이 지어낸 그 이야기들, 다 기억나요? 알고 보니 그런 이야기들은 전혀 필요치 않았어요. 놀랍겠지만, 데이비, 어머니는 모든 걸 알고 계셨어요! 내가 문에 들어설 때는 십여 개의 이야기가 준비된 상태였는데, 어머니는 실을 잣고 계시다가 고개를 들고 물으셨어요. "그래, 드디어 네 미국인 친구를 만나고 온 거니?" 난 거의 기절할 뻔했죠.

이언이 떠난 뒤 혼자 지낼 때 내가 어땠는지 당신에게 말했던 것 기억나요? 밤이면 당신의 편지들을 모두 끄집어내 읽곤 했었다고요. 더러는 말 그대로 당신이 써준 말들을 이불 삼아 잠들 때도 있었고요. 유령처럼 지내면서 소젖을 짜거나 이탄을 가지러 갈 때를 제외하면, 며칠이고 집밖으로 나가지 않을 때도 있었어요.

어느 날 아침 앞문으로 들어오신 어머니 때문에 잠에서 깬 적이 있어요. 어머니는 불을 쑤석거리고 불 위에 주전자를 얹으셨죠. 내가 먹을 양고기 스튜를 한 냄비 가져오셨는데, 그 스튜를 그릇에 덜더니 근처에 사시는 나이드신 커스태그 모어께 가져다드리라고 시키셨어요. 내가 돌아왔을 때 바닥은 청소되어 있고, 시트는 햇빛에 널려 있고, 스튜는 불 위에서 보글보글 끓고 있었죠. 침대 여기저기에 흩뜨려놓았던 편지들도 깔끔하게 정리되어 있었고요. 그때만 해도 그 부분에 대해서는 전혀 생각을 못했지 뭐예요. 내 집 불위에 진짜 음식이 담긴 냄비가 있다는 것에 너무 경외심을 느낀 나머지 그런 사소한 것에 대해서는 걱정할 틈이 없었던 거예요!

그때 어머니가 그 편지를 전부 다 읽어보신 게 틀림없어요. 얼마나 많이 알고 계시는지 확신할 수는 없지만—어쨌든 그때까지만 해도 우리는 편지 친구 이상의 관계는 아니었으니까요—어머니는 아무 질책도 하지 않으셨어요. 엄마가 그 초기의 편지들에서 얼마나 많은 걸 직감하셨는지 내가 궁금했던 이유는 "드디어"라는 그말 때문이었어요.

존슨이 했다는 말이 입으로 옮길 가치도 없다고 당신이 고집하니, 당연히 내 호기심은 증폭되네요. 우리 사이에 정말로 비밀이 생긴 건가요, 데이비? 우리가 서로에게 비밀을 만들었던 적이 있었나요? 우린 부모님과 형제자매도 알지 못하는 것들을 맨 처음부터 서로에게 말했어요. 어떤 말이나 감정으로부터 나를 보호하려고 걱정할 필요는 없어요. 지금은 전시라는 걸, 당신은 잊었군요.
요즘 같은 시기에 우리 여자들은 더 강인해져요.

E

추신: 미나가 등기소 밖에서 찍은 우리 사진을 보내줬어요. 당
신도 봤나요?

14장

~

마거릿

글래스고
8월 22일

마거릿에게,

그것은 전쟁중의 충동적인 결혼이 아니었다. 엘스페스는 내 가장 친한 친구인 이언과 결혼했어. 우리 셋은 스카이 섬의 언덕에서 함께 자랐지. 맨발로 언덕을 내달리고, 돌을 찾아 자갈 깔린 해변을 첨벙첨벙 다니면서. 사실을 말하자면, 이언은 항상 엘스페스를 좀 두려워했어. 그애의 머리칼은 흐트러져 있었고, 바다의 물보라 속으로 시들을 소리쳐 읊어댔거든. 엘스페스에겐 섬처럼 비현실적인 마력이 있었지. 어느 날인가, 우리가 페어리 다리에 매달려 있었는데, 그가 엘스페스에게 청혼했어. 그애는 날 보고 미소 짓더니 청혼을 받아들였지. 난 우리 셋이 늘 함께할 거라 생각했다. 엘스페스가 이언을 배신할 거라고 생각해본 적은 없었어.

나도 도움을 주고 싶다만 내게는 답이 없구나. 네가 태어나기 일년 전, 난 스카이 섬을 떠났거든. 하지만 내 어머니는 섬에 계셨지. 스카이 섬으로 편지를 써보려무나. 네 할머니가 나보다는 더 많이 아실 테니.

핀레이

포트윌리엄으로 가는 기차에서
1940년 8월 24일 토요일

폴에게,

편지 쓰기는 끝났어. 난 스카이 섬으로 가는 길이야!

물론 핀레이 삼촌은 내게 할머니 주소를 알려주지 않았어. 그렇다고 그 먼 곳까지 가서 '맥도널드 할머니' 집을 찾아 섬을 헤맬 생각은 없었어. 스카이 섬에 사는 사람 절반이 맥도널드라는 성을 쓸지도 모르는데. 그래서 잊어버리고 있던 편지 봉투와 옛날 주소록, 엄마의 출생증명서를 찾아 (다시) 집을 뒤졌어. 하지만 아무것도 없었어. 할머니가 게일어로 매달 휘갈겨 써서 보낸 편지조차 한 장도 없었어. 엄마는 데이비드의 편지만 보관하신 게 틀림없어.

바로 그때 어떻게 된 일인지, 내가 글을 배우기 시작했을 때 엄마가 내 책 안쪽에 이름과 주소를 꼭 써놓으라고 시키셨던 게 생각났어. 소중한 스티븐슨이나 스콧의 책을 공원 벤치에 놓고 올 경우를 대비해서. 즉시 엄마 서재로 가서 책장에서 찾을 수 있는 가장 낡고 오래돼 보이는 책을 끄집어냈어. 책 중간에 빛바랜 양귀비꽃이 끼워져 있는, 다 해진 『허클베리 핀의 모험』이었지. 말할 것도 없이 표지 안쪽에 "영국, 스카이 섬, 소 아니스, 엘스페스 던"이라고 휘갈겨 써놓으셨더라고. 그 시절 그곳에서도 공원 벤치가 털릴 위험이 있기라도 했다는 듯.

난 북쪽으로 아이를 피난 보내고 싶어하는 가족을 수소문했어. 에밀리의 이웃인 콜더 부인이 최근 계속된 폭격에 많이 불안해했대. 그래서 에밀리의 주선으로 콜더 부인의 딸 도러시를 포트윌리엄 외곽의 농장까지 데려다주기로 했어. 이 일로 그 먼 곳까지 가는 비용을 마련했지. 또 포트윌리엄에서 스카이 섬까지는 그야말로 가까운 거리고. 난 에밀리에게 여행가방을 빌려 집을 나섰어!

있잖아, 폴, 이번 일은 좀 흥분돼. 물론 에든버러를 떠나는 게 이번이 처음은 아니지만, 널 보러 플리머스로 짧은 여행을 했을 때 빼고는 나만의 목적이 있어서 떠난 적이 없었잖아. 너랑 내가 암벽타기를 하거나 언덕을 돌아다닐 때도 도시에서 멀리 떨어진 곳까지 간 적은 없었고. 물론 나 자신을 위해 스카이 섬에 가는 거라곤 할 수 없어. 엄마를 위해 그곳에 가고 있는 거니까. 그리고 한 번도 만난 적 없는 할머니! 내가 엄마의 '제1권'에 대해, 내가 태어나기 전의 엄마에 대해 더 많이 알 수 있다면, 이번 여행은 여러 면에서 의미가 있을 거야. 엄마는 여기 안 계시니 내가 아버지에 대해 알아내는 걸 방해할 수도 없으실 테고.

말리그로 가는 기차

얼마 후

폴에게,

도러시를 잘 데려다주었어. 전함같이 건장한 체격의 은발 머리 여자가 역에서 우리를 맞이했고, 난 그녀에게 콜더 부인이 보내는 돈 봉투를 전해주면서 도러시를 부탁했어. 떠나기 전에 도러시가 기차표 뒷면에 쓴 메모를 내 손에 꼭 쥐여주면서 에든버러로 돌아가면 자기 엄마에게 전해달라고 부탁했어. 눈물 자국과 얼룩과 알아보기 힘든 글씨체 때문에 거의 읽을 수 없었지만 "사랑해요"라는 말이 여러 번 쓰여 있었어. 도러시는 그걸 여섯 번이나 접어서 앞면에 주소를 휘갈겨 썼어. 난 에든버러로 돌아가면 제일 먼저 메모를 전하겠다고 약속했어.

그러고 나니 정말 엄마가 걱정되기 시작했어. 그리고 살짝 죄책감을 느꼈다는 걸 고백해야겠어. 엄마가 떠난 건 편지나 폭탄 때문이 아니라 우리의 말다툼 때문이었을지도 몰라. 예전에도 아버지가 누구인지 알고 싶어 엄마를 몰아붙인 적은 있었지만, 실제로 말다툼으로 번진 적은 없었어. 난 늘 엄마가 대수롭지 않게 넘길 수 있는 수준에서 멈췄거든. 그런데 그때는 선을 넘었고, 너무 많은 걸 물었어. 그래서 그 순간 뭔가 균열이 일어난 거라는 생각을 멈출 수가 없어.

엄마 말이 맞을까, 폴? 우리가 너무 성급했던 걸까? 얼마 전까지만 해도 너와 나는 친구였어. 우린 서로에게 샌드위치를 주거나 바위에서 손을 잡아주는 것 외에는 더 진지한 일을 해본 적이 없어. 네가 참전하면서 나한테 너에게 편지를 쓸 건지 물었을 때 난 거의 웃을 뻔했어. 너와 나 사이에 편지를 주고받을 만큼 할말이 많다고 생각하지 않았거든. 그런데 넌 사랑에 빠졌다고 말했고, 나도 어쩌면 우리가 그런 것 같다고, 어쩌면 그렇게 될 수 있겠다고 생각했어. 그러나 엄마가 말씀하신 대로 전쟁중에는 감정이 고조되고 예민해져. 난 너의 감정을 믿지만—진심으로 믿어—내 감정을 믿어도 될진 모르겠어.

아마도 내게는 이번 여행이 꼭 필요한 것 같아. 살짝 맛보는 자립과 끊어질 듯하면서도 계속 이어져왔던 그 거리. 이게 정말로 내가 원하는 건지 알 수 있는 기회가 되겠지. 하나가 아닌 여러 수수께끼를 풀 수 있는 여행이 될 듯해.

애정을 담아,
마거릿

잉글랜드 런던
1940년 8월 10일

친애하는 귀하께,
아주 오래전, 데이비드 그레이엄과 해리 밴스라는 두 남자가 이 주소지에서 살았습니다. 그들이 아직 그곳에 살고 있는지 아니면 시카고에서 이사를 갔는지 모르겠습니다만, 혹시 어떤 사실이라도 알려주실 수 있는지요. 저는 그들과 한동안 연락이 끊긴 상태였지만, 그들을 간절히 찾고 있습니다.

그들의 소재에 대해 알고 계신 게 있다면, 제게 연락을 주시겠는지요? 런던의 랭엄 호텔로 제게 편지를 쓰시면 됩니다. 미리 감사드립니다.

엘스페스 던 부인 드림

15장

엘스페스

프랑스 ——
1916년 2월 2일

전 ——로 가는 중으로, 현재 ——에 있습니다. 파리에서 이곳
까지 오는 데 이렇게 오랜 시간이 걸릴 거라고는 생각지 못했어요.
우린 화물차에 탔는데, 셀 수 없을 만큼 여러 번 정차했어요. 몇 년
전 프랑스로 휴가를 왔을 때 거의 같은 여정을 거쳤던 게 기억나
요. 그때는 호화로운 일등석에서 와인을 마시며 시골 풍경을 감상
했었는데, 이번엔 군용 가방만 가지고 화물칸에 쭈그려 앉아 형편
없는 브랜디를 돌려 마시고 있습니다. 화물칸의 널빤지 사이로 내
다보니 예전에 지나갔던 역들을 알아볼 수 있었는데, 내가 기억하
던 마을들의 모습은 아니었어요.

　이곳 역은 조용하네요. 거리는 지난번 왔을 때처럼 화사한 옷차

림의 휴가객들이 아니라 파란색과 카키색의 군복을 입은 이들로 넘쳐납니다. 우리는 여기에서 며칠 더 머물다가 이동할 예정이에요. 우리가 합류할 후송 분대는 ——로 가는 도중에 ——에서 휴식을 취하면서 구급차를 세차하거나 수리하고 있습니다. 휴가중이던 플리니라는 남자가 퀸과 나를 전선으로 데려가기 위해 기다리고 있어요. 그는 할 수 있을 때, 페이스트리와 뜨거운 목욕을 즐기라고 하더군요. 한동안은 그 어떤 것도 다시 보기 어렵다면서요.

그러니까, 존슨이 무슨 말을 한 건지 알아야겠다고요? 그는 왜 자기들과 함께 여자를 구하러 가지 않았냐며 평소처럼 나한테 온갖 조롱을 퍼부어댔어요. 그는 내가 어금니를 꽉 깨무는 모습을 보고 나서야 갑자기 뭔가 알아챈 거예요. "그래 그거야. 다른 남자의 아내와 놀아났군, 그렇지? 그 남자가 지옥의 땅에 나가 있는 동안 넌 그 집으로 기어들어가……" 음, 나머지는 옮기지 않겠습니다. 숙녀분이 읽기에 적절하지 않으니까요. 그 이후의 말들이 더 심했다는 것만 알려줄게요.

이제 내가 왜 그에게 덤벼들었는지 알겠죠. 나는 그의 말에 상처를 입었습니다. 그가 말한 내용뿐만 아니라 그가 말하는 방식 때문에도요. 수, 난 우리가 한 일, 우리가 품고 있는 이 마음이 잘못된 것이라고 생각한 적이 없습니다. 어쩌면 나로서는 이렇게 생각하는 것이 더 쉬울지도 모르겠습니다. 나는 미혼이니까요. 그리고 당신의 남편을 모르니까요. 심지어 그가 존재한다는 사실을 잊는 것도 나한테는 쉬운 일입니다.

당신이 결혼했다는 사실 때문에 처음에 주저하지 않았느냐고요?

그렇지 않았다면 거짓말일 겁니다. 주저했어요, 수. 당신에게 사랑한다고 말하기까지 왜 그토록 오랜 시간이 걸렸다고 생각하나요? 당신의 편지 곳곳에 뿌려져 있는 힌트를 통해 당신도 나와 같은 감정을 느낀다는 걸 단언할 수 있었을 무렵에도 말입니다. 당신은 잊고 있을지 모르지만 난 성실한 천주교인으로 자랐어요. 어렸을 때부터 고집불통이긴 했지만 십계명을 가볍게 여기진 않습니다.

그런데 당신도 나를 사랑한다고 말한 거예요. 그 답장을 보고 난 당신이 스스로 무슨 일을 하고 있는지 안다고 믿었어요. 그러자 주저하던 마음이 녹아내렸죠. 그리고 우리는 만났고, 대화했고, 서로에게 닿았습니다. 내게 남아 있던 의심들은 날아갔어요. 그토록 옳게 느껴지는 일이 잘못된 일일 수 있을까요? 모든 게 완벽했어요. 모든 게 완벽하고요. 난 그 기억들―그 아름답고 섬세한 기억들―을 소중하게 간직하고 있습니다. 그리고 당신의 남편이나 복잡하게 엉켜 있는 우리의 미래에 대해서는 깊이 생각하지 않았어요.

크리스마스이브까지는, 존슨이 우리의 품위를 떨어뜨리는 말을 하기 전까지는요, 수. 그렇게 폄하하는 말을 듣고, 그것도 그 말이 사실에 기반하고 있다는 걸 알면서 그 말들을 믿지 않기란 불가능합니다. 나는 "다른 남자의 아내와 놀아나고" 있는 거예요. 그로 인해 예상치 못하게도 내가 누구인지, 내가 하고 있는 게 어떤 일인지 떠올랐습니다.

당신은 정말 어떤 마음인지 궁금합니다. 당신은 죄책감이나 불확실한 감정에 대해서는 언급한 적이 없으니까요. 존슨이 한 말을 당신에게 전하고 싶지 않았던 것은…… 음, 당신이 죄책감을 느끼는 걸 원치 않았기 때문입니다. 난 당신이 다시 생각해보는 걸 원치 않아요.

결정은 늘 당신의 손에 달려 있었고, 지금도 그렇습니다. 이 관계를 지속하길 원하는지는 당신이 결정해요. 여기에서 어디로 가고 싶은지는 당신이 결정해요.

어떤 결심을 하든, 알고 있죠, 나는 언제까지나……

당신의 데이비

스카이 섬
1916년 2월 9일

내 사랑,

당신의 편지는 이엉을 얹어놓은 봄철의 지붕보다도 구멍이 더 많았어요. 자그마한 편지가 스카이 섬까지 긴 여행을 하는 동안 통풍이 필요할 거라고 당신이 생각했던 건가요, 아니면 누군가가 당신이 어디로 가는지 혹은 어떻게 그곳에 도착했는지 내게 말하는 걸 원치 않았던 걸까요. '프랑스'를 제외하면 다른 모든 지명은 삭제되어 있었어요.

존슨이 한 말에 상처받았느냐고요? 누가 그런 말에 상처받지 않을 수 있을까요? 하지만 놀랐느냐고요? 사실은 그렇지 않아요. 당신이 내게 말하길 거부했을 때, 그와 비슷한 말일 거라 짐작했죠.

아니요, 내게도 쉬운 일은 아니에요. 다만 얼마나 어려웠는지 속내를 들키지 않으려고 노력했던 것뿐이에요. 당신은 매일 전쟁이 남긴 피비린내 나는 뒤엉킨 흔적을 수습하며 전선에 있어요. 이건 나만의 개인적인 전쟁이에요, 데이비. 당신이 뒤죽박죽 엉켜 피비린내를 풍기는 내 양심까지 감당할 필요는 없어요.

당신이 내게 그 편지를, 당신이 정확하게 어떤 기분인지 전하는 편지를 보냈을 때 나는 잠을 이룰 수 없었어요. 내 마음을 붙들고 씨름하며 여러 날 밤을 뜬눈으로 지새웠습니다. 당신에게 느끼는 감정은 너무나 날카롭고 새로워요. 하지만 이언에 대한 내 감정이 변했다고 해도 그 감정은 여전히 그 자리에 남아 있어요. 그는 내 남편이니까요. 내가 느끼는 것과 우리가 했던 맹세, 그 어느 것 하나 쉽게 저버릴 수 없어요.

이언은 핀레이 오빠의 가장 친한 친구예요. 청년 시절, 두 사람은 한시도 떨어져 지낸 적이 없어요. 나는 항상 내 주위에 있던 이언과 함께 자랐죠. 결혼할 시기가 되자 그는 내가 당연히 선택해야 할 유일한 사람인 듯 보였어요. 내가 이언의 청혼을 받아들이자 핀레이 오빠는 굉장히 기뻐했어요. 그러나 상황이 변했어요. 우리의 길은 갈라졌죠. 내 시가 출간되었고, 나는 문학적인 생활 방식을 동경했어요. 여행하고 공부하고 싶었고, 루이스 캐럴을 실제로 읽고 이해하는 다른 누군가가 있으면 했어요. 이언은 그가 늘 해왔던 방식대로 자신의 삶을 이어나가고 싶어했고요. 난 해변으로 나가 바다 너머를 바라보며 여기가 아닌 다른 어딘가에 있을 수 있기를 갈망했어요. 그는 핀레이와 함께 배를 타고 바다로 나갔어요. 집에 돌아왔을 때 내가 여전히 그곳에 있을 거란 걸 알았고요.

내가 당신의 첫 편지를 받기 이전부터 우리 사이에는 뭔가 맞지 않는 게 있었어요. 우리는 서로 다른 열망과 기대에 부푼 채 서로 다른 곳으로 흐르고 있었어요. 난 당신 안에서 같은 생각을 가진 영혼을 발견했어요. 당신은 내가 말해야 했던 것들을 귀기울여 들어주었어요. 이언은 듣지 않는 듯했고요. 그러다가 전쟁이 시작되었고, 이언은 내 삶에서 완전히 떠나버렸어요.

정말, 데이비, 이해가 안 가요. 그가 여기 있을 땐 그렇게까지 멀어진 적이 없었어요. 하지만 지금 그는 전쟁터에 나가 있고, 그에게서는 거의 소식이 오지 않아요. 신문이나 핀레이 오빠 혹은 스카이 섬의 청년들이 집으로 보내는 편지를 통해 무슨 일이 벌어지는지는 알고 있어요. 그저 이언으로부터 직접 듣는 소식이 없을 뿐이에요. 내가 했던 어떤 행동 때문에 그러는 걸까요? 그는 스스로 나와의 연락을 끊어버렸어요. 그는 늘 이런 식으로 대응했죠. 신경 쓰이는 일이 있으면 그게 무엇이 되었든, 맞서기보다는 물러나요.

나는 다른 누군가와 사랑에 빠지려고 계획한 게 아니었어요. 남편이 충분한 설명도 하지 않은 채 나를 떠나가도록 계획한 적도 없고요. 그 어떤 일도 계획하지 않았지만 일어났고, 그 부분에 대해 불행하다고는 말하지 못하겠어요.

당신을 사랑해요, 데이비. 그리고 이게 내가 내린 결정이란 것도 알고요. 나를 몽상가라고 생각한다 해도 이 모든 일이 일어난 것은 다 이유가 있어서라고밖에 생각할 수 없어요. 이언이 떠난 바로 그 순간 당신이 내 삶에 들어왔어요. 그가 부재했을 때 당신은 나를 위해 있어주었어요. 그건 아주 중요한 거예요.

정말이지, 부모님 집으로 돌아와 지내는 것이, 이 작은 섬에 돌아와 있는 것이 여러 이유들 때문에 힘들어요. 나 자신이 뭐랄까……진열되어 있는 느낌이에요. 어머니는 당신과 나에 대해 알고 계시고, 또 누가 알고 있을까요. 무수한 밤마다 난 내 생각과 기억들만 가지고 나 혼자만 있을 수 있기를 소망해요. 가만히 누워 당신이 등장하는 열띠고 전율이 이는 꿈을 꿀 수 있도록요. 하지만 당신과의 기억을 떠올리며 맥박이 빨라지는 바로 그 순간, 아버지의 코 고는 소리, 핀레이 오빠가 잠결에 지르는 비명소리가 들리고, 그 순간은 사라져버려요. 이 집은 세 식구와 내 꿈들과 내가 함께 살기에는 그 크기가 충분하지 않아요.

E

1지역
1916년 2월 16일

수,

네, 검열관들이 그렇게 한 게 맞아요. 그들은 먼저 편지를 읽고 (엄청나게 칼로 그어놓은 후) 어쨌든 편지를 부쳐주긴 했습니다만, 난 그 일로 질책과 주의를 받았습니다. 다시는 당신에게 편지를 못 보낼 수도 있다는 협박도 받았고요. 편지가 적의 수중에 들어갈 경우, 그 편지로 인해 우리의 현 위치와 이동 상황 혹은 이동할 지점이 누설될 수 있다고요. 그들은 마치 독일놈들이 지금 우리가 어디에 있는지 제대로 모르고 있다는 듯 말합니다. 이 편지를 쓰는 순간에도 그들은 프랑스군의 방어용 모래 포대 너머를 살피고 있는데 말이죠!

마침내 여기 '1지역'(말 잘 듣는 소년이 되어 모호하게 표현하겠습니다)에 자리를 잡았습니다. 우리는 분대의 나머지 사람들보다 며칠 늦게 도착했어요. 우리 셋은 밤에 도착했는데, 상당수가 근무중이더군요. 일부는 참호에서 1킬로미터도 떨어지지 않은 전초기지에서 스물네 시간 활동중이었고요. 우리는 긴 건물로 안내되었고, 그곳 방 한가운데에 자리를 잡고 이불 위로 쓰러졌어요. 얼마나 깊이 잠들었는지 운행을 마친 첫번째 그룹이 한밤중에 하나둘들어오는데도 전혀 모를 정도였어요. 다음날 아침, 세상 모르고 자다가 양말 뭉치에 머리를 맞고 나서야 깨어났고, 내 발치에서 날보고 활짝 웃고 있는 해리를 발견했죠. 그는 밤새 전초기지에 나가 있다가 막 교대해 막사에 들어와서 자신의 자리에서 웅크리고 자는 나를 본 거예요.

나는 입에 담배를 물고 사는 리글스라는 사내와 짝이 되어 구급차를 배정받았습니다. 전직 축구 선수인 그는 정말 말이 없어요. 그가 말을 하는 건 오직 다 타버린 꽁초를 새로 불붙인 담배와 바꿀 때뿐이에요. 리글스는 거의 AFS가 시작되었을 때부터 여기에 있었으니 그보다 더 이곳 근무에 대해 잘 알려줄 수 있는 이는 없을 것 같아요.

난 도착하자마자 바로 현장에 투입되었어요. 우리는 대피 경로를 달리며 응급치료소의 부상자들(매력적이게도 프랑스말로는

'블레세blessés'라고 하네요)을 전선 후방에서 더 멀리 떨어진 병원으로 후송하고 있습니다. 대부분의 치료소가 전선에서 적어도 몇 킬로미터는 떨어져 있어 저멀리 폭격으로 인해 치솟아오르는 연기 외에는 보이는 게 별로 없습니다.

며칠 전 밤에는 이 근처에서 격전이 있었습니다. 내가 후송한 블레세 중 한 사람은 아주 심각한 상태였어요. 폭탄이 떨어졌을 때 벽 뒤에 있었는데, 벽돌이 무너지면서 거의 깔리다시피 했죠. 전초 기지에 도착하기 전까지는 꽤 조심스레 운전을 해야 했지만, 그곳을 지나자 도로가 비교적 평탄해지길래 병원까지 전속력으로 달렸어요. 의사는 오 분만 늦었어도 그가 목숨을 잃었을 거라고 했어요. 대단한 건 아니었지만, 그 일은 프랑스에서 내가 하고 있는 일에 대한 무언의 긍정으로 다가왔습니다.

좋아요, 수, 당신이 나에 대한 걱정을 멈춘다면, 나도 그렇게 할게요. 난 당신이 왜 그렇게밖에 할 수 없었는지 이해합니다. 그대의 사랑은 내게 너무나 소중해, 당신이 그 사랑을 받아줄 누군가를 필요로 하는 바로 그 순간 나는 그 사랑을 밀어낼 수 없어요.

식사를 기다리던 중인데, 사람들이 줄을 서는 게 보이네요. 이만 줄여야겠습니다. 오늘은 계속해서 이야기할 수 있을 것 같은데 말이지요.

아무리 피곤해도, 수, 나는 늘 당신 꿈을 꿉니다.

사랑을 담아,
그대의 데이비

스카이 섬

1916년 2월 23일

사랑하는 나의 소년,

당신과 당신이 필드 서비스에 자원한 이유를 의심했던 걸 사과할게요. 당신이 옳아요, 데이비. 이것은 당신이 할 수 있는 일이고, 그곳에서 이 주 동안 지내면서 당신은 그 일을 잘해낼 수 있다는 걸 이미 증명했어요. 누군가를 불구로 만들거나 죽일 의도로 총검을 들고 돌진하는 것과, 무모한 에너지를 생명을 구하는 일에 쏟는 것 사이에는 큰 차이가 있어요. 전에 내가 당신에게 여전히 소년 같다고 말한 적이 있는데, 불과 몇 달 사이에 당신은 남자 중의 남자라는 걸 스스로 증명했어요.

부디 따뜻하고 즐겁게, 그리고 항상 안전하게 지내길.

E

1지역

1916년 3월 2일

수,

나는 지금 식량을 입수해오는 임무를 수행중이에요. 그 말은 곧 여기 도시에 있는 동안 뜨거운 물로 목욕하고 음식다운 음식을 먹을 수 있는 기회를 얻었다는 이야기죠. 지금은 오믈렛을 앞에 두고 필요 이상으로 뜸을 들이고 있어요. 차로 돌아가기 전에 당신에게 편지를 쓸 수 있는 기회니까요.

해리와 난 며칠 전에 휴가를 얻었어요. 드문 일이었죠. 우린 비번일 때도 거의 매일 일했거든요. 우리는 각자 책과 초라한 작은 도시락—'고기' 통조림, 크래커, 미나가 보낸 작은 건포도케이크—을 챙겼고, '와인'이라는 라벨을 잘못 붙인 게 틀림없는 싸구려 술로 목을 축였어요. 플리니가 양말을 빤 구정물을 그 병에 채워두었을 거라는 생각을 진지하게 했을 정도였어요. 정확히 그런 맛이 났거든요. 아주 끔찍한 와인과 똑같이 끔찍한 통조림 소고기 (아니면 고양이 고기였을까요?)에도 불구하고 유쾌한 오후였습니다. 나는 『유인원 타잔』을 거의 다 읽었어요. 내 도시락도 그렇게 똑같이 게걸스럽게 해치울 수 있었다면 더 바랄 게 없었을 거예요.

사실 며칠 전에는 성찬에 가까운 걸 먹었어요. 우리 중 하나가 무공십자훈장을 받았는데, 그걸 기념하려고 진수성찬을 차렸거든요. 그는 비용을 아끼지 않고 파리의 요리사까지 데려왔어요. 음식다운 음식, 프랑스 와인이라 할 만한 와인, 그리고 사기그릇과 리넨 식탁보까지 갖춰져 있었어요. 단언컨대, 수, 내 차림이 너무 더럽고 꾀죄죄해 그토록 우아한 진수성찬에 다가서는 게 망설여졌지만, 일단 가까이 가자 "양키 두들 멋쟁이"*라고 말할 사이도 없이

---

* 미국 독립전쟁 때 유행한 군가 〈Yankee Doodle〉에 나오는, 미국 군인을 가리키는 표현.

순식간에 정신없이 먹어치웠어요. 수, 정말이지, 랜호퍼나 에스코피에 같은 요리사들도 자부심을 느꼈을 만한 진수성찬이었어요.

그때를 떠올리는 것만으로도 다시 군침이 돌기 시작하네요. 잉크 방울이나 자국이 있다면 부디 이해해주세요. 방금 식사를 마쳤다고 생각하니! 아……그 음식에 대한 기억, 덕분에 삶은 소고기와 순무 수프로 몇 주를 버텨야 한다 해도 심리적으로는 배불리 먹은 기분이 들 거예요.

사랑해요,

데이비드

스카이 섬

1916년 3월 14일

오, 데이비,

어떤 감정을 느껴야 하는지 더는 모르겠어요.

이언이 실종됐어요.

방금 육군성에서 편지를 받았는데, 내가 그 내용을 충분히 이해하기는 한 건지 잘 모르겠어요. 편지를 읽으며 외마디 비명을 질렀지만, 그후로는 아무 말도 하지 않고 있어요. 그냥 무시해버리면 그걸 떨쳐낼 수 있기라도 한 것처럼요. 실종이라니. 어떻게 그런 일이 있을 수 있죠?

핀레이 오빠는 완전히 무너져버렸어요. 계속해서 "난 거기 없었어. 그를 도울 수가 없었어"라고 되풀이하다 집밖으로 나갔어요. 그날 밤 늦게 돌아온 오빠는 몰골이 엉망이 되어 있었어요. 지팡이는 어디서 잃어버렸는지 절룩거리며 들어와서는 이틀간 내리 잠만 잤어요. 오빠를 침대에 누이고, 오빠의 찢어진 바지를 수선하고, 지팡이로 쓸 만한 긴 나무를 찾는 건 제 몫이었어요. 지팡이가 없으면 오빠는 잘 걷지 못하니까요.

알고 싶어요. 어째서 핀레이 오빠는 무너져도 되는 거죠? 왜 내가 강하게 버티면서 이 상황을 수습해야 하는 거죠? 이언은 내 남편이에요. 누구보다 고통스러워야 하는 사람은 바로 나라고요. 숨도 쉴 수 없을 만큼 비탄에 잠겨야 하는 사람은 바로 나라고요.

내 신앙심이 그다지 독실하지 않다는 건 당신도 알죠. 난 정기적으로 성당에 나가지도 않아요. 혼자 산 위에 있을 때 신께 더 가까이 다가간 듯한 느낌을 받아요. 찬송가와 설교에서 너무 멀리 떨어져 있어서 이교적으로 느껴지긴 하지만요. 이제야 내가 뭔가 중요한 것을 경시해왔다는 생각이 들어요. 신께 마땅히 바쳐야 할 것을 드리지 않고, 부정한 행위를 통해 신을 조롱해서 이언이 내 죗값을 치르고 있는 거예요.

어쩌면 내가 잘못된 결정을 내린 건지 몰라요. 뭘 어떻게 생각해야 할지 더는 모르겠어요. 내가 여기서 멈춘다면, 그가 돌아올 수 있을까요?

엘스페스

3지역

1916년 3월 21일

수,

그동안 별다른 소식은 없나요?

'실종'은 많은 걸 의미할 수 있어요. 아무런 의미가 없을 수도 있고요. 다른 소식을 듣게 될 때까지 속단하지 말아요. 부탁이에요.

내 차 뒤에 탄 군인들이 그런 얘기를 하는 걸 여러 번 들었어요. 잠시 같이 쭈그리고 앉아 담배를 나눠 피우고 있다가 바로 다음 순간에는 참호 벽 너머 무인지대*에 들어서 있다고요. 70파운드에 달하는 무게를 등에 지고, 총검을 꽂은 채 포탄 구멍과 잔해, 전우를 피해 달리면서요. 모든 것이 진흙에 덮여 있어서 형제 위를 넘어가면서도 그를 못 알아볼 수 있어요. 다시 보려고 멈출 수조차 없고, 하물며 누군가를 안전한 곳으로 끌어다놓기는 더욱 불가능하죠. 이언은 부상을 입고 그곳에 누워 들것으로 자신을 실어가주길 기다리고 있을지 몰라요. 참호 벽 너머 혼란 속에서 길을 잃었을 수도 있고요. 최악의 상황만을 생각하지 마세요.

수, 이 모든 일에 죄책감과 신의 징벌을 더하지 않아도 지금 걱정해야 할 일은 충분히 많습니다. 네, 나는 신을 믿습니다. 천방지축이던 대학 시절에도 늘 성당에 나갔어요. 그때는 고해성사실에

---

* No Man's Land. 사람뿐만 아니라 식물을 포함해 살아 있는 생명이 있으리라고 상상도 못할 만큼 무차별 포격을 당한 전선의 참상을 표현한 것으로, 1차 대전의 참호전을 상징한다.

서 고백해야 할 일이 더 많았죠.

어린 시절 에비와 나에겐 아름다운 삽화가 그려진 이야기 성경 책이 있었어요. 우린 한가로운 일요일 오후마다 그 책을 자세히 들여다보곤 했죠. 그 책에 나오는 신의 그림이 생각나요. 신은 눈처럼 하얀 수염에 장밋빛 뺨을 한 평온한 모습으로—지금 생각해보니 산타클로스와 별로 다르지 않은 듯해요—새로 창조한 세계를 자랑스럽게 내려다보고 있었죠. 그 모습이 꼭 새로 태어난 아이를 바라보는 아버지의 모습 같았어요. 나는 늘 그 그림을 마음속에 간직했고, 그런 까닭에 응징을 가하는 신은 결코 믿지 못했죠. 그토록 자애롭고 아버지 같은 모습의 신이, 엇나가는 행동을 한다며 나를 비난할 것 같지는 않았어요. 나의 사소한 죄 때문에 내게 등을 돌리지는 않을 것 같았어요.

잠시 생각해봐요, 수. 독일 황제가 그 모든 악행을 저지르고 있는데, 이곳 전역에서 무수한 전투와 살상이 벌어지고 있는데, 진정 신이 하늘 아래를 내려다보며 죄라고는 오직 나눠줄 사랑이 너무 많은 것뿐인 한 여인에게 분노의 화살을 겨눌 거라 생각하나요?

나는 지금 완전히 지친 상태예요. 이십사 시간 근무를 막 마쳤지만, 몇 시간 눈을 붙이기도 힘들어요. 하지만 당신에게 편지를 쓰는 일만큼은 미루고 싶지 않았어요. 당신이 나를 (편지를 통해서라도) 필요로 할 때 있어줄 수 없다면, 내가 당신과 함께한다는 것이 무슨 의미를 갖겠습니까?

편지 서두를 보고 우리가 다시 이동했다는 것을 눈치챘나요? 그 사이에 2지역에도 있었는데 며칠 이상 머무르진 않았어요. 이번에는 예전보다 전선에 더 가까이 있지만 자는 동안 폭탄이 떨어질까 봐 걱정할 정도로 가깝지는 않습니다. 밤낮없이 일하는 우리에게 필요한 것은 오로지 잠을 자는 것이기에 참 다행인 듯합니다.

그런 의미에서 수, 이만 잠자리에 들려고요. 연필을 들고 있을 수조차 없군요. 새로운 소식이 있으면 내게도 알려주세요. 상황이 이렇긴 하지만, 나는 진심으로 걱정하고 있습니다. 그곳에 가서 당신을 안아줄 수 있다면 좋겠지만, 내가 할 수 있는 최선의 일은 이것밖에 없군요.

당신을 진심으로 사랑해요, 나의 연인
데이비드

스카이 섬
1916년 3월 28일

데이비드,

내가 어떻게 걱정을 안 할 수 있겠어요? 어떻게 최악의 상황을 생각하지 않을 수 있겠어요?

이언의 부대에 있는 월리스 이등병이라는 사람에게서 편지를 받았어요. 그날 그는 이언과 함께 참호에서 뛰쳐나와 공격하던 중이었는데, 전투중에 이언을 놓쳤대요. 퇴각 명령을 듣고 급히 되돌아가다가 "심한 부상을 입은" 이언을 보았지만 그냥 지나쳤다더군요. 이언의 상태가 너무 좋지 않아 그가 부축한다 해도 영국군 참호까지 돌아갈 수 없을 정도여서요. 들것을 가지고 다시 그곳으로 가는 데 꽤 시간이 걸렸다고 합니다. 윌리스 이등병이 가르쳐준 곳 주변을 다 돌아보았지만 들것 운반병들은 아무도 발견하지 못했대요. 의사의 치료를 필요로 하는 사람은 없었대요.

핀레이 오빠는 이성을 잃었어요. 두 사람은 서로를 지켜주기로 약속했었는데, 오빠는 자신이 그곳에 있지 않아 이언을 지켜주지 못했다며 자책하고 있어요. 이언을 집으로 데려오지 않았다고 자책하고 있어요.

신이 나를 벌하는 게 아니라고 말하는 것이 당신한테는 쉬운 일일 거예요. 내가 와 있는 나만의 지옥에서 고통을 겪는 사람은 당신이 아니니까. 당신은 내가 느끼는 괴로움과 죄책감을 느끼지 못해요. 어떤 식으로든 내가 벌을 받고 있는 게 아니라는 걸 당신이 어떻게 안다는 거죠? 이언이 요구한 거라곤 내 사랑밖에 없었는데, 나는 내 마음을 다해 그 사랑을 줄 수조차 없었어요. 어쩌면 그게 내 죄일 거예요. 어쩌면 바로 그것 때문에 내가 벌을 받고 있는 걸지도 몰라요.

내 기분이 어떨지 당신이 진심으로 신경쓰고 있다는 건 알아요. 하지만 당신에게도 보호해야 할 당신만의 이익이 있을 거예요. 당신은 내가 실종된 남편 때문에 상심하고 우울해하는 것을 원치 않겠죠. 하지만 어쩌면 우울해하는 것이 내가 해야 하는 일일지도 몰라요. 어쩌면 우울해하는 것이, 내가 구원의 길을 찾고 있음을 보여주는 것일지도 몰라요.

엘스페스

스카이 섬

1916년 4월 12일

데이비드,

더는 내게 편지를 쓰지 말라는 의미가 아니었어요. 당신의 편지
는 나를 지탱해주는 얼마 안 되는 것들 중 하나예요. 그 '혼란의 바
다'가 조금이라도 기억나나요?

지난번 편지에서 내가 화를 내는 것처럼 느껴졌을 거예요. 당신
이 얼마나 걱정하고 있는지 알아요. 난 혼란스러웠어요, 데이비.
난 혼란스러웠고, 죄책감이라는 감정에 맞닥뜨리고 말았어요. 전
에는 느끼지 못했던 죄책감을 느끼고 있어요. 이해가 되나요?

또한 걱정도 되고요. 당신을 향한 내 마음이 어떻든 이언은 내
남편이고, 나는 늘 그를 사랑할 겁니다. 그가 고통이나 괴로움을
겪고 있다는 생각만 해도 견딜 수가 없어요.

그리고 확신도 들지 않아요. 이 모든 게 어떻게 흘러가길 원하는
지 나도 잘 모르겠어요. 물론 이언이 안전하게 잘 있기를 빌어요.
하지만 내 안에는 작지만 나쁜 면이 있어서, 못 본 척 계속 외면해
보려 하지만 그런 면이 있어서, 이 모든 상황을 조금은 안도하며
바라보고 있어요. 결국에는 어떤 결정도 내릴 필요가 없기 때문에,
더는 불확실한 상태에 놓여 있지 않아도 되기 때문에. 그리고 나면
이토록 확신을 갖지 못하는 것에 다시 한번 죄책감을 느껴요.

부디 답장을 써줘요, 데이비. 당신이 그리워요.

E

스카이 섬

1916년 4월 22일

데이비,

어디 있는 건가요? 왜 편지를 쓰지 않나요? 내가 당신을 떠나버리게 할 만한 어떤 말을 한 건가요. 어디로 갔든, 제발 답장해줘요. 당신 없이 내가 뭘 할 수 있겠어요?

어디 있나요, 데이비?

수

스카이 섬

1916년 4월 25일

내게 이러지 말아요! 제발, 당신까지 잃을 순 없어요! 내가 사랑하는 사람은 모두 사라질 운명인가요?

데이비, 난 이런 일을 견딜 만큼 강하지 않아요. 당신이 이 세상에 존재한다는 걸 알지 못한 채 이 모든 걸 나 혼자서 해나갈 순 없어요. 내 몸이 숨을 쉬어야 하는 것처럼 난 당신이 필요해요.

당신이 내게 돌아올 수만 있다면 어떤 신에게든 기도를 드리겠어요. 내 섬에 살고 있는 요정과 꼬마도깨비에게도 기도할 거예요. 내 마음의 신전에 있는 당신에게도 기도하겠어요.

오, 내 사랑! 내 사랑.

16장

마거릿

스카이 섬 포트리
1940년 8월 27일 화요일

폴에게,

스카이 섬에는 비가 내리고 있어. 배가 부두에 도착한 이후로 계속 비가 내려. 에든버러에서 와서 강우에 익숙하다고 선장한테 말했더니 그는 그냥 픽 웃곤 파이프를 물었어.

포트리는 빗속에 남겨진 색분필 그림이 번지듯 부드럽게 항구를 감싸고 있어. 우산을 가지고 오지 않아서—사실 에든버러에서 누가 우산을 가지고 다녀?—가방을 머리 위로 든 채 가랑비를 맞으며 종종걸음을 치다가 마침내 비를 피할 퍼브를 찾았어. 지금은 따끈한 토디*와 누더기가 다 된 그 오래된 책을 들고 약간의 취기와 노곤함을 느끼며 불가에 앉아 있어. 진짜 주소가 아닌 그 주소를 뚫어지게 바라보면서. 거리 이름도 번지수도 아니야. 영국, 스카이섬, 소 아니스, 엘스페스 던.

그 주소에 대해 물어보려면 얼른 일어나 우체국을 찾아나서야 한다는 걸 알지만, 불가가 너무 따뜻해. 비는 여전히 유리창에 후드득 떨어지고 있고. 토디 한 잔을 더 주문해서 조금 더 따뜻하게 있어야겠어.

조금 전까지만 해도 비가 그치길 기다리며 하루종일이라도 기꺼이 여기 앉아 있겠다 싶었는데, 지금은 힘이 나서 행동 개시! 이탄을 땐 불가에서 기분이 좋아졌다고 쓰던 바로 그때, 옆 테이블에서 퍼브 주인이 확실해 보이는 남자와 중년 여성들이 엄마의 자장가에서 들었던 말로 얘기하는 게 들렸어.

"지금 게일어를 하신 건가요?" 내가 물었지. 그들이 고개를 끄덕이길래 난 책을 내밀었어. "'소 아니스'가 무슨 의미인지 아세요?" 그 단어를 발음하려고 얼마나 애썼는지 몰라. 네가 들었다면 내게 완전히 실망했을 거야. 아주머니 두 분도 실망한 게 분명해 보였고.

그런데 두 사람 가운데 키가 큰 아주머니가 뜻을 가르쳐주는 대신 휘갈겨 쓴 글씨를 가리키며 소리쳤어. "엘스페스 던! 꽤 오래 듣지 못했던 이름인데."

다른 아주머니도 고개를 끄덕였어. "오래전에 떠났잖아."

---

*위스키, 럼, 브랜디 등에 따스한 물과 설탕 등을 가미한 음료.

"소 아니스는 그 여자 집이지. 여전히 그 여자 소유고, 안 그래?"

"가족이 소유하고 있지."

엄마의 옛집을 찾았다는 걸 알았을 때 무슨 생각을 했는지 잘 모르겠어. 과거의 편린들? 그저 가봐야 한다는 생각밖에 없었어. "그 집이 어디 있나요?"

그러자 믿기 어렵겠지만 그들이 아래위로 나를 훑어보는 거야! 퍼브 주인이 히죽거리며 말했지. "산책 삼아 갈 거리가 아닌데, 아가씨."

아가씨? 정말이지.

"전 걷는 데 익숙해요." 난 좀 쌀쌀맞게 말했던 것 같아. "정확한 방향을 가르쳐주신다면 말이죠." "페잉커런 방향이지." 그가 테이블에 몸을 기댔어. "내가 지도와 나침반을 팔 수 있는데. 그리고 우산도."

나는 그 사람한테서 엄마 집을 연필로 표시한 지도와 나침반을 샀어. 지금은 우체국 출입구에 등을 구부리고 서서 이 편지를 마무리하는 중이야. 우산까지 사지 않은 걸 후회하면서 말이야. 비가 여전히 오락가락하는데, 엄마 집까지 나를 데려다줄 만한 차는 없어. 8마일이 조금 넘는 거리인데. 우리, 예전에 그 정도 거리를 걸었던 적이 있었지! 옥스퍼드화로 갈아신고 시도해보려고 해. 엄마가 스카이 섬에 집을 가지고 계시다니. 비가 오거나 말거나 그 집을 찾아나서기로 마음먹었어!

마거릿

1940년 8월 27일

메이지에게,

네 어머니의 옛 스카이 섬 주소로 보내는 이 편지가 너에게 잘
전해지길 기도하고 있어. 이 주소가 내가 가진 전부니까. 행운이
따른다면 이 편지는 네게로 가는 길을 찾아낼 거야.

우리가 만났던 순간부터 너는 늘 너의 근원에 대해 궁금해했어.
어디에서, 어떻게, 무슨 이유로 같은 의문들이 마거릿 던을 둘러싸
고 있었지. 신중해야 해. 모든 아버지들이 내 아버지처럼 놀고먹는
사람은 아니지만, 네가 실망하는 일은 없었으면 좋겠어. 난 네가
네 아버지는 어떤 사람일지 추측하는 걸 들은 적이 있어. 백작? 장
군? 배질 래스본*? 하지만 그 목록에 '섬의 소작농'은 없었잖아.

과거를 찾는다는 건 그런 게 아닐까? 놀랍고, 충격적이고, 때로
는 약간 무섭기까지 한 것. 우리가 무엇을 찾게 될지 결코 알 수 없
으니까. 하지만 적어도 찾아볼 필요가 있다는 걸 알아. 현재 네가
있는 곳으로 너를 이끈 그 길을 보기 전까지는 네가 바라는 길에
맞게 서 있는지 결코 알지 못할 테니까.

우리가 서두르는 건 아닌지, 우리가 느끼는 감정을 믿을 순 있는
건지, 넌 궁금해했어. 나의 사랑스러운 아가씨, 네가 확신하지 못
하는 방향으로 내가 너를 밀어넣는 일은 없을 거야. 당연히, 네가

---

* 셜록 홈스 역으로 유명한 영화배우.

원하는 만큼 시간을 갖고 생각해도 돼. 하지만 이건 대답해줘. 네가 "좋아"라고 말하며 내 손을 잡았을 때, 너의 느낌은 어땠어?

난 말이야, 심장이 가슴에서 튀어나오는 느낌이었어. 그 순간의 느낌이 지금도 생생해. 비행기들이 나를 보지 못하고 지나칠 수도 있는 상황에서, 내가 과연 배에 오를 수 있는지도 모르는 채 가슴까지 차오르는 됭케르크의 바다에 서 있던 순간이 떠오를 때마다 난 네 손을 잡았을 때를 생각했어. 그럼 모든 걱정이 씻은 듯 사라졌어. 지금 이 순간, 이 세상의 모든 것 가운데 내가 진정으로 믿는 단 한 가지는, 바로 내가 너에게 느끼는 감정이야.

몸조심하고 가능한 한 빨리 답장해주길.

사랑을 담아,
폴

스카이 섬 배건 빌탠
1940년 8월 30일 금요일

폴에게,

내가 여기 도착하고 비가 내리던 그날, 소 아니스를 찾으려고 길을 나섰잖아. 지금 생각해보니 그건 실수였던 것 같아. 걷는 내내 거의 들판을 횡단해야 했어(하지만 내가 지도를 읽는 데 서툴러서 그랬을 수도 있다는 건 인정해). 군데군데 꽃이 피어 있는 보더스 주의 오솔길 같은 곳도 아니었고. 언덕을 오르내리면서 길게 뻗은 황량한 지역을 가로지르는데, 동무라곤 양들밖에 없었어. 옥스퍼드화를 신고 있긴 했지만 스카이 섬의 진흙을 당해낼 수 없었어. 푹푹 빠지는 신발을 빼내려고 얼마나 많이 이 발 저 발 깨금발로 움직였나 몰라. 도착하면 마른 옷으로 갈아입으려고 여행가방까지 가져왔는데(생각이 있는 사람이라면 시내에 놓고 왔을 텐데), 걷기 시작하고 얼마 지나지 않아 그게 얼마나 쓸데없는 생각이었는지 깨달았어. 가방이 속까지 흠뻑 젖어버렸거든. 나중에 찾을 생각으로 허물어진 돌담의 수풀 속에 가방을 통째로 넣어두었는데 아직도 못 찾았어.

마침내 포트리 방향으로(적어도 난 그렇게 생각해. 분명 나침반에 문제가 있었을 거야) 개를 산책시키던 노인 한 분이 지나갔어. 그는 내가 페잉커런에 있다고 안심시키고는 소 아니스로 가는 길을 가르쳐주었어. 호수를 따라가기만 하면 된다고, 쉽게 찾을 수 있을 거라고 말했어. 그리고 그의 말은 맞았어.

그 집은 수십 년간 아무도 살지 않은 집처럼 보였어. 이 지역 곳곳에서 볼 수 있는 하얗게 회칠한 집이었어. 한 층에 방이 두 개씩 있는 이층집으로 양끝에 굴뚝이 나 있었어. 세월이 흘러 타일이 여기저기 많이 떨어져나가긴 했지만 진짜 슬레이트 지붕이 있고. 못으로 단단하게 고정된 덧문에는 빗장이 가로질러져 있었어. 문을 열려고 해봤지만 틀어진 문은 꿈쩍도 하지 않았어.

그 집 옆에는 더 낡은 집이 하나 있었는데, 낮은 돌집으로 지붕위 이엉이 썩어 있었어. 그 너머로는 넘어진 울타리가 제멋대로 자란 정원과 경계를 이루고 있었는데, 엉겅퀴 말고는 별다른 게 없었어. 자갈이 깔린 해안으로 밀려와 부서지는 파도 소리와 멀리서 들려오는 양 울음소리를 제외하면 정말 고요했어.

빗줄기가 잦아들면서 안개처럼 부연 보슬비로 바뀌었어. 혹 인기척을 찾을 수 있을까 싶어 해안까지 걸어가보기로 마음먹고 집 옆쪽으로 빙 돌자, 이엉이 반밖에 남지 않은 집 주변에 앉아 있던 새 같은 무리가 내 기척에 날아올랐어. 모서리를 돈 순간, 오, 폴, 나는 얼어붙고 말았어.

바다를 바라보고 있는 집 뒤쪽이 색색으로 빛나고 있었어. 헤브리디스제도*에서 이탈리아의 프레스코화를 마주친 것 같았어. 석회를 바른 벽에는 소용돌이무늬와 곡선으로 이루어진 그림들이 가득했는데, 그중 일부는 엄마가 날 부드럽게 흔들면서 재울 때 불러주던 자장가와 게일 전설에 나오는 내용이었어. 바다표범의 가죽에서 미끄러지듯 빠져나오는 해변의 셀키** 여인들. 흔들리는 초록 불길 주위를 돌며 춤추는 요정 무리. 바위 위에는 장미 꽃잎으로 만든 한 여인이 있는데, 그녀의 눈에서 흐르는 눈물이 바다로 흘러들어가고 있었어. 그림들은 서로 합쳐지고 겹쳐졌어. 왈츠를 추는 커플. 오렌지가 담긴 그릇. 입을 벌린 굴 껍데기 속에서 어슴푸레 빛나는 분홍빛 진주. 그리고 지난 전쟁을 바탕으로 그린 것이라 짐작되는 이미지들. 화염을 지나쳐 돌진하는 구급차, 일렬로 선 소년들이 행진하는 모습. 구급차 운전사는 창밖으로 얼굴을 내밀고

---

* 스코틀랜드 서쪽 열도.
** 스코틀랜드 전설에 나오는 가상의 존재로, 때로는 사람의 모습으로 때로는 바다 표범의 모습으로 나타난다.

있는데, 그의 얼굴은 호수 쪽으로 기울어져 있었고, 갈색빛이 도는 녹색 눈은 분명 반짝이고 있었어.

"다 그애가 그런 거야." 내 뒤에서 누군가가 말했어. "1차 대전 때, 기다리면서."

그 여자는 작고 아담했는데, 검은 눈은 까마귀의 눈처럼 날카로웠어. 그녀 뒤에서는 아주 오래된 트럭이 우렁찬 엔진 소리를 내고 있었고.

"포트리에서 누가 엘스페스 던에 대해 묻고 다닌다는 얘길 들었지."

난 그저 고개를 끄덕이기만 했어.

"그 멍청이들이 널 이리로 보냈구나." 그녀는 어깨를 덮은 숄을 단단히 여몄어. "나랑 함께 가는 게 좋겠다."

그녀가 내 어깨에 손을 얹자 난 뻣뻣하게 굳었어. 긴 하루였으니까.

"아, 너한테도 엘스페스의 기질이 있군. 그애도 늘 자기 엄마한테 뻣뻣하게 굴었는데. 너한테도 비슷한 기질이 보이는구나, 마거릿 던." 내가 깜짝 놀란 기색을 보였던지 그녀의 눈이 갑자기 부드러워졌어. 그녀가 미소를 지었어. "내가 네 할머니다. 널 기다리고 있었지."

그런데 말이야, 난 할머니가 영어를 읽고 쓸 수 없듯, 영어로 말을 못할 거라 생각했었어. 난 할머니가 농장 일이 너무 바빠서 에든버러에 있는 우리를 보러 올 짬도 못 내고 스카이 섬에만 계신다고만 생각하고 잊고 있었어. 하지만 할머니는 우리에게 관심이 없으셨던 게 아니었어. 너한테도 말했지만, 내 기억으로는 할머니가 매달 엄마에게 게일어로 편지를 보내셨거든. 그런데, 폴, 엄마는 할머니께 매주 편지를 썼대. 가로와 세로로 모두 줄이 쳐진 편지지에다 내가 밟아온 모든 과정을, 내가 가졌던 모든 꿈을, 침대맡에서 내가 말하던 모든 소원을 할머니께 다 썼던 거야. 그리고 사진들도! 내가 처음 학교에 가던 날, 앞니가 빠졌던 일, 내 열번째 생일, 내 견진성사를 비롯해 엄마의 낡은 스프링식 카메라로 찍었던 사진들을 모두 보내셨던 거야. 할머니는 모든 편지를 침대 발치에 있는 금고에 보관하셨고, 사진들은 금고 덮개 안쪽에 압정으로 꽂아놓으셨어. 에든버러에서 멀리 떨어진 곳에 계시긴 했지만, 결코 우리에게서 멀리 떨어져 계신 것이 아니었어.

나는 이번 주 내내 할머니 집에 머물면서 있는 줄도 몰랐던 가족들을 만나고, 또 너를 생각하며 실개천과 바위산을 걷고 있어. 이곳에서 너와 함께 도보 여행을 하면 좋겠다는 생각이 떠나질 않아. 네가 있다면 내가 이곳 지형을 자세히 살펴보도록 도와주고, 내 손을 잡아주기도 할 텐데. 플리머스에서 네게 "좋아"라고 말했을 때 그랬던 것처럼 안전한 기분을 느낄 텐데. 너 없이 내가 뭘 할 수 있을지 모르겠어.

사랑을 담아,
메이지

잉글랜드 런던

218

1940년 8월 16일

친애하는 귀하께,

아주 오래전, 결혼 전 성이 그레이엄이었던 이브 헤일이라는 여자분이 남편과 딸과 함께 이 주소에 살았습니다. 그들이 아직 그곳에 살고 있는지 아니면 테러호트에서 이사를 갔는지 모르겠습니다만, 혹시 무언가 알려주신다면 감사하겠습니다. 저는 그들과 한동안 연락이 끊긴 상태였는데 그들을 찾을 수 있기를 간절히 바라고 있습니다. 이브는 제 옛친구의 누나입니다.

그들의 소재에 관해 아시는 게 있으면, 제게 연락 주시겠어요? 런던의 랭엄 호텔로 제게 편지를 쓰시면 됩니다. 미리 감사드립니다.

엘스페스 던 부인 드림

17장

엘스페스

프랑스 파리 생트주느비에브
1916년 4월 28일

나의 수,

좀더 빨리 편지를 쓰지 못한 것에 대해 백만 번을 사과해도 모자라겠죠. 내가 보낸 병원 엽서 말고는 아무것도 받지 못해 몹시 걱정했을 거예요. 하지만 긴 글을 쓸 상태가 아니었어요. 지금은 훨씬 나아졌으니 더 자세하게 설명할게요.

당시 난 후방 참호 인근 부대로 가는 경로에서 근무중이었어요. 사람들이 말하는 "지옥의 냄새"에 둘러싸여 있었죠. 집중 포격 때문에, 부상당한 블레세들을 부대까지 옮기지 못한 채 방공호에 머무르며 기다리고 있었어요. 얼마 후 들것 운반병들이 방공호 위 언덕바지를 넘어가려고 애쓰는 모습이 보였어요. 독일군의 포격에 완전히 노출된 상태라 올라가는 모습이 위태위태했죠. 달빛이 비추고 있어 운반병들과 들것이 언덕 꼭대기에서 한순간 환하게 빛을 받았어요. 짧은 순간이었지만 포병들이 공격을 시작하기에는 충분히 긴 시간이었죠.

들것이 떨어지는 게 보여 난 언덕을 뛰어올라갔어요. 운반병 중한 명은 누워 있었고 블레세는 괜찮아 보였어요. 난 부상당한 운반병을 언덕 아래로 끌어내린 뒤 들것을 가지고 있던 다른 사람을 도왔어요. 독일군은 또다시 공격을 가했어요. 포탄이 꽤 가까운 곳에 떨어졌고, 난 그 파편에 맞아 어깨와 오른발을 다쳤어요. 우린 어찌어찌해서 블레세와 부상당한 운반병을 구급차에 실었지만 나는 운전할 상태가 아니었죠.

부상이 아주 심하진 않았지만 염증 때문에 열이 꽤 높았습니다. 후방으로 옮겨졌다가 마침내 여기 파리로 왔고요. 정말 미안해요, 수. 내가 병원에 있다고 전하는 그 엽서를 받고 많이 걱정했을 텐데, 편지를 쓸 수 있는 몸 상태가 아니었어요. 프랑스 의사들이 염증을 빼낸다고 상처에 튜브를 꽂아두어 몇 주째 팔을 움직일 수 없었거든요. 게다가 영어를 하는 간호사가 하나도 없어서 편지를 받아써달라고 부탁할 수도 없었고요. 여전히 어깨가 좀 쑤시긴 하지만, 잠깐씩 이 편지를 쓰고 있습니다. 고열의 꿈속에서도 당신은 늘 그곳에, 내 곁에 앉아 있습니다.

그대의 데이비

추신: 부디, 부디, 책 좀 보내주세요! 얼마나 더 오래 병원에 있

어야 할지 모르겠지만, 재미난 읽을거리가 없어서 거의 벽을 탈 지
경입니다.

프랑스 파리 레뤼블리크 호텔
1916년 5월 6일

내가 사랑하는, 재미있는 여인! 내 얘기는 그저 우편으로 책을
보내달라는 거였는데. 그런데 루이자 메이 올컷이라뇨? 문밖으로
뛰쳐나오면서 그냥 손에 닿는 걸 집어들었군요. 난 당신이 열 시간
넘게 기차를 타고 오는 동안 읽을 거라고는 『조의 아이들』밖에 없
는 상황을 어떻게 견뎠는지 도무지 모르겠어요. 정말이지, 수, 여
행가방 하나 없이 집을 뛰쳐나온 당신이 들고 있던 게 딱 그 책뿐
이었다니! 깨끗한 양말 한 켤레조차 챙기지 않고. 당신에게 내 양
말을 빌려줄 수 있어 다행이었어요. 나중에 돌려줄 거죠?
　당신은 항상 내 생각 속에 있지만, 당신을 다시 직접 보고, 병원
을 통틀어 가장 달콤한 약물 같은 그대를 들이마시고 나니 새로운
사람이 된 것 같아요. 당신과 비교하니 의사와 간호사들은 차라리
보리차를 팔러 다니는 게 나을 것 같아요. 나만의 원기 회복제.
　내일 3지역으로 돌아갈 예정입니다. 그때 더 많은 얘기를 쓸게
요. 당신이 집에 도착했을 때, 그곳에 당신을 기다리는 편지가 있
었으면 해서 이 편지를 씁니다.

데이비

해협 어딘가에서
1916년 5월 6일

데이비, 데이비. 내 관심을 받으려고 파편에 맞을 필요는 없었는데! 그런 것과 상관없이 내가 당신을 사랑한다는 걸 알잖아요. 그래도 나를 배에 타게 만들다니, 아주 교활한 술책이었어요. 내 눈으로 술책이 아니란 증거를 보지 못했다면, 편지에서 내비친 만큼 당신이 아프다는 걸 절대 믿지 못했을 거예요.

병원 간이침대에 누워 있는 당신이 어찌나 가여워 보이던지, 당신을 처음 발견했을 때 마음이 쿵 내려앉았어요. 얇은 이불을 덮고 있던 당신의 너무도 마르고 창백하던 모습, 베개 위에 축 늘어진 고수머리. 눈물이 왈칵 쏟아지려고 했어요. 그런데 그때 당신이 언덕 같은 빛깔의 눈을 뜨며 말했죠. "왔군요." 마치 나를 기다리고 있기라도 했던 것처럼. 그제야 당신이 괜찮다는 걸 알았어요. 병원에서 당신을 너무 빨리 퇴원시켜 놀랐지만, 그만큼 오래 입원시켰으니 당신을 내보내고 싶었겠죠. 난 당신이 내 붉어진 귀에 계속해서 속삭이던 말을 듣고도 놀라지 않았어요. 데이비, 그곳 간호사들은 수녀예요. 그들이 영어를 전혀 하지 못한다는 걸 다행으로 여기세요.

호텔방에 들어서자 우리는 말이 필요치 않았죠. 당신이 퍼붓는 키스는 런던에서 그랬던 것처럼 아주 효과적으로 내 말을 중단시켰죠. 아주 효과적으로. 다음날 아침 당신이 얼마나 큰 고통을 느낄지 알았더라면, 니의 사랑, 난 긴 시간 서로를 안을 수 있는 그런 밤을 추호도 바라지 않았을 거예요. 난 망설였을 거예요. 아니면, 적어도 브랜디를 한 병 더 샀겠죠.

오, 우리가 그런 밤을 더 많이 보낼 수 있다면! 지난번처럼 오랫동안 그 방에서 숨어 지낼 수 있다면. 입을 맞추고 오렌지를 먹고 잠을 자야 하는 타당한 의도가 있었던 아흐레의 나날. 하지만 난 당신이 부대에 들어가야 한다는 걸 알고 있었어요. 당신이 구급차로 돌아가야만 한다는 걸 알고 있었어요. 당신을 다시 내 품에 끌어안았는데 반나절 만에 다시 보내야 한다는 것이…… 오, 데이비, 지독히 어려웠어요. 당신이 옳아요. 난 우리의 '미래'에 대해, 매번 작별 인사를 하는 것에 대해 너무 많이 걱정하느라 '지금 이 순간'을 즐기지 못하고 있어요.

미래에 대한 걱정은 이미 충분해요. 내일이 오면 이언에 관한 어떤 소식을 듣게 될까요. 내일이 오면 뭐든 알게 될까요. 하지만 당신은 웃통을 벗고 아름다운 모습으로 여기, 그 침대에 앉아 있었죠. 데이비, 그대가 나의 '지금 이 순간'이에요.

너무나 불확실한 느낌에 사로잡히던 순간, 난 당신의 자신감에서 다시 확신을 얻었어요. 당신을 보는 것이 내게 필요한 유일한 원기 회복제 같아요. 모든 의심과 걱정을 날려주었어요.

며칠 후 스카이 섬으로 돌아갈 거예요. 이번에는 에든버러에 들르지 않고 바로 가요. 집에 도착하면 또 쓸게요. 3지역에 당신을 기다리는 편지가 있었으면 해서 썼어요.

내 모든 사랑,

수

3지역

1916년 5월 9일

수,

3지역으로 돌아왔어요. 나를 기다리고 있던 또다른 편지들, 12일, 22일, 25일 편지들을 봤어요. 정말로 그렇게 많이 걱정했었나요? 정말 감동했습니다. 더 자주 부상을 입어야겠는데요. 당신의 용서를 받았을 뿐 아니라 당신이 얼마나 날 좋아하는지 인정하는 효과도 있었으니까요. 그리고 당신의 아름다운 얼굴을 한번 더 보는 보너스도 얻었고요. 당신이 그 암울한 병원에서 나를 데리고 나온 뒤 얻은 또다른 추가 보너스는 말할 것도 없었죠. 그 보너스는 (정말 솔직히 말해) 망가진 내 가련한 몸에 득보다 해가 된 듯하지만, 내 마음은, 아, 더없이 행복했습니다.

몸 상태가 아직 좋지는 않지만 점점 나아지고 있어요. 나는 표창을 받을 거라는군요. 더 중요한 것은(적어도 우리 분대에서), 마침내 별명이 생겼다는 거예요! 이런 별명들은 우리 사이에서 아주 중요합니다. 자신의 능력을 행동으로 '입증'했다는 걸, 그 무리의 진정한 일원이 됐다는 걸 뜻하거든요. 플리니와 리글스에 대해 이야기해줬죠? 해리도 이미 별명을 가지고 있어요. 그의 본명이 해

링턴이라는 게 믿겨지나요? 분대에는 또 럼프와 저지, 스키터, 개
짓, 버키, 워트*가 있어요. 그 별명들이 어떻게 생겨난 거냐고는 묻
지 마세요. 나 역시 답해줄 만큼 확실히는 모르거든요! 난 래빗이
라는 별명을 얻었어요. 내가 행운의 토끼 발이라도 지녔던 것처럼
운좋게 찰과상만 입었다고요. 물론 오른발은 아니지만 왼발이 괜
찮았으니, 어쨌든 행운의 발 아니겠어요?

당신의 운좋은 래빗(언제나!)

스카이 섬
1916년 5월 15일

데이비,
다시는 부상을 입는 일이 없어야 해요! 발가락을 살짝 베이는 것
조차 금물! 무슨 말인지 알죠? 당신이 다쳐도 난 다시는 가지 않을
거예요. 당신이 보낸 편지를 모두 난로에 집어넣고, 관심을 끌려고
당신이 어린애처럼 울어도 모른 척할 거예요.
당신은 내게 말하지 않았죠. 들것을 가지러 위험천만한 언덕까
지 올라가는 것도 임무의 일부였나요? 지금껏 난 당신은 전선 후
방에서 운전을 하니까 그래도 안전할 거라는 걸 위안으로 삼고 있
었어요. 그런데 이제 당신은 위험 지역을 운전할 뿐만 아니라 차에

---

* 순서대로 뚱보, 저지종 젖소 또는 셔츠, 모기, 도구, 총, 무사마귀라는 뜻.

서 내리기까지 했다고 말하는군요! 제발 다시는 그러지 않겠다고 약속해줘요.

당신이 처음 병원에 도착해서 보냈다는 엽서를 이제야 받았어요. 당신이 보내고 나서 거의 한 달이 지나 여기 도착하다니 우편 서비스에 대해 뭐라 할말이 없군요. 내가 원래 받아야 할 시점에 엽서를 받았다면 더 빨리 당신을 보러 갔을 텐데. 망할 중앙 우체국!

이곳 스카이 섬에 돌아왔더니 나의 새집이 완성되어 있었어요. 당신에게는 대단치 않겠지만 내겐 궁전이나 다름없어요. 이층집에 나무로 된 바닥, 집 양끝에 있는 굴뚝, 유리를 끼운 창문, 걸쇠로 잠그는 문까지! 아주 고급스러워요, 정말이에요. 새집을 간단하게 스케치한 것을 보냅니다.

핀레이 오빠가 이 집을 짓는 걸 도와줬어요. 의족을 단 이후 오빠는 조금씩 평화를 되찾고 있어요. 아버지가 두툼한 유목 조각을 찾아다주셨고, 오빠가 그 유목으로 거실 벽난로 선반을 짜주었어요. 그리고 선반 전체에 인어와 셀키, 요정들을 새겨주었죠. 진정한 섬 소녀의 벽난로 선반이에요. 자신의 두려움을 극복해서 바다를 정복하게 된 소녀의 선반.

하지만 가엾게도 핀레이 오빠는 좀 우울해하고 있어요. 이언 때문만은 아닙니다. 여자친구 케이트와의 관계도 삐걱대고 있어요. 오빠가 돌아온 이후 케이트가 집에 오는 횟수가 점점 줄어들고 있어요. 오빠는 그녀가 자신에게 돌아올 거라는, 자신의 다리에, 자신이 적응해야만 하는 방식에 그녀도 익숙해질 거라는 희망을 버리지 않고 있어요. 그러나 난 잘 모르겠어요. 우체국에 갈 때마다 거의 매번 케이트를 보는데, 향수 냄새가 풀풀 풍기는 봉투를 가지고 있더군요. 도저히 핀레이 오빠에게 그 얘기를 꺼낼 수가 없어요. 그는 무너지고 말 거예요, 데이비.

이제 농장으로 갈 거예요. 물건들을 집으로 옮기기 시작하려고요. 열심히 침구를 세탁하고 매트리스를 햇볕에 말려야 해요. 깨끗한 새집에 들이기 전에 세간을 모두 깨끗하게 닦아야 하고요. 농장으로 가는 길에 이 편지를 부칠게요.

이미 당신을 그리워하는,

E

3지역

1916년 5월 22일

수,

알았어요. 가슴에 십자를 긋고 팔꿈치에 입을 맞추며 맹세할게요. 앞으로 당신은 내가 그토록 어리석은 행동을 했다는 이야기를 두 번 다시 듣는 일이 없을 거예요. 맹세할게요. 참으로 대단한 선서 맞죠?

이곳 분위기가 달라진 게 느껴져요. 구성원의 일원이 되는 통과의례로서 별명을 얻는 것에 대해 전에 말했었죠. 모두와의 관계가 정말로 달라진 것 같아요. 다른 사람들은 늘 나한테 친절했어요. 하지만 난 해리 외에는 누구와도 가깝게 지내지 않았어요. 그들과 경쟁해 이겨야 한다는 강박감에 계속 시달렸죠. 하지만 이제는 우리가 모두 한편이라는 걸 깨달았어요. 친구도 한두 명 찾은 듯하고요.

이건 제게 새로운 일이에요. 알아요, 믿기 어렵겠지만 내 활기찬 성격과 상황에 적절한 유머 감각에도 불구하고, 난 캠퍼스에서 가장 인기 있는 학생은 아니었어요. 오히려 아는 사람들만 많지 친구는 거의 없는 부류였죠. 이제야 나는 늘 책 속에서 접하던 동료애를 느끼고 있습니다.

어젯밤 달리의 시를 읽다가 당신이 시에 대해 아무 말도 안 한 지 오래되었다는 생각이 퍼뜩 들었어요. 물론 내가 당신을 나라의 한쪽 끝에서 다른 쪽 끝으로 달려오게 만들긴 했지만, 이제는 글 쓸 시간을 낼 수 있게 되었나요?

얼마 전에 가고 싶은 곳에 데려다주는 마법 왕관을 가진 왕자에 관한 짧은 동화를 끼적거려서 플로렌스에게 편지로 부쳤는데, 보내고 나서 햇수를 세어보니 어느새 그애가 네 살 정도 되었더군요. 데이브 삼촌의 동화를 읽기엔 너무 커버린 게 아닐까요? 네 살 소녀들은 보통 어떻죠? 그애는 그림 그리기를 배우고 있는데 아주 정신없는 그림들을 보내왔어요(다행히 행크가 설명을 써놓았어요). 마지막 그림의 제목은 이렇습니다. '해변가의 엄마와 닭들과 샐리 아줌마의 고양이'.

순무와 양배추가 대부분인 형편없는 스튜를 점심으로 먹으며 이 편지를 쓰다보니 칼튼 호텔에서 같이 식사했던 게 생각나요. 오리찜, 굴, 당신이 처음 맛본 샴페인. 디저트를 보고 눈을 반짝이던 당신의 모습이 여전히 생생해요. 정말이지 당신이 디저트를 하나씩

다 주문했었다니! 반년도 채 지나지 않았는데 아주 오래전 일처럼 느껴져요. 반년, 반생. 당신과 내가 떨어져 있는 동안에는 그 둘이 별 차이가 없는 것 같아요.

킹스크로스 역에서 우리가 처음 만났을 때, 당신이 내게 뭐라고 말했는지 기억해요? 당신이 제일 처음 했던 말. 당신은 뭔가 지적인 말을 건네기 위해 고심하고 있던 내게 조용히 다가와 이렇게 말했죠. "왔군요." 그때를 자주 생각해요, 수. 나는 여기 있어요. 내가 이 세상 어디에 있든 "나는 여기 있어요".

데이비

스카이 섬
1916년 5월 29일

데이비,

나의 집에서 작은 프로젝트를 시작했어요. 전체가 하얗게 회칠이 된 집이 나를 유혹하는 캔버스처럼 보이길래, 포트리에서 찾을 수 있는 물감을 모두 사다 외벽을 장식하고 있어요. 휘어진 유목 조각을 팔레트 삼아 지붕 위에 올려놓고, 주머니에 붓과 물감 병을 잔뜩 집어넣은 다음 사다리에 걸터앉아 내 상상력과 추억을 손가락 사이로 발산시키고 있어요. 저 너머 작은 만을 지나가던 보트나 도보 여행자들의 눈에는 분명 말도 안 되는 그림처럼 보이겠지만, 내 마음속에서는 모두 잘 어울립니다. 소용돌이치는 색 하나하나,

붓의 경쾌한 움직임들은 모두 우리에게 보내는 찬사예요.

핀레이 오빠가 벽난로 선반 작업을 마무리했는데, 정말이지 예술작품이 따로 없어요. 아주 작은 부분까지 굉장한 정성이 들어가 있어요. 한가운데에는 케이트와 놀랄 정도로 얼굴이 닮은 요정 공주가 있고요. 난 오빠에게 스카이 섬에서 시간을 낭비하지 말고 글래스고 미술대학에서 조각을 공부하라고 말했어요. 소작농의 집을 꾸미는 일에 자신의 예술적 재능을 허비하면서 나처럼 여기서 시들어서는 안 돼요. 이제 배를 타는 일에서도 벗어났으니 여기 남아 있는 우리들처럼 계속 묶여 있을 이유가 없어요. 오빠는 어린 시절 우리가 늘 꿈꿔왔던 것처럼 세상을 향해 떠날 수 있어요.

솔직히 나는 오빠가 이곳을 떠나면 좋겠어요. 오빠가 더는 케이트를 생각하지 않으면 좋겠어요. 지난번에 당신에게 편지를 부치러 우체국에 갔다가 그녀를 봤어요. 열린 문으로 들어오는 바람 때문에 그녀의 손가락 사이에서 편지가 떨어져서 내가 집어주었어요. 아, 데이비, 그 편지의 수신인은 윌리였어요. 편지에서 싸구려 향수 냄새가 진동하더군요. 내가 봤다는 것을 알아챘으면서도, 건방지고 영악한 그녀는 턱을 치켜들더니 아무 말도 하지 않더군요. 핀레이 오빠에게 바로 말했어야 했는데. 케이트가 동생과 함께 오빠를 속이고 있다고요. 하지만 난 그럴 수가 없었어요. 오빠가 겨우 약간의 평화를 찾아가는 것 같았기 때문에 그럴 수 없었어요.

하지만 오빠는 이미 알고 있었는지도 모르겠어요. 윌리가 지난주에 휴가를 왔는데, 공작새처럼 거들먹거리며 엄청났던 전투에 대해 신나게 늘어놓더니 급히 집을 나서더라고요. 난 포트리로 향하던 동생을 집밖에서 불러세웠어요. 그러고는 케이트에 대해 안다고 말했어요. 그가 사귀는 여자가 케이트라는 걸 안다고, 핀레이오빠를 위해 그만두라고. 윌리는 그냥 웃더니 남편도 나를 중단시키지 못하지 않았느냐고 말했어요. 어쨌든, 자신의 마음을 따르는 것에는 아무런 잘못이 없다고 내가 동생에게 말한 적이 있었으니까요. 윌리는 내가 그랬기 때문에 자신도 마음을 따라 행동한 것뿐이라고 했어요. 그러면서 우리는 같은 처지라고 하더군요.

데이비, 동생의 행동은 정말 잘못된 거예요. 핀레이 오빠가 그일 때문에 완전히 허물어져내리는 게 보여요. 며칠 후 윌리는 내집에서 작업하던 오빠를 도우러 갔다가 코가 피투성이가 되어 집에 돌아왔어요. 오빠는 다음날에야 집에 돌아왔고요. 오빠가 알게 된 게 틀림없어요. 오빠가 어떻게 그 둘을 용서할 수 있겠어요?

게다가 윌리에 따르면, 나도 지금까지 이언에게 같은 짓을 해온 거래요. 이언이 아닌, 나만 생각한 행동이었다고요. 때때로 나를 사로잡던 죄책감이 윌리의 말과 함께 위력을 발휘하기 시작했어요. 나는 비겁한 행동을 하고 부정을 저질렀을 뿐 아니라 남동생이 같은 행동을 하도록 부추겼어요. 내 결혼 생활을 넘어선 곳에서 불화를 일으켰어요. 내 가족 사이에 불화를 일으킨 거예요.

나는 윌리에게 다른 조언을 할 수 있었을지도 몰라요. 기회가 있었을 때 핀레이 오빠에게 케이트의 편지에 대해 말할 수 있었을지도 모르고요. 그러나 나는 아무것도 하지 못했고, 이제 내 형제들은 서로 말도 하지 않아요.

그리고 그렇게 되는 데에는 나의 행동이 불씨가 되었어요. 내가 이언에게 그렇게 하지 않았다면, 결코 윌리는 자신의 결정이 정당화될 수 있다고 생각하지 않았을 거예요. 우리 가족은 계속 온전했을 거예요.

데이비, 내 사랑, 내 소년, 이제 멈춰야 해요. 나는 그만두어야 합니다. 그렇지만 내 손가락들은 이런 말을 쓰고 싶어하지 않는다는 걸 믿어주세요. 하지만 더는 이언에게 이렇게 하면 안 될 것 같아요. 그를 찾게 된다면, 그가 집에 돌아오면, 나는 그에게 말해야 해요. 우리에게 어떤 일이 일어나기 전에, 그와 함께 상황을 바로잡아야 해요. 이언과 나 사이의 상황이 좋았던 것은 아니었어요. 분명 그도 부인하지 못할 거예요. 하지만 데이비, 나는 이 일과 관련해 옳은 선택을 해야 합니다. 그러지 않으면 나 자신을 용서하지 못할 거예요.

내 집의 벽면에 우리의 이야기를 그려넣은 것도 바로 그래서예요. 과거에 있었던 일을 기억하기 위해. 물감과 붓을 통해 우리를 기념하기 위해.

부디 이해해주세요. 내가 당신을 사랑한다는 걸 알 테니, 부디 이해해주세요.

엘스페스

3지역
1916년 6월 8일

수,

당신에게서 이런 편지가 올까봐 그동안 얼마나 두려워했는지 당신은 모를 겁니다. 언젠가는 그런 편지가 오리라는 걸 알고 있었지만, 그럼에도 두려웠습니다.

당신도 나를 사랑한다고 쓴 답장을 받던 날, 수, 당신은 내가 살던 세상을 뒤흔들어놓았어요. 그 편지를 읽은 후로 삶은 전과 똑같을 수 없었어요. 그러나 당신의 마지막 편지는 그 세상을 다시 흔들어놓았고, 나는 전보다 더 어지럽습니다. 그 이후로 난 잠을 이루지 못합니다.

나를 떠나지 말라고 당신에게 애원할 수도 있겠죠. 내 안의 이기적인 남자가 원하는 것도 바로 그거고요. 마음속으로는 당신이 내게 원하는 것도 그런 게 아닐까 하고 생각해보기도 합니다. 하지만 이곳에서 내가 하고 있는 이 모든 일들은 내가 당신에게 부끄럽지 않은 사람이라는 걸, 우리가 품고 있는 마음이 어떤 것이든 가치 있다는 걸 스스로 증명하기 위한 노력입니다. 그런 남자라면 당신이 사랑하는 것들로부터 당신을 떼어내지 않을 거예요. 그런 남자라면 당신의 삶에 금이 가게 만들지 않을 거예요.

하지만 난 당신이 좀더 이 문제에 대해 생각해보길 부탁하고 싶습니다. 아직은 나를 밀어내지 말아주세요. 이렇게 갑작스럽게 이별해야 한다니. 당신이 원하지 않는 것에 당신을 붙들어두는 일은 없겠지만, 내게 조금만 더 시간을 줘요. 조금 더 오래 당신을 마음에 품을 수 있게 해줘요. 이언이 돌아올 때까지만이라도 제발 내 곁에 머물러줘요.

언제나,

데이비

스카이 섬

1916년 6월 19일

데이비에게.

육군성으로부터 공식 서한을 받았어요. 지금까지 새로운 소식을
받지 못했기 때문에 유감스럽게도 이언 던 일병은 작전중에 사망
한 것으로 추정된다고요.

문을 두드리는 소리를 듣는 순간, 나는 직감했어요. 편지를 바로
열어보지도 못하고 핀레이 오빠가 조각한 벽난로 선반 위에 그냥
세워놓았습니다. 우습게도 가장 먼저 든 생각은 핀레이 오빠가 그
소식에 얼마나 상심할까 하는 것이었어요. 나는 무너지지 않게 버
텨야 했어요. 오빠를 위해 기운을 차려야 하니까요.

편지가 온 이후로 전혀 잠을 이루지 못해요. 옛집에서 밤을 지
새우며 이언의 몇 안 되는 물건을 정리했습니다. 그가 남긴 물건은
한 남자가 한때 살았다는 표시가 거의 나지 않을 정도로 적었어요.
차마 그 어떤 것도 그가 놓아둔 자리에서 옮길 수가 없었어요.

옛집의 선반 위에 잊힌 채 놓여 있던 1910년부터의 항해력—그
가 정말로 읽긴 했을까요?—과 깎아서 만든 파이프. 저녁이면 난
앉아서 글을 끼적이고, 이언은 조각을 했어요. 파이프는 핀레이 오

빠에게 받은 거예요. 둘이 소년이었을 때 함께 검은 머리를 맞대고 수그린 채 바다에서 떠내려온 나무 조각들로 나에게 줄 나무 인형과 팽이를 만들던 모습이 아직도 생생해요. 최근 몇 년 동안 이언은 더 깊은 바다에서 조업하기 시작해 밤새 배를 타곤 했어요. 나는 이언이 밤에 할 일이라곤 조각을 하거나 불을 응시하는 것밖에 없는 게 지루해져서 그러는 걸 거라고 혼자 짐작했었어요. 그런데 이젠 나도 잘 모르겠어요.

이언이 옷을 넣어두는 작은 서랍장이 있어요. 그가 집을 떠날 때 가지고 있던 옷 대부분을 입고 나가긴 했지만, 서랍장 속에는 우리가 결혼했을 때 내가 만들어준, 여러 번 수선한 파란 셔츠 두 벌 말고는 아무것도 없더군요. 그 옷들은 모양새도 없었지만, 그는 한 번도 불평한 적이 없었어요. 구멍난 곳을 기운 부분이 오래돼 닳으면 수선해달라고 가져다주기만 했죠. 난 아직도 셔츠를 기울 때 쓴 그 기다란 파란색 천을 가지고 있어요. 셔츠가 우리 관계보다 더 오래 지속된다니 놀라울 따름이에요.

서랍장 안쪽에 부러진 나무빗이 처박혀 있었어요. 그는 늘 머리를 너무 길다 싶을 정도로 길렀죠. 바다에 나가 있을 때 이마로 휘날리는 머리카락의 느낌이 좋다면서요. 떠나기 전날 밤, 그는 바지만 입은 채 불 앞에 앉아 머리를 짧게 잘랐어요. 나는 머리카락을 그러모아 바이런 시집 사이에 끼워놓으려고 했는데, 그는 전부 불 속에 던지더군요. 어쨌든 나는 별로 감상에 젖지는 않았어요.

서랍장 맨 아래에서는 움푹 들어간 비스킷 통을 발견했어요. 소금기가 남아 있었고 녹이 슬어 열리지 않더군요. 분명 바다에 나갈 때 쓰던 가방에 담겨 있었을 텐데, 참전하느라 짐을 싸면서 가방을 비웠던 거겠죠. 나는 고기 칼을 비집어넣어 간신히 그 통을 열었어요. 그런데, 오, 데이비! 그 안에 든 건, 내 첫번째 책 『페잉커런에 닿는 파도』였어요. 내가 그 책을 이언에게 주었을 땐 아직 결혼 전이었고, 난 그가 책을 읽어보긴 했는지 전혀 알지 못했어요. 책장에는 물자국이 져 있었고, 책의 한가운데, 여름밤에 관한 시가 있는 곳에는 내 머리칼 한 줌이 끼워져 있었어요. 그는 "내 얼굴에 닿는 숨결처럼 따뜻한"이라는 구절에 연필로 밑줄을 그어놓았더군요. 그리고 책 옆에는 나무로 조각한 아기 딸랑이가 있었어요.

그 이후로 난 그의 스웨터로 몸을 감싼 채 여기 앉아 불을 가만히 바라보고만 있어요. 어제 어머니가 오셨다가 울 스웨터를 두른 채 불 앞에 앉아 있어 땀투성이가 된 나를 보고는 혀를 차셨어요. 어머니는 목욕할 물을 가져온 다음 생선 파이를 만들기 시작하셨어요. 그리고 파이가 익는 동안 내가 머리 감는 걸 도와주시며 물으셨어요. "죄책감을 느끼는 게냐?"

당신을 사랑하는 것에 대한 죄책감이 아니라 이언을 충분히 사랑하지 못한 것에 대한 죄책감이라는 걸 어떻게 어머니께 설명할 수 있을까요? 지금까지 나는 그가 내게 등을 돌렸다고 생각했는데 그게 아니었어요. 그는 청어를 잡으러 민치 해협에 나가 있을 때도 나의 일부분을 가지고 있었어요. 늘 나를 가까이에 두고 있었던 거예요.

너무 공허해요, 데이비. 지난번 편지를 받았을 때, 그가 실종됐다는 소식을 들었을 때 난 그가 죽었다고 되뇌었어요. 그때 나는 내 몫의 눈물을 흘렸어요. 왜 나는 나 자신에게 다르게 말하지 않았을까요? 그런 시기에 희망은 쓸모없는 거예요. 희망은 우릴 실망으로만 이끌 뿐이에요.

데이비, 내가 어떻게 해야 하는 건지 모르겠어요. 애도하는 것. 나는 그 편지가 도착했을 때 눈물 한 방울 흘리지 않았고, 지금도 울지 않아요. 집을 나설 수가 없어요. 누가 이해할 수 있겠어요? 저기 울기를 거부하는 미망인이 지나간다. 저기 아무렇지 않아하는 미망인이 지나간다.

그렇지 않아요. 그는 내 남편이었어요. 어떻게 내가 아무렇지 않을 수 있겠어요?

당신이 내게 무슨 말을 해주길 기대하는 건지 나도 모르겠어요. 내가 왜 이 편지를 쓰고 있는지도 전혀 모르겠어요. 그냥 이게 내가 하는 일이라는 것밖에는 아무것도 모르겠어요. 어머니는 내게 그만두지 말라고 하셨어요. '나의 미국인'에게 계속 편지를 쓰라고, 나를 계속 살아가게 하는 데 그보다 더 좋은 방법은 없다고 말씀하셨어요.

나를 떠나지 말아요, 데이비.

수

18장

마거릿

스카이 섬 배건 빌탠

1940년 8월 31일 토요일

폴에게,

소 아니스에서 나를 발견해 집으로 데려가신 할머니는 내 눈에
담긴 질문들을 알아차리셨어. 그렇지만 그 질문들을 꺼내지는 못하
게 하셨어. 내일 이야기하자고 말씀하셨지. 할머니는 브로즈*가 담
긴 커다란 냄비를 불 위에 얹어 끓이셨고, 할아버지와 윌리 삼촌
건너편 테이블에 나를 앉히셨어. 두 사람 다 크래그스 바위산처럼
풍화된 듯 보였어. 할머니는 그 날카로운 까마귀 같은 눈으로 나를
뚫어지게 보셨지만, 할아버지는 음식 말고는 다른 데 별로 눈길을

---

* 오트밀에 따뜻한 물이나 우유를 붓고 휘저은 스코틀랜드 음식.

주지 않으셨어.

탁탁 소리를 내는 불, 숟가락이 그릇에 닿는 소리 외에는 아무 소리도 나지 않았고, 난 할머니가 뭔가 말씀하시기를 기다렸어. 체구가 아주 작은데도 무척이나 위압적인 느낌이 들었어. 할머니는 비에 젖은 내 몸을 말리게 한 다음, 옷을 갈아입으라며 아주 오래된 스웨터와 할아버지의 바지를 주셨어. 내 옷은 불 앞에서 조용히 김을 내뿜었고. 낯선 장소에서 낯선 옷을 입고 마음이 불편해진 나는 할머니가 먼저 말을 꺼내시길 기다렸어.

윌리 삼촌은 식사 내내 스카이 섬에 관한 일화나 에든버러에 관한 질문들, 민망하기 짝이 없는 농담들을 쉴새없이 떠들었어. 자신이나 엄마에 대해서는 아무 말도 하지 않고. 할머니의 굳게 다문 입과 가늘게 흘겨보는 눈을 보고 윌리가 가족에게 실망을 안겨준 사람이란 걸 미루어 짐작할 수 있었어. 미혼에, 상스럽기 짝이 없는 태도에, 여전히 할머니 집에서 눌러살고 있고.

윌리가 얘기하는 내내 할머니는 말없이 앉아 나를 지켜보셨어. 의지력의 싸움이랄까, 할머니는 우리 가운데 제일 완고하셨지. 결국 내가 먼저 침묵을 깨고, 내가 올 걸 어떻게 아셨느냐고 물어봤어. 스카이 섬 같은 곳에서라면 예지 능력도 충분히 믿을 수 있을 것 같았거든.

"핀레이한테 편지를 받았다."

윌리의 숟가락이 소리를 내며 그릇으로 떨어졌어. "형이 편지를 썼다구요?"

"한 이십 년 만에 처음이지." 할머니의 눈빛은 만족스러워 보였어. "엘스페스의 딸이 자기를 찾아냈다고, 자신한테 하듯 계속 집 요하게 군다면, 조만간 내 집 앞에 나타날 거라고."

"형이 편지 썼다고 왜 나한테 말 안 했어요?"

할머니는 쏘아보셨어. "네가 내 집에 살면서 내 빵을 먹는다고 너한테 모든 걸 말해야 하는 건 아니다, 윌리 맥도널드."

윌리는 분하게 여기는 것 같지도 않았어. "내 형이잖아요."

"하지만 네게 편지를 쓴 건 아니지."

윌리는 의자를 탁 밀어넣더니 별 인사치레도 없이 부엌을 나가 버렸어.

정말이지 실망스러운 사람인 것 같아. 그리고 그곳에서의 내 첫 날밤은 이미 가족 간의 언쟁 한가운데에 있었고.

"네가 젊은 시절의 엘스페스에 대해 물어봤다고 편지에 쓰여 있 더구나." 할머니가 말씀하셨어. "네가 태어나기 전, 네 엄마에 대 해 알고 싶어한다고."

나는 고개를 끄덕였어. "삼촌은 제게 별 얘기를 하지 않으셨어요."

"핀레이는 엘스페스만큼이나 고집이 세거든. 이렇게 오랜 시간 이 흘렀는데도 둘 다 상대방이 사과할 때까지 기다리고 있으니." 할머니는 냄비에 남은 브로즈를 긁어 내 그릇에 담아주셨어. "그 둘은 인정하고 싶어하지 않지만, 정말 많이 닮았어. 어렸을 때도 그랬지. 걔들은 꿈이 있는 애들이었고, 둘 다 농장 생활에 만족하 지 못했어. 둘 다 지식에 목말라했다. 손에 닿는 거라면 뭐든 읽고 또 읽어댔어. 둘은 수평선에서 눈을 떼지 못했어. 마치 그곳에 닿 는 방법을 찾고 있다는 듯. 그리고 둘 다 누군가에게 마음을 주고는 영원히 잃어버렸지."

나는 할머니가 말씀하신 걸 정확히 기억하고 있어. 할머니께 다시 한번 말씀해달라고 해서 그 순간에 할 수 있는 한 빨리 그 말을 받아적었거든.

"그런데 차이가 있었다면, 핀레이에겐 시가 영혼 속에만 존재한다는 거였지. 정작 시가 나온 것은 엘스페스의 손끝에서였어." 할머니는 덜거덕거리는 그릇들을 모아 쌓아올리셨어. "이제 잘 시간이다, 마거릿 던. 아침에 그 '제1권'을 알려주마."

그 까만 눈은 다른 어떤 주장도 용납하지 않으셨고, 나는 엄마의 고집이 어디에서 왔는지 알게 되었어.

아침에 일어났을 땐 모두들 농장 일을 하러 나갔는지 집은 조용했어. 부엌 테이블에는 갓 구운 보리빵과 잼이 담긴 병, 그리고 금테가 둘린 시집들이 높게 쌓여 있었어. 그 시집은 모두 엄마가 쓰신 거였어.

폴, 난 몰랐어. 시가 엄마의 영혼을 채우고 있었다는 건 알았지만 이렇게 지면 위로 시가 흘러나왔다는 건 알지 못했어. 내 엄마가, 시인이라니!

이번 주 내내 그 많은 시집들을 읽고 또 읽으면서 이런저런 시구들을 통해 엄마라는 그림을 짜맞췄어. 기쁨, 햇살, 바다. 치솟던 사랑, 사라지는 사랑. 엄마를 둘로 갈라놓은 사랑. 그리고 나는 엄마가 어떤 감정으로 런던을 헤매고 있을지 이해하기 시작했어. 엄마의 시에서 그 유령들의 일부를 봤거든.

사랑을 담아,

마거릿

잉글랜드 런던
1940년 8월 24일

친애하는 귀하께,
아주 오래전, 데이비드 그레이엄이라는 젊은 남자가 일리노이 대학 재학 시절에 이 주소에서 하숙했습니다. 꽤 오래전 일이라는 걸 알지만, 혹시 어떤 정보라도 알려주신다면 감사하겠습니다.
그의 소재에 관해 어떤 정보라도 알고 계신다면, 제게 연락을 주시겠는지요? 런던의 랭엄 호텔로 제게 편지를 쓰시면 됩니다. 미리 감사드립니다.

엘스페스 던 부인 드림

19장

엘스페스

5지역

1916년 6월 30일

수에게,

수, 당신은 아무런 잘못도 하지 않았습니다. 당신이 이언의 죽음에
보였던 반응 가운데 적절하지 못했던 부분은 전혀 없어요. 감히 누
가 당신보고 다르게 느끼라고 할 수 있겠습니까! 원한다면 크게
소리 내 울어요. 노래를 부르고 싶다면 차라리 그렇게 해요. 교회
에는 검은색 옷을 입고 갔더라도 집에 오면 밝은 노란색 옷으로 갈
아입어요. 불 앞에서 땀을 흘리며 앉아 있고 싶으면 그렇게 해요.
하지만 그러고 난 다음날 아침에는 차갑게 이슬이 내린 곳을 맨발
로 산책해요.

한순간이라도 무너지면 안 돼요. 그대가 얼마나 생명력 넘치는

사람인지 그대는 깨닫지 못하고 있어요. 그대는 애도를 위해 태어난 사람이 아닙니다. 그대는 살고, 사랑할 운명을 타고났어요. 당신이 살아 있는 한, 당신은 그에게 헌사를 바치고 있는 것입니다. 당신이 여전히 그를 사랑하는 한, 그에게 헌사를 바치고 있는 것이죠. 절대 중단하지 말아요, 수.

그리고 기억해요. "내가 여기 있어요." 편지 한 통만큼의 거리에.

데이비드

스카이 섬
1916년 7월 7일

나의 기사여,

당신은 해줄 말이 없다고 생각하는 상황에서도 완벽한 언어를 떠올리는군요. 물론 당신의 휘갈겨 쓴 글씨가 적힌 때 묻은 편지 봉투를 보는 것만으로도 기운이 났겠지만, 그 안에 적힌 말들은 쓰라린 내 마음에 연고처럼 스며듭니다.

내게 노란색 옷은 없지만 우체국에서 집으로 오는 길에 모자를 벗고 파란 물망초 다발을 머리에 꽂지 않을 수 없었어요. 따뜻하고 나른한, 참으로 아름다운 날이어서 결혼식 날이 떠올랐어요. 그거 알아요? 지난주가 결혼한 지 팔 주년이 되는 주였어요. 난 물망초를 조금 더 꺾어 밝은 노란색 바늘패랭이꽃과 팬지와 빨간 캠피언과 합친 다음 모자에서 푼 리본으로 묶어 작은 꽃다발을 만들었어요. 그리고 이언과 내가 어린 시절 놀곤 했던 장소로 가져가 그가 나에게 첫 키스를 했던 요정의 산 위에 놓아두었어요. 그를 기리기 위한 장소로 그보다 더 좋은 곳은 없었으니까요.

거의 이 년 동안 보지 못했던 그 사람을, 내게 갑자기 이토록 낯선 사람이 되어버린 이 남편이라는 사람을 기억하려 애쓰며 그곳에 서 있자니, 내가 여전히 그를 사랑하고 있는가 하는 질문이 뜻하지 않게 마음을 스치고 지나가더군요.

어떤 방식으로든 나는 늘 이언을 사랑했던 것 같아요. 이언과 오랫동안 함께했다고 당신에게 말한 적이 있었죠. 어린 시절의 애정에서 시작해 청소년기의 '연정'에 이르기까지. 어른이 되면서 찾아온 얼굴을 붉게 물들이는 사랑에서 결혼이라는 편안한 사랑에 이르기까지. 그래요, 난 여전히 그를 사랑하고 있어요. 그를 사랑하지 않는다는 걸 상상할 수가 없고, 그토록 오랜 시간 그렇게 사랑해왔다는 생각이 들어요.

당신이 내 시에 대해 물어보니 이상한 기분이 들어요. 오랫동안, 크리스마스 이후로 전혀 시를 쓰지 못했어요. 어젯밤에 내 감정들을 정리하기 위한 방편으로 뭔가 쓰려고 해보았지만, 나오는 것마다 다 작위적으로 느껴졌어요. 내가 당신과 함께 있을 때 그랬던 것처럼 단어들이 흘러나오지 않았어요. 내가 런던에서 썼던 시 기억하나요? 한 팔을 얼굴 위로 올린 채 침대에 아무렇게나 몸을 쭉 펴고 누워 있던 당신에 관한 시. 그 움직임이 그 자체로 시였어요. 시의 언어들이 거기에 있었어요—나는 그저 그 말들을 공기 중에서 낚아채 지면 위에 붙잡아두기만 하면 되었죠. 그러나 어젯밤

엔…… 그렇게 할 수 없었어요. 나의 뮤즈가 사라진 걸까요? 다시는 시를 쓸 수 없게 된 걸까요?

현재 상황을 생각해볼 때 이상하게 들릴지 모르겠지만, 이언에 대해 이야기하니 한결 홀가분한 기분입니다. 이 편지에 쓴 말들이 추모의 글이라도 되는 것처럼요. 그에 대해 이야기하고, 꽃다발을 놓아둠으로써 나는 마치 (부드럽게) 문을 닫은 것 같은 기분입니다. 그러나 한쪽 문을 닫으면, 남은 일은 다른 쪽 문을 여는 것뿐이겠지요.

수

6지역

1916년 7월 15일

수,

잘 지내고 있는 것 같네요. 난 알고 있었어요. 당신이 무엇을 해야 할지 알아내리라는 것을.

우리는 다시 이동했습니다. 내가 마치 고물차 뒤에서 사는 집시처럼 느껴져요. 바닥에 움푹 들어간 표시를 남길 만큼 오래 한곳에서 누워 잔 적이 없으니까요. 다시 공식적으로 휴가를 받은 상태라 전선에서 꽤 떨어진 곳에 있긴 하지만, 지금도 간간이 부상자들(블레세)이 아닌 아픈 사람들(말라드)을 후송하고 있어요.

6지역은 프랑스에서 지금까지 본 곳 가운데 가장 아름다운 곳이에요. 이곳이 선사하는 평화로움과 잠깐 한숨 돌릴 수 있는 여유가 이곳을 더욱 아름답게 만드는 것 같아요. 당신의 손을 잡고 이곳을 보여줄 수 있다면 좋으련만. 우리는 마을 바로 건너편에 위치한 작은 계곡에 머물고 있어요. 꽃들이 여기저기 피어 있는 푸른 계곡이에요. 우리 모두 오랫동안 화약과 피 냄새, 감염으로 인해 생겨나는 역겨울 정도의 단내를 맡은 뒤라 신선한 풀과 야생화 향기는 아무리 맡아도 질리지 않네요. 당신을 위해 양귀비꽃을 보내요, 수. 『허클베리 핀의 모험』 속에 넣고 날 위해 간직해줘요.

런던에서 당신이 그 시를 썼던 순간이 기억나요. 수, 그 시를 내게 보내줄 수 있어요? 예이츠와 셰익스피어 모두 더할 나위 없이 좋지만, 나는 독창적인 엘스페스 던의 시를 간절히 바랍니다.

당신이 다시는 시를 쓰지 못할 거라고 말할 때 내가 걱정하지 않았다는 거 알아요? 전쟁이 일어난 직후에도 당신은 비슷한 생각을 했지만 계속해서 글을 썼으니까요. 어두워지고 더 깊은 생각이 담긴 소재이긴 해도 결국 소재가 되니까요. 당신이 런던에 있는 동안 시를 많이 썼다는 걸 알고 있어요. 당신의 뮤즈는 당신을 떠나지 않았어요, 수. 인내심을 가져요.

그리고 당신이 무슨 말을 하든, 당신은 글쓰기를 중단한 적이 없었어요. 당신의 말들이 작위적이지도 않았고요. 당신은 여전히 내게 편지를 쓰고 있고, 요즘 보내는 편지들에서 보이는 만큼 자연스럽고 솔직한 생각들을 쓴 적이 있었나 싶을 정도예요.

오! 식사 종소리가 울리네요. 이만 줄여야겠어요. 하지만 프랑스의 누군가가 그대를 생각하고 있음을 기억해줘요.

데이비드

데이비,

어제 난 뭐랄까, 깊은 생각에 빠져 허우적대는 느낌이었어요. 집 안일을 하면서도 결혼이라는 게 무엇을 뜻하는지에 대한 생각을 멈출 수가 없었죠. 사회가 우리에게 갖는 기대들, 우리가 우리 자신에게 갖는 기대들. 미망인이 된다는 게 어떤 의미인지 아직 잘 모르겠어요. 무엇을 느껴도 되고, 무엇을 해도 되는지 모르겠어요.

이언의 어머니는 내가 매일 아침 그를 위해 기도하고, 매일 밤 그를 위한 촛불을 켜고, 남은 나날들을 애도하며 보내야 한다고 생각하는 게 분명해요. 정원에서 무릎을 꿇고 앉아 이런 생각에 빠져들다보니 그런 게 내가 해야 할 일이라는 생각이 들기 시작했어요.

그때 당신의 편지가 도착했고, 내 인생의 남자들 중에 먼발치에서 나를 사랑해왔던 사람이 여기 안전하고 건강하게, 온전한 모습으로 존재한다는 걸 깨닫게 되었어요.

나는 당신에게 그 시를 적어 보내기 위해 자리에서 일어났고, 결국 찾아냈어요. 서둘러 옮겨적는 와중에 그 시어들이 그 나른했던 오후로 나를 데려가주었어요. 아주 편안하고 행복한 모습으로 침대에 누워 있던 당신을 난 지켜보았죠. 우리는 며칠 동안 먹지도 않았고 잠도 거의 자지 않았지만, 당신은 더할 나위 없이 만족해했지요. 당신이 과일 그릇에 있던 오렌지를 집어 내게 먹여주었는데, 기억하나요? 무엇이 더 달콤했는지 모르겠어요. 오렌지였는지, 당신이었는지.

그 시로 인해 그날 오후뿐만 아니라 내가 오랜 시간 당신과 사랑에 빠져 있었다는 걸 떠올렸습니다. 나는 다시는 돌아오지 못할 사람을 위해 내 시간을 슬픔으로 채우며 지내기보다는 돌아올 누군가를 그리워하며 지낼 수 있겠지요. 매일 아침 기도를 한다면, 데이비, 그 기도는 당신을 위한 기도일 거예요. 이 전쟁이 곧 끝나고 내 곁에 당신이 있기를 바라는 기도.

E

휴식

그는 햇빛에 감싸여 정적 속에 누워 있고,
근육은 하나하나 금빛이 감돌지.
편안하게 늘어진 몸, 한껏 뻗은 다리.
침대는 어루만지고, 시트는 감싸안지.

그는 쉬고 있네─천진난만하게 벌거벗은 채.
아무것도 숨기지 않는 정직한 몸.
단단히 쥐고 있던 손가락들이 부드럽게 움직이고,

파르르 떨었던 근육들은 부드럽게 풀어지네.

이마에 가로놓인 팔
반쯤 감긴 눈, 바르르 떨리는 속눈썹.
그는 숨을 쉬고 한숨짓지, 나직한 소리로.
내게 와요, 그의 속삭임이 내 귀에 닿네.

하품을 하며 기지개를 켜는 그─사자 같기도 하지.
다시 나른해지는 그.
그가 느릿한 손짓으로 나를 부르니
그와 함께 그의 휴식 속으로 들어가네.

8지역
1916년 7월 31일

수,
  우리는 이곳저곳을 옮겨다니고 있지만, 아직 휴식을 취하는 중
입니다. 기막히게 멋진 대저택의 경내에서 야영을 하게 되었는데,
나무가 줄지어 늘어선 정원에 우리 텐트를 쳐놓았어요. 간혹 말라
드를 후송하는 경우를 제외하면, 딱히 할 일이 많지는 않아 휴식을
취하고, 읽고, 산책하고, 가까운 마을을 둘러보며 지내요. 어떤 날
에는 전쟁중이라는 사실마저 잊어버릴 정도예요.

그대의 시가 내게도 그날의 기억을 되살려주었어요. 그럼요, 당신의 입에 오렌지를 넣어주던 게 기억나요. 당신 입가에 과즙이 흘러 내가 입을 맞춰 닦아주었죠. 우리는 얼마나 목욕을 많이 했는지! 난 당신이 그 욕조를 기념품으로 집에 가져가고 싶다고 생각한 것도 알고 있어요. 난 그 오렌지를 가져가고 싶었죠. 아니면 피커딜리에서 당신이 그토록 좋아했던 그 꽃들, 스코틀랜드 하일랜드의 향이 난다고 했던 그 꽃들을.

아직 기차표를 사러 가지는 말아요. 어쩌면 9월 초에 휴가를 받게 될 것 같아요. 삼 개월마다 일주일씩 휴가를 받을 수 있는데, 구개월 연속 복무 후에는 이 주간의 휴가를 받을 수 있어요. 여기에서 스코틀랜드까지 갔다 되돌아오는 데 일주일은 충분한 시간이 아니지만(지금까지 파리에서 더 멀리 떨어진 곳에는 가지 않았던 것도 그런 이유에서였어요), 이 주면 우리에게는 충분한 시간이 될 거예요. 그러니 내 사랑하는 이여, 앙가르드*, 모든 일이 잘되면 9월에 당신을 보러 갈게요. 에든버러에서 만날까요?

데이비드

스카이 섬
1916년 8월 7일

---

* en garde. 펜싱에서 시합 개시 직전 주심이 선수에게 내리는 호령으로 '준비'라는 뜻.

데이비, 나의 데이비!

9월에 당신을 보게 될 거라고 감히 희망해도 되는 건가요? 난 휴가라는 문제에 있어 군대가 얼마나 변덕스러운지 아니까요. 이제 한 달밖에 남지 않았어요—내 여행가방의 먼지를 털어야겠군요! 그래요, 그래, 이번에는 여행가방 챙기는 걸 기억할게요. 에든버러에서 만난다면 정말 좋겠어요. 그 도시에 반해버렸으니까요. 아님 런던으로 오는 게 더 수월하다면 또 거기서 봐도 되고요. 당신이 받은 휴가의 한순간도 허비하고 싶지 않아요. 언젠가 당신을 스카이 섬으로 오라고 하는 날이 있을 거예요. 그럴 때가 있겠죠. 그럴 때가 있을 거예요.

어머니가 지난주에 크리시와 아이들을 대동하고 문 앞에 나타나셨어요. 에든버러의 식량난과 봄에 있었던 독일군의 공격 때문에 크리시는 아이들이 스카이 섬에서 우리와 지내는 게 더 낫겠다고 생각한 거예요. 그녀와 어머니가 눈빛을 교환하더니 어머니가 말씀하셨어요. "네 집에 남는 공간이 있으니……" 그렇게 해서 난 '작은 엄마' 역할을 하며 지내고 있어요.

크리시는 바로 다음날 아침 에든버러로 돌아갔지만—요즘에는 간호사들이 절실히 필요해 며칠씩 휴가를 낼 수 없으니까요—아이들은 적응을 꽤 잘하고 있어요. 침대가 하나뿐이라 에밀리는 나와 함께 자요. 어머니가 가져오신 이불잇에다 건초와 말린 짚을 채워넣었어요. 침대용 짚을 찾으러 하이킹을 나섰는데, 아이들은 그걸 즐거운 모험으로 여기는 듯했어요. 에밀리만 스카이 섬에서 살왔던 기억을 가지고 있을 거예요. 크리시 가족이 섬을 떠날 때 앨리는 겨우 반바지를 입기 시작했고, 로비는 아주 작은 아기였거든요. 남자애들은 도시 생활밖에 알지 못해 하일랜드에서 엘스페스 고모와 지내는 여정을 하나같이 마르코 폴로의 중국 탐험쯤으로 여기고 있어요.

어머니와 크리시가 내 주의를 딴 데로 돌리려고 그런 거라는 걸 알아요. 내 낮과 밤을 꽉 채워서 외롭지 않게 하려고. 두 사람의 사려 깊은 생각을 나무랄 수야 없지만 그들은 모르고 있어요. 사 년 반 전, 어느 비 오던 봄날, 집배원이 겁 없는 미국인의 편지를 내게 가져다준 이후로 줄곧 나는 외롭지 않았다는 사실을. 사랑해요.

E

9지역
1916년 8월 14일

수에게,

별다른 일 없이 모두 누워 있을 때면, 우리 대화는 늘 두 가지 주제 중 하나로 흘러가요. 음, 세 가지 중 하나라고 해야겠군요. 어느 대화에서건 여자들 얘기는 빠지지 않고 적어도 한 번씩은 등장하니까요. 여자친구가 있는 대원들은 늘 고향에 두고 온 여자친구의 꼬깃꼬깃 접힌 사진을 꺼내요. 현명한 동료인 플리니는 어딘가에서 산 외설적인 프랑스 엽서를 꺼내 꽤 진지하게 그녀가 자신의

254

'애인'이라고 주장하고요. 압권은요? 매번 다른 엽서라는 사실.

또다른 흥미로운 주제 중 하나는 놀라울 것도 없이 언제 전쟁이 끝날까예요. 우린 늘 낙관적으로 생각해, 다가오는 중요한 휴일 무렵에 종전이 될 거라고 희망을 걸죠. 이맘때면 모두 쾌활한 기분으로 크리스마스 무렵 전쟁이 끝날 거라고들 말해요. 1월이 지나가면 부활절 즈음 끝날 거라 소원하고요.

늘 튀어나오는 세번째 주제는 전쟁 후에 뭘 할까 하는 거예요. 미래를 그려볼 때는 어김없이 델모니코 레스토랑에 견줄 만한 음식들이 차려진 향연으로 시작해요. 진짜 버터를 바른 빵, 진한 차우더 수프, 남자 팔뚝만한 두께의 스테이크, 케이크와 파이와 도넛, 신선한 크림을 넣은 커피, 훌륭한 버번위스키로 이루어진 성찬. 이 편지지에 떨어진 작은 물방울을 양해해주세요. 군침이 흐르네요.

미래의 우리들은 오랫동안 고대하던 이런 진수성찬을 실컷 먹은 다음(어쩌면 그다음에는 앞에서 언급한 '애인'과 함께 하는 약간의 운동으로 열량까지 소비한 다음), 직업이나 삶의 방향에 대해 선택해야만 하죠. 멋진 친구인 워트가 원하는 거라곤 여자친구와 정착해 워트 주니어 프로덕션을 시작하는 거예요. 폴리니는 국회의원에 출마하려는 원대한 계획을 가지고 있고요. 그는 자기가 시가와 여자들이 끊이지 않는 거물이라고 공상하는 걸 좋아해요. 개짓─우리 중에서 자동차 수리를 비롯해 전반적으로 차를 손보는데 가장 탁월한 친구─은 헨리포드사에 들어가 자동차를 설계하고 싶어하고요. 리글스는 전시장을 열어 그 차들을 팔고 싶어해요.

해리는 영국의 미나에게 돌아가 교수가 될 거예요. 불구가 되거나 부상당하는 모습을 진저리나게 봐서 의사가 되고 싶은 마음이 없어졌다는군요.

하지만 사실, 이런 건 다 허황된 얘기죠. 이런 얘기에 별다른 의미가 있는 건 아니에요. 여기서 나가면 뭘 할지 얘기하는 것만으로도 좋을 뿐, 그런 대화는 여기서 나가기 전까지는 그저 흰소리에 불과하죠. 오늘 우리의 내일에 대해 이야기하고는, 내일 그 미래를 잃어버릴 수도 있어요.

음, 당신의 데이비만 제외하고요. 내가 당신에게로 돌아갈 거라는 걸 당신은 알고 있어요, 안 그런가요, 수? 파우스트처럼 거래를 해서라도 나의 수를 다시 보게 될 거라는 확약을 받겠어요. 아, 요즘 같은 때 『파우스트』를 언급하는 건 비애국적이겠네요. 동료 중 누군가가 이 편지를 읽기라도 한다면 난 타르를 뒤집어쓰고 깃털 위를 구르는 엄벌에 처해질지 몰라요. 이 망할 쓰레기 같은 독일군들아! 이렇게 쓰면 검열관이 큰 글자에만 꽂혀서 나머지 내용은 무시할 거예요.

오, 리지*를 가동하라는 호출이 떨어졌네요. 주소를 쓴 뒤 가는 길에 편지를 부쳐야겠군요.

키스를 보내며!

D

---

* 소형 자동차를 가리키는 속어.

스카이 섬

1916년 8월 22일

데이비에게,

당신의 '애인'에 대해서는 그들에게 뭐라고 이야기하나요? 숨이 막히게 아름답다고 말했나요? 놀랄 정도로 영리하다고? 하드리아누스의 성벽 이쪽에서 가장 군침이 도는 음식을 만드는 요리사라고?

오, 데이비! 막 깨달은 건데요, 모든 일이 잘되면 올해 당신은 내가 만든 세계적으로 유명한 크리스마스 푸딩을 직접 먹게 될 거예요! 복무 계약이 만료될 테니까요. 생각해봐요, 그러면 전쟁이 크리스마스 무렵 끝날지 아닐지는 사실 상관없어요. 왜냐하면 필드 서비스가 아니라 내가 당신을 차지하게 되니까요.

당신은 다른 사람들에 대해서만, 그들이 미래에 무엇을 바라는지만 이야기했을 뿐, 당신 자신에 대해서는 한마디도 하지 않았어요. 비밀로 할 건가요? "허황된 얘기"일지도 모르지만 당신이 그 미래에 대해 생각하고 있다는 걸 알아요. 당신은 대책 없는 낙관론자여서, 사랑하는 데이비, 미래에 대해 꿈꾸지 않을 수 없잖아요. 나를 델모니코 레스토랑에 데려갈 건가요? 내게 운전을 가르칠 건가요? 미시간으로 가는 스키 여행에 데려갈 건가요? 모든 이에게 작별을 고하고 함께 전 세계를 항해하게 되나요? 당신을 만난 후 난 내가 하게 되리라 생각했던 것보다 더 많은 일을 했어요. 작년에만 해도 런던, 파리, 에든버러에 다녀왔고요. 칼튼 호텔에서 식사를 하고, 랭엄 호텔에서 잠을 자고, 차링크로스 로드에서 쇼핑을 했죠. 이젠 스키나 운전도 배울 수 있을 것 같아요. 당신이 내 곁에 있다면 어떤 모험에도 나설 수 있어요.

당신을 사랑하는,
수

10지역
1916년 8월 31일

수,

이곳 상황이 매우 급박하게 돌아가고 있어요. 양말을 갈아신을 시간조차 내기 힘들 정도로요. 여기서는 단 한 곳의 전투 거점을 중심으로 근무하는데, 워낙 많은 사람들이 이 거점을 거치고 있어 차 스무 대가 전부 가동중이에요. 거의 사십팔 시간 근무를 하느라 토막잠도 자지 못해요. 빵 끄트머리를 미적지근한 수프에 적시며 당신에게 답장을 할 수 있을 만큼만 눈을 뜨려고 노력중이에요.

세상에, 정말 피곤해요!

미래에 대한 비밀은 없어요, 수. 최초의 스코틀랜드 하일랜드 발레단을 꾸리고 싶어요. 그러면 당신이 궁지에 빠질 수 있고, 그 안에서, 어떤

미안해요, 깜빡 졸아서……

258

당신에게 키스를 보내며……

10지역

1916년 9월 1일

수,

지난번 편지를 무척 짧게, 그리고 끝에 가서는 말도 안 되는 이
상한 말들을 써서 보내 미안해요. 문자 그대로 편지 위에서 잠들어
버렸어요. 머리를 떨어뜨리며 꾸벅꾸벅 조는데 프레리도그*가 휙
하고 지나갔어요. 맹세할 수 있어요. 지금은 구급차에 앉아 무릎
위에 노트를 올려놓고 머그잔으로 커피 한 잔(아니 열 잔)을 마시
면서 이 편지를 쓰고 있죠.

여전히 ──에 있는데, 상황은 미쳐 돌아가고 있어요. 휴가에
대한 언급은 전혀 없지만 뭔가 소식 듣는 대로 바로 알려줄게요.

우린 이곳에서 현재 이 주째─어느새─복무중이고, 휴식이나
휴가 없이 계속해서 일하는 건 더는 무리라는 생각이 들어요. 이런
속도로 계속 일하다가는, 모두 나가떨어지고 말 거예요. 개짓이 무
슨 병에 걸려서 야전병원으로 보내졌기 때문에 사람이 부족해요.

크리스마스 얘기에 대해서는 좀더 두고보기로 해요. 당신 말이
맞아요, 내 복무 기간은 거의 끝나가고 있어요. 하지만 삼 개월 더

---

* 북미 대초원 지대에 사는 다람쥣과 동물.

연장할 수도 있어요. 아마도요? 앞으로의 향방은 아직 정해지지 않았어요. 당신을 보게 되면 그때 우리 미래에 대해 이야기하기로 해요. 휴가를 위해 행운을 빌 뿐이에요!

리글스가 시동을 걸고 있어 그만 줄여야겠어요. 마지막 커피 한 모금!

D

스카이 섬
1916년 9월 11일

사랑하는 데이비,

어떻게든 휴식을 취했어야 할 텐데. 휴가에 대해 별다른 말은 없나요? 이곳까지 여행을 올 수 있어요? 내가 런던으로 가서 만나도 돼요. 어머니에게 미리 말해놓았어요. 당신의 전보가 도착하자마자 어머니가 건너와 아이들과 지내실 거예요.

세상에, 정말 이상하게 느껴져요. 어머니가 '아이들'과 함께 지내실 거라는 말이요. 내가 낳은 아이들은 아니지만 어떤 책임감을 느끼지 않을 수 없어요. 난 그애들의 어린 정신세계를 형성하는 데 참여하고 있으니까요!

나중에 크리시가 아이들을 데리러 오면 자기 아이들을 알아보지 못할 거예요. 다들 햇볕에 새까맣게 타고, 주근깨투성이가 되었거든요. 남자아이들 앞에 계속 크라우디 치즈와 크림을 놓아두었더니 확실히 포동포동 살이 올랐어요. 에밀리는 여전히 내 눈에는 말라 보이지만 그래도 계속 햇볕에 나가 있게 했더니 좀더 생기가 도는 것 같아요.

아무리 피곤하더라도 편지를 보내줘요. 뒷면에 그저 '사랑해요'라고 휘갈겨 쓴 엽서만으로도 내 심장은 세차게 뛰니까요.

그리고 그대를 사랑해요.

E

11지역

1916년 9월 11일

내가 사랑하고, 사랑하는 여인,

최근 편지를 자주 쓰지 못해 미안해요. 격전지에 있어서 거의 쉴 새없이 차를 몰아야 했어요. 위험을 피해 운전하는 것 말고는 다른 걸 할 틈이 없었어요. 하지만 당신에게 편지를 쓸 시간이나 기운은 없어도, 당신이 내 마음에서 멀어진 적은 한 번도 없었습니다.

우리는 마침내 쉴 수 있게 되었어요. 우리를 늪 한가운데로 이동시켰다 해도 우린 너무 피곤한 나머지 신경도 쓰지 않았을 거예요. 잠을 자고 나의 수에게 편지를 쓸 수 있는 한, 난 어디에 있든 상관없어요.

우린 교전 지역에 꽤 가까이 접근했고, 거기에서 상당히 위험한 일들을 겪었어요. 해리가 운전을 하는 도중에 바로 앞에서 포탄이 터졌어요. 찰과상을 몇 군데 입고 귀가 울리는 증상만 있을 뿐 해리는 무사했지만, 구급차는 더이상 사용이 불가능할 정도로 앞부분이 너덜너덜해졌어요. 우리 모두 운전대에서 꾸벅꾸벅 졸곤 하는데, 버키는 결국 도로를 벗어나 벽을 들이받았어요. 그래서 짐작하다시피 좀 다쳐서 여길 떠나게 되었어요.

우리가 얼마나 쉴 수 있을지는 모르지만 아무리 길게 쉰다 해도 충분하게 느껴지지 않을 것 같아요. 휴가에 대해서는 부대장에게 넌지시 말을 해놓은 상태니 어떤 답을 줄지 기다려보기로 해요. 이제 막 11지역에 도착했기 때문에, 그가 휴가 승인을 내리기 전까지 분명 정리해야 할 일들이 몇 가지 있을 거예요. 식사 종이 울리기 전에 잠깐 눈을 붙여야 할 것 같네요. 오, 몸을 뻗고 눕는다는 건 무척이나 기분좋은 일이에요!

당신을 그리워하며,
D

우체국 전보

파리

1916.9.13.

E. 던 스카이 섬=

14일간 휴가 받음. 영국에 도착하면 전보할게요. 아침에 떠날 예정=

D+

프랑스 파리 레누아르 가 21번지

1916년 9월 13일

당신이 전보를 받지 못하거나 엽서가 전보보다 먼저 도착할 경우를 대비해 엽서도 보냅니다.

휴가를 얻었어요! 당신이 믿을지 모르겠지만 십사 일이나요. 지난번 편지를 보내고 몇 시간 안 되어 파리로 가는 승차권을 받았고, 그뒤로 삼십 초 만에 가방을 꾸렸어요. 그토록 많이 돌아다니며 수없이 짐을 꾸린 탓에 생긴 특기죠!

당신이 런던까지 그 먼길을 내려오지 않아도 돼요. 내가 북쪽으로 출발할 테니, 당신은 남쪽으로 내려와요. 그럼 그 중간 어디쯤에서 만나기로 해요……

D

우체국 전보

S 16.04 포트리

1916.9.13.

D 그레이엄=

에든버러=

에든버러에서 만나기로 해요=

세인트메리 성당에서요. 이번에는 내가 거기 있을게요=

내 마음은 다시 시를 노래하고 있어요=

수+

20장

마거릿

1940년 9월 3일

메이지에게,

어머님에 대한 열쇠가 시 속에 있을 거라고는 짐작조차 못했어. 이웃 농장에서 맨 처음 어머님을 만난 후, 난 그분을 내가 아는 가장 거친 사람 중 한 명으로 꼽고 싶을 정도였거든. 내 할머니도 산전수전 다 겪은 강인한 분이지만, 어머님도 만만치 않으셨지. 삽을 발로 걷어차면서 게일어로 욕을 내뱉고 계시더라. 그런데 생각해 보면, 내가 어머님과 그 불쌍한 삽을 애처롭게 보지 않았다면, 그리고 수레에 양배추 바구니들을 실어나르는 걸 돕지 않았다면, 난 널 만나지 못했을 거야.

어머님이 집 문을 열자, 부엌 한가운데에서 낡은 스웨터와 헐렁한 반바지를 입고 발을 구르며 지그 춤을 추는 네가 보였고, 난 네가 내 여자친구였으면 하고 바랐어. 만약 네가 나와 사귀고 싶어하지 않으면, 영원히 너의 가장 친한 친구가 되겠다고 생각했어. 그렇게라도 너와 가까이 있을 수 있다면.

그런데 어머님은 내 계획을 꿰뚫어 보셨어. 나를 계단까지 바래다주면서 고맙다고 인사하시더니 몸을 숙여 말하셨어. "그애는 마음으로 생각한단다. 그 마음을 산산조각 내면 안 돼." 내가 다시 들르기까지 이 주나 걸린 이유가 바로 그 때문이었어.

그런데 사랑에 관한 시를 쓰셨다니! 내가 널 처음 본 순간, 어머님이 나를 꿰뚫어 보신 것도 바로 그래서였어.

그런데 넌 어머니가 시 쓰는 걸 한 번도 본 적이 없단 말이지? 네 편지를 받고 조사해봤더니 어머니 이름으로 일곱 권의 책이 나왔더라. 일곱 권이나! 내 할머니는 두 배 가까이 오래 사셨지만 그럴듯한 시구를 쓰지는 못하실 거야. 아무리 세상의 운명이 그 시에 달려 있다 해도 말이야.

뭘 발견하기는 했어? '데이비'라는 이름과 주소가 담긴 시를 우연히 발견한 건 아니겠지?

사랑을 담아,

폴

스카이 섬 배건 빌탠

1940년 9월 6일 (정말, 무슨 요일이지?)

폴에게,

응, 책장 사이에 주소는 없었고, 대신 꽃과 풀잎, 곱슬곱슬한 양털, 모래 부스러기들이 있었어. 엄마는 섬을 돌아다닐 때 그 책들을 가지고 다니다가 무엇이든 발견하면 그걸 책장 안에 끼워둔 것 같아.

구김이 거의 없는 빨간 표지의 『혼돈으로부터』는 엄마의 마지막 시집인데, 책 곳곳에 사진이 끼워져 있어. 체크 재킷을 입은 젊은 남자가 활짝 웃고 있는 사진과 하늘하늘한 연한 색 원피스를 입은 검은 머리의 여자가 생각에 잠긴 듯 카메라를 응시하며 꽃밭에 앉아 있는 사진이야. 아까 말한 그 남자가 졸업 가운과 사각모를 쓰고 작은 묘목 옆에 서서 자부심에 가득찬 표정으로 턱을 치켜들고 있는 사진도 있고.

책의 맨 뒤에 숨겨져 있던 마지막 사진은 거리에서 찍은 연인의 사진인데, 그들 뒤로 다른 보행자들과 차들이 흐릿하게 보여. 남자는 두 손으로 여자의 허리를 감싼 채 몸을 숙여 그녀의 귀에 뭔가를 속삭이고 있어. 여자는 카메라로부터 숨으려는 듯 손을 뺨에 대고 있지만, 사실은 고개를 뒤로 젖힌 채 웃고 있는 거야. 사진 한 귀퉁이에는 누군가가 펜으로 쓴 "1915년 우리"라는 메모가 있어. 사진이 선명하진 않지만, 그 남자는 다른 두 사진 속에 있던 남자와 같은 사람이야. 소 아니스 뒷벽에 그려져 있던, 구급차를 운전하던 사람이고. 그 여자는 엄마야.

사진에서는 다른 사람의 시선을 전혀 의식하지 않는 듯 무심한 분위기가 풍겨. 그냥 예상치 못한 사진에 포착된 두 사람, 비밀 연애중에 갑작스레 찾아온 변화의 순간만이 보여. 뺨을 감싼 조심스러웠던 손가락들이 그 웃음 속에서 순간적으로 풀어져버리고, 그 순간 그들 뒤의 흐릿한 도시는 더이상 중요하지 않아. 이게 바로 엄마가 찾고 있는 런던일 거야. 다시 한번 포착할 수 있길 바라는 런던. 전쟁이 그들 주위를 엄습하는데도, 그들만이 존재하던 순간.

그가 엄마의 뮤즈야, 이제 알겠어. '데이비드'라는 이름은 어떤 책에도 언급되지 않았지만, 그 시들은 그를 위한 거야. 편지의 수신인인 그 사람을, 엄마는 "자석처럼 내 마음을 끄는 사람" "나의 따뜻한 여름밤" "내 마음이 찾아 날아가는 이"라고 부르고 있어. 할머니는 한마디도 하지 않으셔. 그저 고개를 끄덕이며 쌓아놓은 시집들을 톡톡 두드리시기만 해. 마치 그 시집 속에 우주의 모든 비밀이 들어 있다는 듯.

어쩌면 그럴지도 몰라. 학교 다닐 때 난 온 마음을 다해 노력해도 시의 주제를 찾아내지 못했어. 그런데 어떻게 지금은 내가 시 속에서 삶을 발견할 수 있을 거라 생각하는 걸까?

엄마가 잠자리에서 옛날이야기와 게일어로 된 자장가 사이에 들려주던 시가 있었어. 소금기를 머금은 서늘한 바람이 바다를 떠난다는 내용의 시야. 바람이 웅웅거리며 물위를 가로지르다 자신의 길을 막고 서 있는 누군가에게 차가운 손가락들을 획 내던져. 그게 엄마의 시인지는 모르겠어. 엄마의 시집에서는 그 시를 찾지 못했거든. 어쨌든 그건 엄마가 내게 가르쳐준 유일한 시였어.

여기 섬 주위를 걷다가 그 시가 떠올랐어. 언덕 위에 서서 바다를 바라보며 시의 모든 행을 바람에 대고 외쳤어. 바람이 내 옷을 세차게 때리며 다리 사이로 들어오더니 내 맨팔에 물보라를 튀겼고, 입술에는 소금맛을 남겨놓았어. 그리고 난 그 시를 이해했어.

왜냐하면, 언덕 위에서는 그토록 세차게 불면서 자기를 알아달라고 요구하던 바람이 언덕에서 내려온 순간 바로 잦아들기 시작했거든. 그렇다고 아래쪽 바람이 덜 세찼던 것도 아닌데. 갈매기들은 바람과 싸우고 풀들은 바람에 납작하게 누워. 바람은 그 자리에 있어. 하지만 얼마 후, 바람은 점차 마음속에서 떠나가버려. 그건 기정사실이고, 불변의 사실이며, 예상할 수 있는 거야. 바람이 그곳에 있다는 걸 생각하지 않은 채 살고 있는데, 어느 날, 갑자기, 그 바람이 네게로 돌진해와 네 입과 귀와 영혼을 채우면, 숨을 쉰다는 게 어떤 느낌인지 퍼뜩 떠오르는 거야. 매일 숨을 쉬며 살아왔지만, 그 순간, 완벽하게 살아 있다는 걸 느끼게 되는 거야.

네가 그 양배추 바구니를 들고 부엌에 들어왔던 그날부터, 넌 그곳에 줄곧 있어주었어. 그 바람처럼, 늘 나와 함께였어. 그런데도 우편물 틈에서 네 편지를 처음으로 발견했던 날, 내 심장은 요동쳤어. 전에는 한 번도 그래본 적이 없는데. 넌 내게 갑자기 다가왔고, 난 사랑에 빠졌다는 걸 알았어.

너도 나와 함께 여기서 바람을 느낄 수 있다면. 그 자체가 한 편의 시인데.

사랑을 담아,
메이지

잉글랜드 런던

1940년 8월 28일

친애하는 귀하께,

아주 오래전, 데이비드 그레이엄이라는 젊은 남자가 일리노이
대학에 다녔습니다. 자연과학 전공으로, 1913년에 졸업했고요. 그
가 일리노이 대학 동창회에서 활동하고 있는지 모르겠습니다만,
학교는 종종 졸업생들의 소식을 듣기도 하고, 졸업 이후 그들의 소
재를 계속 파악하고 있다고 알고 있습니다.

데이비드 그레이엄에 대해 어떤 정보라도 가지고 계신다면, 제
게 연락을 주시겠는지요? 런던의 랭엄 호텔로 제게 편지를 쓰시면
됩니다. 미리 감사드립니다.

엘스페스 던 부인 드림

21장

❦

엘스페스

에든버러와 런던 사이의 어딘가에서
1916년 9월 22일

오, 수!

이번에는 기차에 오르는 게 너무나 어려웠어요. 그전의 이별이
쉬웠던 건 아니지만, 이젠 당신과 떨어진다는 게 어떤 건지 아니까
더더욱 어렵더군요. 지난번 당신과 헤어져 기차에 올라 나를 해협
건너편으로 데려다줄 배로 향하고 있을 때, 내 마음은 온통 당신으
로 가득차 있었어요. 하지만 한편으론 기대감과 불확실함도 가득
했죠. 이번엔 창가에 앉아 흐릿하게 보이는 영국의 시골 풍경을
응시하는데, 산울타리와 작고 푸른 들판을 지나칠 때마다 우리 사
이에 놓인 산울타리와 푸른 들판이 또하나 늘어났구나 하는 생각
밖에 들지 않았어요.

영국을 떠나기 전에 이 편지를 부칠 예정이라, 검열관의 예리한 눈초리 아래에서보단 조금 더 사유롭게 쓸 수 있습니다. 당신을 만났을 때 이야기할 수는 없었지만, 이제는 그런 검열을 못 참겠어요. 우리가 마지막으로 머물렀던 주둔지는 샤토 비이몽 외곽에 위치해 있는데, 격전지여서 완전히 기진맥진하긴 했지만 적어도 다른 지역에 있을 때보다는 전쟁에 더 깊이 관여하는 느낌이었어요. 늘 이동중이거나 쉬는 것 같았거든요.

포탄이 떨어지는 소리를 듣거나 도로에 떨어지는 포탄을 볼 때면, 마치 실제 전투에 참여하고 있는 느낌이 들어요. 부상병들에게서 듣는 이야기를 통해 간접적인 체험도 하고요. 극장 밖에서 서성이다가 영화를 보고 나오는 관객들에게서 엿들은 내용으로 줄거리를 짜맞추려 애쓰는 것 같다는 생각이 들 때도 있어요.

부상당한 들것 운반병을 도우려고 언덕으로 달려올라가 독일군과 그들의 총에 완전히 노출되었던 순간, 위험과 흥분을 느낄 때 찾아오는 그 익숙한 전율이 나를 사로잡았어요. 내가 생생하게 살아 있다는 걸 느꼈죠. 다람쥐들을 가지고 벽을 탔을 때의 그 느낌이 되살아난 거예요. 뒤로 물러나 다른 이들이 하는 일을 지켜보는 대신, 뭔가 하고 있다는 것. 정말이지, 퇴원한 이후에는 평소 하던 일로 돌아가는 게 무척 어렵네요.

내가 왜 이런 이야기를 당신에게 다 말하지 못했는지 이해할 수 있죠, 수? 당신은 놀랍도록 강한 팔로 나를 감싸며 내가 가지 못하게 했을 거예요. 당신 같은 간수에게 잡히는 거라면 나도 마다하지 않을 거예요. 하지만 당신에게 말했듯이 난 일 년이란 시간을 채울 필요가 있어요. 내 삶에서 뭔가를 성취해야만 하니까요. 일 년이란 시간을 끝까지 견뎌낼 수 없다면 내가 그 무엇을 견뎌낼 수 있을까요? 어떤 것도 마무리하지 못하는 남자를 당신은 원하지 않을 겁니다.

미래에 대해 말해보자면, 당신이 에든버러에 아파트를 얻었다는 게 믿기지 않습니다! 일주일 동안이긴 했지만, 지금도 믿기지가 않아요. 그게 내게 어떤 의미를 가지는지 당신은 알았던 거죠. 구급차를 몰며 떠도는 생활을 하는 남자에게는 길을 걷다 창가에 달린 그런 커튼을 보는 게 마치 집에 온 것과 같은 느낌을 주죠.

여전히 피곤하지만 과도한 일로 피곤한 것보단 과도하게 사랑을 나누다 피곤해지는 쪽이 훨씬 낫네요. 당신과 함께하는 시간 중 한 순간도 잠을 자느라 허비하고 싶지 않았어요. 기차로 런던으로 돌아가기로 한 건 다 그런 이유에서예요.

피곤하긴 하지만 새로운 사람으로 거듭난 것 같은 느낌이에요. 청결하게 지내며 잘 먹고, 옷가지들은 세탁과 수선을 하고, 따뜻한 군용 외투도 새로 사고. 몸과 영혼이 충전되었어요. 당신은 날 보고 웃었지만, 난 내 '포만감'들을 저축해야 했어요. 필요할 때 꺼내서 음미할 수 있는 추억들, 여분으로 쌓아놓고 싶은 추억들 없이 너무 오랜 시간을 지내왔으니까요.

그 한 가지 사건조차 내게는 별로 문제되지 않았어요. 당신이 화났다는 거 알아요. 수. 하지만 당신은 아무 잘못 없어요. 그가 그런 말을 해서는 안 되는 거였지만, 뭔가 다른 의도가 있어 그런 건 아닐 거예요. 당신이 그 일을 털어버리면 좋겠어요.

그런 의미에서 눈을 감고 앞에서 말한 추억 중 하나를 꺼내기 위해 이만 줄여야겠네요. 어떨까요—욕조에서의 추억은?

데이비드

에든버러와 스카이 섬 사이 어딘가에서
1916년 9월 22일

데이비,

이런 상황이 몹시 싫어요! 당신과 겨우 며칠밖에 함께할 수 없었다는 게 싫어요! 그 며칠간 완전히 몰두하기가 무척 힘들었어요. 파리 호텔의 그 저주받을 자명종처럼 당신이 떠날 날을 향해 똑딱거리는 시계 소리가 귀를 울렸어요.

그런데 그 소중한 휴가의 며칠을 오빠 때문에 망치고 말다니. 아, 오빠 때문에 정말 화가 났어요! 어쨌든 오빠가 제대 이후에 정상적인 상태는 아니었는데, 이언의 죽음과 케이트 문제까지 겹쳤죠. 그중 어느 것도 내 잘못이 아니었지만 오빠는 모든 걸 내 탓으로 돌렸어요. 오빠가 무슨 뜻이 있어서 그런 말을 한 게 아니라고, 그저 화가 나서 내뱉은 말이라고, 내가 집에 돌아가면 우리는 늘 그랬던 것처럼 함께 해변을 걸으며 돌을 찾아볼 거라고, 나 자신에게 말하는 중이에요. 그러나 내가 하찮은 인간이라는 듯 내 발에 침을 뱉던 태도와, 그 자리를 떠나면서 나를 보던 눈빛. 그 순간에 뭔가가 부서진 것 같아 두려워요. 그걸 어떻게 이어붙일 수 있을지도 모르겠고요.

난 부서진 것을 고치는 데 능숙하지 않아요. 하지만 당신에게는, 적어도 당신에 대해서는 뭔가 할 수 있어요.

데이비, 전선에서 떨어진 후방에 있다 해도 당신이 얼마나 훌륭한 일을 하고 있는지 당신이 안다면. 당신이 단지 그곳에 있기 위해 나와 함께할 수 있는 시간을 얼마나 희생하고 있는지. 당신이 하고 있는 일이 중요한 것처럼 당신이 중요하다는 걸 안다면, 그렇다면 더 많은 일을 해야 한다고 걱정하는 일은 없을 거예요. 무인지대에 있는 이들을 부러워할 일도 없고요.

당신이 위험에서 멀리 떨어져 있어 내가 얼마나 기쁜지 당신은 모를 거예요. 에든버러까지 올 수 있을 정도로 당신이 무사하고 완전한 모습이어서 내가 얼마나 기쁜지 모를 거예요. 당신이 도착한 첫날밤, 난 아주 오랜 시간 동안 잠들지 못한 채 당신 옆에 누워 당신을 바라보기만 했어요. 가볍게 떨리는 당신의 속눈썹, 당신의 들숨과 날숨. 나는 당신의 맨가슴에 손가락을 얹어놓았죠. 당신의 심장박동을 느끼고 당신이 거기 있다는 걸 확인하기 위해서. 그리고 데이비, 바로 그때 그곳에서 난 당신을 내게 돌려보내준 것에 대해 신께 얼마나 감사드렸는지 몰라요. 당신마저 잃는다면 난 버틸 수 없을 거예요.

이미 난 당신이 품고 있는 의심을 알아챘어요. 당신의 분대에서 있었던 일들에 대해 말하는 걸 꺼리던 모습에서, 또 우리가 여기에 함께 있어 정말 다행이라고 내가 말했을 때 당신이 어깨를 으쓱하던 모습을 통해서요. 그래서 핀레이 오빠가 내 화를 돋운 거예요.

당신의 의심을 불러일으키고, 당신이 여기에 나와 함께 있는 게 잘못된 일이라고 생각하게 만들었으니까요.

데이비, 당신이 있어야 할 더 중요한 곳은 없어요. 그대는 나의 숨결, 나의 빛, 내 마음이 찾아 날아가는 이입니다. 당신이 말했죠. 내가 이언과 함께 나눴던 것으로부터 당신이 벗어날 수 있을지 걱정된다고요. 추억과 경쟁하는 건 원치 않는다고. 그 사람보다 부족한 남자가 되고 싶지 않다고. 하지만 데이비, 그는 가고 없어요. 그리고 난 그를 그리워하며 내 집에 있었던 게 아니에요. 일주일 내내, 나는 바로 거기에 있었어요. 당신과 함께.

수

프랑스 파리 레누아르 가 21번지
1916년 9월 25일

수,

파리에 도착해 누구를 만났는지 짐작이 가요? 플리니, 해리, 리글스, 워트를 비롯한 동료들 모두가 여기 레누아르 가에 위치한 본부에서 야영을 하고 있었어요. 바로 어제 야영 천막을 세웠다고 합니다.

이곳 상황이 지루해져간다고 생각하던 찰나에 기회가 저절로 찾아온 거예요. 프랑스 측에서 —— 근처의 ——까지 갈 수 있는 분대를 요청했어요. 들것 운반병들이 구조대 초소까지 부상병들을 신고 오려면 다소 걸어야 하는 경로라는군요. 독일군이 근처 언덕을 장악한 이후 주둔지로 가는 도로가 노출되어 공격받고 있어요. 그들은 빠른 구급차 부대가 속도를 내 전선까지 갔다 오기를 원해요. 이 경로는 다른 어떤 경로보다 최전방 참호와 가까울 거예요. 그래서 밤에 움직여야 하고요.

그곳에 1분대를 보내는 대신 완전히 새로운 분대를 조직했는데, 우리의 현명한 플리니가 진급해 그 분대를 통솔하게 됐어요. 그 분대에는 새 자원자들을 보낼 예정인데, 플리니는 자신이 찾을 수 있는 가장 빠르고 저돌적인 베테랑이 필요하다고 고집하고 있어요. 그래서 당국은 그에게 1분대에서 몇 명을 뽑도록 해주었고, 나머지는 다른 분대에서 혹은 새로 들어오는 자원자 중에서 선정할 예정이에요. 우리 모두 그곳이 얼마나 일하기 힘든 구역인지 귀가 따갑도록 들어 알고 있습니다. 빠르고 민첩해야 해요.

당신의 남자는 워낙 빠르고 민첩하니까(그리고 저돌적이기까지 한 듯하고요) 플리니가 나보고 자기 분대로 와달라고 부탁하더군요. 믿을 수 있어요, 수? 이건 나를 괴롭히던 문제를 해결하는 데 제격인 일이에요. 또 해리와 내 오랜 동료들도 모두 그 분대에 들어갈 예정이고요. 정말 근사하지 않나요!

프랑스군이 작년보다 일주일 정도 먼저 구급대가 대기하길 요구하는 걸 보면 대규모 공격을 계획중인 게 틀림없어요. 우린 나머지 분대원이 도착하고 새 리지들이 운송되어오길 기다리고 있습니다. 이제 우린 폭 쉬었으니까요.

더 자세한 것은 나중에!

데이비드

프랑스 파리 레누아르 가 21번지
1916년 9월 27일

수에게,

이곳에서 당신의 편지를 받았어요. 기차에서 쓴 그 편지.

오빠에 대해서는 걱정하지 말아요. 눈에 멍이 든 게 처음 있는
일도 아닌걸요. 그는 보호하려고 그랬던 거잖아요. 어떤 일이 있었
든 당신은 그의 유일한 여동생이에요. 이해합니다. 어떤 오빠가 여
동생이 미국인과 함께 있는 걸 봤는데 화를 내지 않을 수 있겠어
요? 잊었나본데, 우린 모두 무법자에 카우보이들이잖아요. 스카이
섬에 돌아가면 오빠와의 일을 잘 해결하세요. 그럴 수 있을 거예
요. 남매간의 다툼은 오래갈 수 없으니까요. 특히 핀레이와 당신은
더더욱 그렇고요.

그리고 수, 내가 환멸감에 젖어 있긴 했지만 당신과 관련된 일
때문에 그랬던 건 아니에요. 믿어주세요. 결단코 아닙니다. 진실을
말하자면 필드 서비스와 전선 후방에서 느끼는 무기력함에 진력이
났던 거죠. 사실, 이언이 세상을 떠난 뒤라 상황이 다르게 느껴지
긴 했어요. 최근 당신의 편지는 대부분 그에 관한 내용들로 채워져
있었어요. 그랬던 게 무리는 아니지만요. 하지만 이상하게도, 이번
여행중에 난 그 어느 때보다 우리 사이에 있는 그를 더 많이 의식

278

했어요.

그런데 당신 무릎을 베고 눕는 순간 그런 환멸감이 사라졌습니다. 아파트 밖에서 당신의 이름을 보자 집에 온 것 같았다고 내가 말했죠. 수, 내겐 그것만으로도 충분했어요. 여기에서 내가 가치 있는 일을 하고 있고, 당신이 스코틀랜드에서 나를 기다린다는 걸 알아요. 나한테 필요한 건 그게 전부예요.

그건 그렇고, 신참들에 대한 걱정이 많았는데 아주 뛰어난 친구들이 들어왔어요. 그중에는 스턴트 사이클리스트인 렉스 레드먼이라는 친구가 있어요. 그리고 비행 중대에 있었던 최고의 조종사 리오 니클스도 있고요. 내가 개인적으로 좋아하는 친구는 로이 잰슨이라는 자동차경주 선수예요. 실제로 그가 시카고의 스피드웨이 파크에서 경주하는 걸 본 적도 있어요. 시속 100마일까지 속도를 냈다는데 믿어지세요?

다른 분대 출신들도 하나둘 들어오기 시작했어요. 각자의 분대에서 이름을 떨치던 이들이 비공식적으로는 이미 '플린스턴의 청년들'이라고 이름 붙여진 우리 분대로 옮기라는 권유를 받았다고 합니다. 그들의 면모를 보아하니 연이어 격전지로 가게 될 듯합니다.

내일이나 모레 이곳을 떠나야 해서 언제 다시 편지를 쓸 수 있을지 모르겠어요. 해리가 미나에게 보낼 편지를 쌓아놓고 있어서 이 편지도 그 더미 속에 살짝 끼워넣어볼 참이에요.

데이비드

1916년 10월 4일

오, 수,

난 정말 이 일에 재능을 타고났나봅니다! 당신은 이 희열을 상
상도 못할 거예요. 그래요, 난 전보다 더 열심히 내 일에 임하고 있
어 하루가 끝날 무렵에는 완전히 녹초가 돼요. 물론 무인지대에서
전투를 수행하는 이들과 비교하면 내가 하는 일은 식은 죽 먹기인
걸 알지만, 이거야말로 나한테 필요했던 일이에요.

우리는 단 두 곳의 구조대 초소를 오가고 있는데, 두 곳 모두 단
일 도로를 통해 접근이 가능해요. 그 도로는 자처럼 곧게 뻗은데
다, 거의 그 정도로 좁아요. 우리에겐 은폐물이랄 것도 없고, 또 최
근 독일군은 그 도로에서 포착한 누구에게나 완벽하게 총기를 겨
눌 수 있는 위치를 점했습니다. 운반병이 이 도로를 따라 들것으로
부상자들을 후송했었는데 독일군이 이들을 겨냥해 총을 쏘았고,
마침내 프랑스 측이 이 소식을 접하게 된 거예요.

우리가 출동 명령을 받고 초소대로 출발했을 때, 버려진 헛간 하
나가 포격지대와 안전지대 사이의 비공식적인 경계를 이루고 있었
어요. 그 헛간에 이르렀을 때 우린 온갖 두려움을 창밖으로 내던지
고, 작은 차가 낼 수 있는 순간 최고 속력을 냈죠.

'죽음의 회랑'을 지나는 순간에는 생각을 할 수도, 집중을 할 수
도, 판단을 할 수도 없어요. 그 회랑의 끝을 알리는 높게 솟은 갈색
의 후방 참호만을 쳐다볼 뿐, 그 밖의 것은 모두 잊어버려요. 차로
이 도로를 달리는 데는 이십육 초밖에 걸리지 않지만, 마치 이십육

분처럼 느껴지기 때문에 우린 큰 소리로 숫자를 세기 시작했어요. 어제 나는 이십오 초 만에 그 거리를 주파했습니다.

오, 세상에, 이 모든 게 끝났을 때 리글스가 차를 판매하는 일에 만족할 수 있을까요? 징징대는 대학생들을 가르치는 일에 해리는 만족할 수 있을까요. 우리 중 누가 자신을 천하무적인 것처럼 느끼게 하는 일이 아닌, 다른 그 어떤 일에 만족할 수 있을까요.

데이비드

스카이 섬
1916년 10월 4일

데이비,

오빠가 떠났어요.

에든버러에서 나를 떠났을 때, 그는 가족 모두의 곁을 떠난 거였어요. 오빠는 어머니께 작별을 알리는 전보조차 보내지 않았습니다. 어머니는 며칠째 침대 밖으로 나오지 않으세요.

그가 늘 수평선을 바라보던 눈빛에서 우린 언젠가 이런 일이 벌어질 거라고, 특히 오빠가 제대한 이후로는 어느 정도 예상했던 것 같아요. 난 늘 오빠가 언젠가 떠날 거라고 마음속으로 생각해왔어요. 어머니는 오빠가 스카이 섬에 머문 게 나 때문이라고, 내가 자라면서 배에 발을 들여놓지 못하는 걸 보고는 자신의 소원을 감춘 채 아버지를 따라 낚싯배에 오른 거라고 하셨어요. 내가 떠날 수 없으니 오빠도 떠나지 않으려고 했던 거예요.

그런데 오빠가 떠난 거예요! 뒤도 돌아보지 않고 배를 타고 떠났어요. 오빠가 결코 꿈꾼 적 없는 낚시나 농장 생활에서 벗어났으니 기뻐해야겠지만 눈물을 참을 수 없어요. 이렇게 오랜 시간이 흘렀는데 오빠가 나 없이 떠나다니. 날 괴롭히려고 그랬다는 것 때문에 더 힘들어요.

나는 핀레이 오빠에게 편지를 썼어요. 어디로 보내야 하는지도 모르면서요. 오빠에게 미안함을 느끼지만, 오빠가 잘못 생각했다고, 오빠가 말하는 '나의 미국인'은 내게 약속했다고 썼어요. 나의 미국인은 여기 나의 섬에 있는 나를 잊지 않을 거라고. 그가 뒤도 돌아보지 않고 미국으로 떠나는 일은 없을 거라고. "내가 여기 있어요." 언젠가 내게 그렇게 말했다고. 그리고 그는 정말로 그러고 있다고. 무슨 일이 일어나도 그는 그 자리에 있다고. 그리고 한 달 후 계약 기간이 끝나면 여기로 와서 나를 채갈 거라고.

크리스마스 무렵이 될 거라고 약속했죠. 데이비. 당신은 오빠처럼 떠나지 않을 거예요. 부디 떠나지 말아요.

수

프랑스
1916년 10월 18일

수,

이런 말을 하긴 싫지만, 크리스마스 무렵에 돌아갈 수 있을지 알 수 없는 상황입니다. 아마 이 편지를 벌써 방바닥에 내던졌을 것도 같지만, 다시 집어든다면 끝까지 읽어주세요.

12월까지만 계약을 갱신하겠다고 말했을 때, 나는 즐겁지 않았습니다. 지난가을 자원했을 때 느꼈던 모든 매력과 흥분이 바래고 있었죠. 다음 지구에 가길 기다리며 전선 후방에서 빈둥거리는 것 말고는 달리 하는 일이 없었으니까요. 그래서 당신과 함께 영원한 휴가를 갖는 것 외에 그 무엇도 원하지 않았어요.

하지만 지금, 새 분대에서 나는 정말이지 살아 있다는 느낌을 받아요. 그 느낌이 얼마나 강렬한지 당신은 상상하지 못할 거예요. 수, 처음으로, 나는 중요한 사람이 되었습니다.

기억하죠, 학생일 때 난 별 볼 일 없었어요. 선생으로서도 제 몫을 못했고요. 젠장, 아들로서도 형편없었습니다. 아버지는 여전히 내가 실망스러운 자식이라고 생각하세요. 하지만 어릴 때 나를 곤경에 처하게만 할 뿐 쓸모없었던 만용 덕에 지금 난 내 일에서 성공을 거두고 있어요. 그 덕분에, 살아남지 못할 수도 있었던 동료들이 살아남았습니다. 그것도 내 작은 구급차 뒤에서. 내 구급차에서요.

그래서, 지금은 떠날 수 없습니다. 내가 제대로 시작하게 된 시점에서 그럴 순 없어요. 이해해줄 수 없나요, 수? 이제야 다른 사람에게 가장 필요한 사람이 되었는데 당신은 이 모든 것에서 나를 떼어놓을 건가요?

데이비드

스카이 섬

1916년 11월 1일

"이제야 다른 사람에게 가장 필요한 사람이 되었는데 당신은 이
모든 것에서 나를 떼어놓을 건가요?" 네, 맞아요. 무엇보다 여기에
서 당신을 훨씬 더 필요로 하니까요. 데이비, 나 아이 가졌어요. 그
러니 이 터무니없는 일들을 모두 그만두고 집으로 와요.

프랑스

1916년 11월 12일

이런 게 당신이 친구에게 소식을 전하는 방식인가요? 이건 계획
에 없던 일이에요. 그래서 내가 '프랑스 편지'를 가져갔던 거예요.
우린 이 같은 결정을 내릴 상황이 못 돼요. 가족이라고요, 수? 당
신은 아직 애도중이고, 나는 여전히 '전쟁놀이'를 하고 있습니다.
우리는 700마일이나 떨어진 곳에 있고요. 그리고 당신 오빠가 에
든버러에서 했던 행동을 생각해봐요. 나는 맞을 짓을 했어요. 어쨌
든 난 그대와 그대의 남편 사이에 끼어든 미국인이니까요. 당신 오
빠와 불화를 일으킨 장본인이고요. 그런 일이 있었는데, 당신의 가
족이 무슨 이유로 나를 환영하겠어요?

스카이 섬

1916년 11월 29일

그러니 어서 와서 나를 데려가줘요! 어서 빨리 미국으로, 전쟁
이나 반대하는 형제들이 없는 곳으로 나를 데려가줘요. 이웃들은
벌써 수군대고 있고, 오, 데이비, 난 그저 당신과 함께 떠나 우리가
계속 이야기해온 그 미래를 시작하고 싶을 뿐이에요.

그래요, 이건 엄청난 일이에요. 감당하기에 벅차고요. 조금 무섭
기까지 해요. 하지만 곧 아빠가 된다는 생각이 매일 '죽음의 회랑'
을 달리는 것보다 어떻게 더 무서울 수 있죠?

나 역시 무서워요. 이미 나 자신의 가족을 둘로 갈라놓은 것만
봐도 난 아이를 키우는 데 적합한 사람이 아니에요. 오래전에 난
엄마가 되어서는 안 될 것 같다고 말했던 게 맞을지도 몰라요. 이
일을 할 수 있을 것 같지가 않아요.

데이비, 나는 당신이 강한 사람이 되어주면 좋겠어요. 당신이 우
리 둘을 위해 용기를 내주면 좋겠어요. 부디 여기로 와서 나를 데
려가줘요. 당신이 곁에 있으면 난 불굴의 용기를 느껴요.

지금 난 고단해요. 이 문제에 대해서 당신과 언쟁하고 싶지 않아
요. 이건 사실이고, 싸울 가치가 없는 일이에요. 이 같은 전쟁의 와
중에, 이토록 많은 죽음의 한가운데에서 우리는 생명을 만들어냈
어요. 아기는 또하나의 모험일 뿐이에요. 그리고 기억해줘요, 당신

이 내 곁에 있다면, 난 어떤 모험에도 뛰어들 수 있다는 걸.

수

1916년 12월 3일

친애하는 엘스페스,

이 편지를 쓰지 않아도 되었다면 좋았을 텐데 유감스럽습니다. 몇 달 전 데이브가 제게 이 봉투를 주며 혹시 무슨 일이 생기면 부쳐달라고 했습니다.

나흘 전 밤, 우리는 근무중이었습니다. 목적지에 도착해보니, 방공호가 막 공격받은 뒤였습니다. 의사, 간호사, 블레세 모두 사망한 상태였고, 하사관 하나가 전방 참호에서 온 군인들에게 뭔가 지시하며 그 상황과 관련된 명령을 내리려 애쓰고 있었습니다.

약간의 처치법을 교육받은 게 전부인 제가 도착한 부상병들을 확인하고 야전 응급치료소로 보낼 사람들을 결정했습니다. 아직 똑바로 설 수 있는 들것 운반병들은 짐을 벗어버리고, 비틀거리면서도 최대한 빨리 되돌아가는 중이었습니다. 데이브, 바보같이 그는 참호로 뛰어들어 그들을 따라갔습니다. 몇 번 되돌아왔지만 제가 고함을 치며 부르는데도 무시하고 다시 뛰쳐나갔어요. 그러고는 돌아오지 않았습니다.

그가 전방에서 해야 할 일은 없었습니다. 하지만 데이브를 아실 겁니다. 결코 몸을 사리는 법이 없지요. 그저 해야 할 일을 할 뿐.

이 편지를 보내야 할지 지난 나흘간 고심했습니다. 그가 행운의 탈출과 관련된 아주 재미난 이야기를 안고 다시 한번 무인지대에서 절뚝거리며 돌아오길 바랐으니까요. 하지만 그렇게 되지 않았습니다.

여기에서 제가 당신을 위해 해드릴 수 있는 일은 많지 않지만, 뭔가 필요하신 게 있다면 미나에게 편지로 알려주십시오. 저는 당신이 처한 상황에 대해 알고 있습니다. 우리가 초소를 향해 속도를 내며 달리던 그날 밤, 데이브가 말해주었죠. 네, 그는 충격받았고 두려워했어요. 하지만 그날 밤, 그는 희망에 차 있었습니다. 그리고 꽤 행복해했고요.

그래서 더 이상 바랄 수 없을 정도로 최고였던 제 친구의 마지막 소원을 들어주고자 합니다······

해리 밴스

수, 나만의 사랑스러운 여인이여.

이것은 당신이 결코 읽어서는 안 될 편지입니다. 당신이 읽고 있다면, 내가 보내는 마지막 편지가 되겠죠.

이 편지를 쓰고 있는 때는 5월, 파리에서 당신을 보고 막 돌아온 참입니다. 돌아오자마자 날 기다리고 있던 건 점점 커져가는 두려움이 담겨 있는, 당신이 쓴 여러 통의 편지였습니다. 그 편지들을 읽으면서 온갖 일들이 일어나는 이곳에서 그토록 멀리 떨어져 있는 당신이 얼마나 두려워하고 걱정했을지 정확히 알게 되었어요.

난 당신이 내 소식을 몰라 그런 일을 다시 겪는 걸 원하지 않기에 우리에게 가장 도움이 되는 일을 하고 있습니다. 당신에게 편지를 쓰는 것이지요.

당신이 언제 이걸 읽게 될지는 모르겠습니다. 다음달이 될 수도, 지금으로부터 육 개월 후가 될 수도, 일 년 후가 될 수도 있겠죠. 그때 세상은 어떤 모습일까요. 우리는 어떤 것들에 대해 편지를 쓰고 있을까요. 당신이 혹 또다른 멋진 미국인 구급차 운전사를 찾았을까요.

확실하게 말할 수 있는 것은(먼 미래를 내다본다 해도), 나는 또다른 수를 찾지 못했고, 결코 그럴 일은 없을 거란 사실입니다. 당신은 내가 해가 뜰 때 찡그리고 해가 질 때 미소를 짓는 이유입니다. 인상을 찡그리는 건 내 곁에 당신이 없는 채 혼자 그날을 맞아야 하기 때문이고, 미소를 짓는 건 우리가 떨어져 지내야 하는 날이 하루 줄었기 때문이고요.

당신은 어느 편지에서 당신이 충분히 강한 것 같지 않다고 썼죠. 당신은 이렇게 말했어요. "당신이 이 세상에 존재한다는 걸 알지 못한 채 이 모든 걸 나 혼자서 해나갈 순 없어요." 당신은 강해요, 수. 자신을 바라봐요—당신은 나를 위해 영국해협을 건넜잖아요! 난 당신이 나를 위해 해냈던 일들을 보고, 당신에게 걸맞은 더 강한 남자가 되고 싶다는 바람을 갖게 되었어요.

당신은 내가 애초에 이 전쟁에 휘말리는 일이 없었기를, 내가 런던에 도착했을 때 그 기차를 탄 채 그대로 스카이 섬으로 달려가 다시는 떠나지 않길 바랐다는 걸 알고 있어요. 하지만 나는 이 일을 해야만 했습니다. 실패자로 당신에게 돌아갈 순 없었어요, 수. 나는 내가 중요한 사람이란 걸 증명해야 했습니다. 당신은 늘 나를 소년이라고 불러요. 나는 성장해서 남자가 되어야 했어요.

난 당신을 잘 알아요, 나의 사랑. 지금 당신이 내 말에 화가 나서 머리를 가로저으며 "하지만 당신은 실패하지 않았어요. 내가 당신과 사랑에 빠지게 만들었잖아요! 내가 당신이 이룬 성공이라고요", 이렇게 말하리란 걸 알아요. 당신은 내가 이룬 성공이에요, 수. 내 삶에서 잘한 일이 있는지 모르겠지만, 당신이 내 사람이었다는 것은 무척 가치 있는 일이었습니다. 나의 진주.

당신에게 이 얘길 하지 않은 게 후회돼요. 나는 아침에 잠에서 깬 당신의 흐릿한 눈이 처음으로 바라보는 대상이 되고 싶어요. 당신이 세수를 하고 스타킹 속에 다리를 집어넣는 모습을 지켜보고 싶습니다. 당신에게 아침식사를 만들어주고 입가에 묻은 달걀에 입맞추고 싶습니다. 난 창가에 웅크리고 앉아 당신을 내 무릎 위에 기대게 한 다음, 읽고 쓰고 이야기하고 숨쉬고 싶어요. 침대에서 당신의 맨발을 내 무릎 사이에 넣고 따뜻하게 해주고 싶고요. 당신의 머리카락이 내 뺨을 간질이는 걸 느끼며 잠들고 싶습니다.

나는 스카이 섬에 가서 당신의 이웃과 가족들의 반대를 견뎌냈을 겁니다. 그것이 당신이 원하는 것이라면. 시베리아의 가장 끝까지라도 갔을 것입니다. 그게 당신이 원하는 것이라면. 이제 나는 내가 우리 중 누구도 선택하지 않았을 곳에 있다는 걸 알아요.

아주 오래전 언젠가, 당신은 누군가를 영원히 사랑할 수 있다고 말하는 게 너무 상투적인 표현이라고 말했었죠. '영원보다 더 오래'를 뜻하는 말이 있을까요? 그런 말이 있다면 그것이 내가 얼마나 오래 당신을 사랑할지 보여주는 말이 될 거예요.

지금, 영원히, 그리고 그 영원을 넘어서까지. 나는 당신을 사랑합니다.

데이비드

22장

마거릿

글래스고

9월 6일

마거릿,

내가 여동생에게 슬픔을 안겨주었다는 사실이 오랫동안 나를 짓눌렀다. 엘스페스는 분명 여전히 나를 탓할 거야.

너도 알겠지만 나한테는 케이트라는 여자가 있었다. 내가 참전하게 되자 그녀는 자신의 머리카락 한 타래로 장미 매듭을 만들어 심장 가까이 셔츠 옷깃에 꿰매주었어. 늘 나와 함께하겠다고.

그후 페스튀베르 전투가 있었고, 난 다리가 짧아진 채 고향으로 돌아왔지. 난 그녀의 어깨에 내 머리를 묻는 것 외에는 아무것도 바라지 않았어. 하지만 내가 그녀를 안으려고 하자 그녀가 움찔하더군. 말 그대로 움찔했지. 차츰 그녀는 집에 찾아오지 않게 되었는데, 사실 그게 더 편했어. 다리 부분이 접힌 바지 쪽을 그녀가 슬쩍 훔쳐보는 모습을 볼 필요도 없고, 내가 지나가도록 물러설 때 우리 사이에 생기는 공간을 느끼지 않아도 되니까.

난 내가 이해한다고 생각했어. 어떤 아가씨가 불구자를 남편으로 원하겠니? 의족을 받았을 때 그걸 한다고 달라질 게 없으리란 걸 알았다. 이미 그녀는 아주 멀게 느껴졌어.

그후 윌리가 휴가차 집에 왔지. 난 엘스페스의 새집에서 벽난로 선반을 장식하고 있었어. 무릎 위에 대팻밥을 잔뜩 묻히고 채소밭 뒤에 앉아 있던 나를 본 윌리는 도와주려고 제복 상의를 벗어던졌지. 거기, 그의 심장 바로 위쪽의 셔츠 옷깃에 바느질되어 있던 것은 머리카락으로 만든 금빛 장미였다.

우린 엉겨붙어 싸웠어. 그애는 누구를 사랑하게 되는 건 어쩔 수 없는 일이라고 되풀이해 말했지. 난 동생의 코를 부러뜨렸고, 어머니는 화가 많이 나셨고, 엘스페스는 울고 또 울었지. 윌리는 다음 날 떠났고, 그후론 휴가 때도 집에 돌아오지 않았어.

그리고 난 그것으로 끝이라고 생각했어. 속으로는 화가 치밀어 올랐지만 윌리는 떠났고, 난 엘스페스의 벽난로를 조각하며 내가 케이트와 만났었다는 사실을 잊으려고 애썼지. 그러나 평화는 오래가지 않더구나. 엘스페스가 육군성에서 편지를 받았지. 이언은 공식적으로 사망한 것이 되었다.

그때의 몇 개월은 흐릿하구나. 내 친형제보다 더 가까웠던 이언이 떠났다니. 우리는 서로를 지켜주겠다고 약속하고 아주 호기롭게 프랑스로 떠났었지. 나는 약속을 지키지 못했어. 암담한 날들이었다는 건 분명하다. 엘스페스는 나보단 상태가 괜찮았어. 앨러스데어 형의 아이들이 함께 지내러 왔기 때문에 하루하루를 정신없이 보냈지. 케이트가 나를 떠난 이후로 내겐 아무도 없었다. 나는 지팡이와 휴대용 술병 하나를 들고 언덕을 걸으며 혼자 시간을 보냈어. 내 의족을 검사받으러 에든버러에 갔을 때 의사는 언덕을 오르느라 의족을 험하게 쓴다며 나를 몹시 나무라더구나. 개의치 않았다. 내겐 고통이 필요했으니까.

그런데 웨이벌리 역으로 돌아가는 길에 엘스페스를 봤어. 이언을 애도하며 스카이 섬에 있는 게 아니라, 길거리에서 웬 낯선 남자의 품에 안겨 있었어.

내가 엘스페스를 당장이라도 때릴 것처럼 거칠게 굴며 마음속에 있던 말을 쏟아낸 게 잘한 짓이 아니란 건 나도 안다. 그 남자는 마치 자기 일이라도 되는 양 우리 사이에 끼어들었지. 그는 심지어 이곳 사람도 아니었어. 미국인이었지. 어떻게 그애가 그런 식으로 이언을 잊을 수 있단 말이냐? 그가 죽은 지 겨우 몇 달 되지 않았는데, 다른 사람에게 마음을 내주다니. 어떻게 그에게 등을 돌릴 수 있단 말이냐, 그것도 미국인과 함께?

그애는 고개를 숙인 채 내가 맘대로 험한 말을 내뱉게 내버려두었지. 그러고는 이언을 잊지 않았고, 영원히 잊지 못할 거라고 속삭이더니 소리 내 울기 시작했어. 그 미국인이 다시 우리 사이에 끼어들었고. 나는 그에게 덤벼들며 참호에서 군인들이 죽어가는 마당에 딴 남자의 아내 뒤꽁무니나 쫓아다니며 무슨 짓을 하는 거냐고 물었지. 그랬더니 엘스페스의 눈에서 불꽃이 튀더구나.

그랬지, 남자들이 참호에서 죽어가고 있었다. 하지만 고향에 돌아오니 사람들은 살아가고 있었어. 그애는 살아가고 있었어. 그리고 난 다시는 그애와 그애의 삶에 끼지 못하게 되었지. 엘스페스는 어깨를 펴더니 내가 너무도 잘 아는 고집스러운 태도로 누구를 사랑하게 되는 건 어쩔 수 없는 일이라고 말했어. 윌리가 했던 말 그대로.

　마음이 혈연보다 더 중요했다고? 그제야 나는 왜 윌리가 그렇게 생각했는지 알게 되었다. 하지만 그 아이는 그저 어린애였어. 엘스페스는 영리한 여자여야만 했고. 신의를 저버리지 않는 사람. 가족이나 자신이 한 약속으로부터 결코 등을 돌리지 않는 사람. 세상에 맞서는 것은 늘 엘스페스와 이언과 나여야 했어. 나는 그애에게 선택하라고 말했어. 그애는 턱을 치켜들며 미국인의 팔을 잡더군. 나는 침을 뱉고, 그애에게 바보라고, 우리 가족은 전부 바보라고 말했어. 언젠가 그가 그애를 배신할 테지만, 상황을 수습하는 자리에 내가 있진 않을 거라고. 그리고 난 그 자리에 없었지. 몇 주가 지난 뒤 어머니께 한 번 편지를 썼다. 엘스페스가 내 말에 귀기울였는지 물어보았어. 여전히 그 미국인과 헤어지지 않았느냐고 물었지. 어머니는 나보고 적당한 때에 그만두는 법을 알아야 한다고, 요즘 엘스페스는 다른 사람 말을 그다지 신경쓰지 않는다고 답장하셨지. 그애의 미국인이 죽었다는 소식을 최근에 받았고, 엘스페스가 그 뒤를 따라가지 못하게 하느라 온 기운을 다 쓰고 있다고도 하셨고.

　물론 그 이후에 기분이 썩 좋지는 않았다. 누군들 안 그랬겠니? 하지만 난 젊었고 어리석었지. 또 사과를 하기엔 너무 늦었다고 생각했어. 과거는 과거다. 어머니는 늘 그렇게 말씀하셨고, 그래서 난 모든 일에서 물러났던 거야. 언젠가 엘스페스가 나를 용서하기로 결정하면, 그애가 나를 찾을 테니까. 적어도 그때 난 그렇게 생각했어. 그때 난 젊었으니까 그러는 것도 무리가 아니었고.

이제야 깨달았지만 그건 쓸데없는 고집이었고—어리석은 고집이었지—계속 용서를 기다리기에는 난 너무 나이가 들었어. 엘스페스의 마음을 아프게 하고 가족을 저버렸으니, 결코 용서받지 못할 수도 있지.

하지만 이제 난 용서를 구하려 한다. 전시에는 순식간에 모든 게 변한다는 걸 난 알아. 순식간에 무언가를 상실할 수도 있다는 걸 안다. 만약 네 엄마에게 다시 소식이 오면 내게 말해다오. 엘스페스에게 편지를 써야겠다. 이토록 오랜 시간이 흘렀지만, 미안하다는 말을 전해야겠구나.

사랑을 담아,
핀레이 삼촌

잉글랜드 런던
1940년 9월 2일

친애하는 귀하께,
아주 오래전, 데이비드 그레이엄이라는 젊은 남자가 1차 대전이 시작되던 무렵 아메리칸 필드 서비스에 자원했습니다. 아메리칸 필

드 서비스 협회가 전우회를 계획중이고, 옛 자원봉사 대원과 관련
된 소식 및 정보를 알리는 간행물을 발행하고 있다고 들었습니다.

   데이비드 그레이엄에 대해 어떤 정보라도 알고 계신다면, 사소
한 것이라 해도 제게 연락을 주시겠는지요? 런던의 랭엄 호텔로
제게 편지를 쓰시면 됩니다. 미리 감사드립니다.

엘스페스 던 부인 드림

23장

❧

엘스페스

전쟁포로 우편, 엽서

1917년 1월 2일

수, 해리에게서 편지를 받는다면, 절대 열어보지 마세요! 없애버려요. 결코 읽지 말아요.

한동안 내 소식을 듣지 못해 걱정했으리라는 건 알지만, 지금까지는 당신에게 편지를 쓸 수 없었다는 내 말을 믿어줘요.

잘 있긴 하지만, 포로가 되었어요. 얼마나 많이 쓸 수 있을지, 얼마나 자주 편지를 보낼 수 있을지 몰라요. 하지만 당신은 이 엽서의 뒷면 주소로 편지를 보내면 돼요.

내게 무슨 일이 있었는지 해리에게 편지를 써주고, 그에게 이 주소를 알려주겠어요?

당신과 함께 그곳에서 크리스마스를 보내지 못해 미안하지만,

보시다시피 당신과의 약속을 깬 게 아니에요. 다음번에 약속을 지키는 것으로 미뤘을 뿐입니다.

그대를 사랑합니다. 당신이 지금껏 알고 있었던 것보다 더 많이.

데이비드

스카이 섬
1917년 1월 22일

데이비,

눈물 때문에 제대로 쓸 수가 없네요. 당신의 엽서─소중한 판지!─가 내 손안에서 잔뜩 구겨졌고, 난 다른 쪽 손으로 이 편지를 쓰고 있어요. 어머니가 내 손에 들린 엽서를 엿보려고 하셨지만 못하게 했어요. 어머니는 당신의 필적을 보시고 다른 식구들을 모두 방에서 내보냈어요.

난 당신이 죽지 않았다는 걸 알았어요. 자기가 사랑하는 사람에 대해서는 누구나 그렇게들 말한다고 생각했었죠. 하지만 난 계속 당신을 느끼고 있었어요! 내 심장이 온전하게 뛰고 있는 한, 당신은 여전히 이 지구상에 존재한다는 걸 분명하게 알고 있었어요.

그리고 당신은 정말 살아 있군요! 매일 당신을 생각하며 당신 때문에 눈물 흘릴 때, 당신도 나만큼 강렬하게 나에 대해 생각하고 있었군요.

오, 그대, 나의 사랑. 나만의 놀라운 소년. 난─시인이라는 사람이―할말을 잃었습니다.

그대의 수

스카이 섬
1917년 1월 24일

데이비,

이제 찾았어요. 내가 해야 할 말을.

잘 있나요? 정말로? 필요한 건 없어요? 따뜻하기는 한가요?

당신이 수용소에 있다는 걸 생각하니 견딜 수가 없어요. 책 속에 나온 곳과 비슷하다면 분명 끔찍하게 춥고 불편하겠죠. 소포를 보내도 되나요?

여러 가지 이유에서 지난 몇 달간은 절망적이었지만, 이제 구름 사이로 한줄기 햇살이 비치는 것 같아요. 12월 이후 써온 시들을 구겨 불길 속에 던질 수 있겠어요.

한 해 중 이맘때는 시간이 느리게 흘러갑니다. 불 앞에 앉아 읽고 쓰며 많은 시간을 보내죠. 아이들이 시에 관심을 갖도록 부단히 애써봤는데, 아아, 불행히도 내 뜻대로 되지 않네요. 그곳에서는 책을 가지고 있어도 되나요?

당신이 수용소에 있다는 생각을 하면 몸서리치게 되지만, 그래도 당신이 살아 있다는 사실에, 그리고 신께서 허락하신다면 머지 않아 당신이 내 품으로 돌아올 거라는 사실에 기뻐하지 않을 수 없습니다.

당신의 사람,

수

1917년 2월 7일

수,

한 달에 오로지 두 통의 편지(여섯 장을 넘기면 안 돼요)와 네
장의 엽서를 보내는 것만 허용됩니다. 가끔씩은 어머니, 에비, 해
리에게도 편지나 엽서를 보내야 해서 예전처럼 넘칠 정도로 많은
편지를 당신에게 보내지는 못할 거예요. 하지만 당신을 향한 생각
은 줄어들지 않을 겁니다.

내가 알기로는 외부에서 보내오는 편지와 소포를 받을 수 있는
횟수는 제한되어 있지 않습니다. 챙겨줄 수 있다면 여기서 필요한
물건은 많습니다. 잡혀올 때 배낭을 가지고 있지 않아서 빗, 칫솔,
비누, 여분의 양말과 셔츠 같은 생필품이 필요해요. 지금까지는 다
른 사람에게 빌려서 쓰고 있습니다. 담요도 하나 보내줄 수 있을까
요? 그리고 책도요! 읽을 거라면 뭐든요. 지금까지는 당신에게서
받은 소중한 편지 두 통을 읽고 또 읽으며 지내고 있어요(나머지 편
지들은 배낭에 있는데, 이 문제와 관련해 해리에게 편지를 써야겠
어요). 여기에 왔을 때 수중에 있던 거라고는 상의 주머니에 꽂아
놓았던 당신의 사진과 시 「휴식」뿐이었지만, 그 두 가지만 있으면

모래와 물만 있는 환경에서도 오랫동안 버틸 수 있을 겁니다. 에든
버러에서 지내던 그 모습 그대로 돌아갈 수 있다면 바랄 게 없을
것 같아요. 오직 그대와 나, 그리고 조용한 공간. 오직 그대와 나.

그대를 사랑합니다,
데이비

추신: 요즘 기분은 어떤가요? 아기에 대한 이야기가 전혀 없네요.

스카이 섬
1917년 2월 28일

가능하면 서둘러 소포를 보내려다보니 당신한테 필요한 것들 가
운데 빠뜨린 건 없나 모르겠어요. 여분의 양말(당신을 위해 편물
바구니 한가득 만들었으니 양말은 안 부족할 거예요, 내 사랑!),
포트리에서 구할 수 있는 유일한 남자 셔츠, 빗, 칫솔, 가루 치약,
비누, 손수건 한 상자를 보내요. 면도 도구도 필요한지 궁금하지만
그런 것을 보내도 되는지 모르겠네요. 담요는 내 침대에 있던 거
예요.

해리는 벌써 당신의 배낭을 정리했어요. 당신이 돌아오지 못할
거라는 생각이 들자 그 안에 든 내용물을 꾸려 당신 어머니께 보냈
대요. 『허클베리 핀의 모험』과 성경책은 따로 챙겨 나한테 보내주
었고요. 그는 빈틈이 없더군요. 당신을 추억하기 위해 내가 어떤

물건을 가장 필요로 할지 알고 있었어요. 나보다는 당신한테 허클 베리의 우정이 더 필요할 거예요. 나한테 그 책이 있기도 하고요. 그를 당신에게 돌려보냅니다.

내가 가지고 있는 책들을 빠르게 뒤져서 바이런과 플루타르코스의 책을 넣었고, 시내에서 찾은 통속소설도 몇 권 더 넣었어요. 안타깝게도 이 소포에는 더이상 넣을 수가 없네요. 담요가 공간을 거의 다 차지해버렸어요. 바이런 사이에 새 편지지를 끼워놓았고, 연필도 몇 자루 보냅니다.

당신만 괜찮다면, 성경은 내가 간직하고 싶어요. 당신의 양말 같은 거라 생각해주세요.

끊임없이 당신을 생각하며 당신이 여기에 있길 바라고 있어요.

사랑을 담아,

수

추신: 이제는 임신한 상태가 아닙니다. 어쩌면 그게 최선일지도 몰라요.

1917년 3월 16일

나의 사랑하는 수,

소포는 정말 고마워요. 모두 다 무척 고맙지만, 양말은 특히나 더 고맙습니다.

여기서 난 꽤 편하게 지내고 있어요. 한 가지 단점이라면 이 수용소에서 내가 유일한 미국인이라는 거예요. 대화를 나눌 영국인조차 없어요. 프랑스, 러시아, 폴란드 사람들뿐이에요. 프랑스인 몇몇이 영어를 조금 하고, 나는 러시아어를 몇 마디 배우기 시작했지만 제대로 된 대화는 기대할 수 없어요.

책들은 완벽해요, 수. 걱정 말아요. 물론 '통속소설'도요. 읽을 책이 없어서 미칠 지경이었어요. 여기에서 문학을 좋아하는 이들은 언어로 된 것이면 무엇이든 걸신들린 듯 탐독하고 (또 반복해서 읽고) 있어요. 나도 프랑스어로 된 건 무엇이든 빌려 보고 있고요. 소포에 빈 공간이 조금이라도 생기면, 내 사랑하는 연인이여, 언제든 나를 위해 책을 몇 권 넣어줘요. 뭐가 되었든 모두 다 환영입니다. 호민관을 위해 내가 하지 못할 일이 무엇이리오! 다시, 또 한번 "아, 슬프도다!"

당신을 생각하며,
데이비드

추신: 어쩌면 그게 최선일지도 모르겠군요. 현재로선 모든 게 불확실하니까요. 수용소에 있는 자는 결코 아버지가 될 재목은 아니기도 하고요. 집으로 돌아가면 그 부분에 대해 제대로 이야기 나눌 수 있을 거예요. 사랑해요.

24장

마거릿

런던
1940년 9월 7일

오, 어머니,

뭘 더 어떻게 해야 할지 모르겠어요. 전 지난 두 달간 런던에서 여행가방에 넣어온 데이비의 편지들을 읽고 또 읽고 있어요. 그리고 제가 생각해낼 수 있는 모든 주소—시카고에 있는 그의 부모님 집, 해리와 함께 지내던 아파트, 그의 하숙집, 누나 집, 심지어 그의 대학 동창회와 아메리칸 필드 서비스 협회—로 편지를 보냈어요. 제가 찾을 수 있는 주소 가운데 그에게, '나의 미국인'에게 무슨 일이 일어났는지 알 것 같은 사람들에게는 다 편지를 썼어요.

하지만 한 장의 답장도 받지 못했어요. 수십 년이 흘렀으니, 이제 와 섣불리 뭔가를 기대해서는 안 된다는 걸 알아요. 사람들은 떠나고 삶은 계속돼요. 그들이 여전히 같은 곳에 살 거라 기대하면 안 되는데. 그들이 데이비에 대해 뭔가를 알고 있다고 기대하면 안 되는데. 그들이 내 마음에 붕대를 감아줄 수 있다고 기대하면 안 되는데.

저는 이렇게 그저 런던을 배회하면서 몇 주 동안 길고 긴 기다림의 시간을 보내고 있어요. 우리가 함께 걸었던 모든 장소, 그의 손길이 스쳐지나갔던 모든 난간, 그가 내 얼굴을 만지기 위해 멈춰 섰던 길모퉁이에 모두 가보았어요. 에든버러에서 크리시와 함께 보냈던 크리스마스에 대해 제가 말씀드렸었나요? 그때 데이비와 저는 멀리 떨어져 있는 서로를 느끼기 위해 자정에 밖으로 나왔어요. 런던에서 꼭 맞는 장소에 가기만 하면 그를 느낄 수 있으리라 생각했어요. 내 얼굴에 닿는 그의 숨결, 내 귀에 속삭이는 목소리, 내 손안에 들어온 그의 손을요. 그 순간들을 찾을 수 있을 거라고, 그 순간들을 내 손가락으로 잡을 수 있을 거라고 생각했어요.

하지만 이곳은 내가 마음을 주었던 그 런던이 아니에요. 공격에 대비하고 있는 도시일 뿐이에요. 모든 게 조금씩 더 어두워지고 음산해졌어요. 우리가 바짝 다가가 구경하던 가게의 진열창은 통조림과 방독면이 모두 차지했어요. 우리가 입맞추느라 걸음을 멈추고 잠시 들어갔던 출입구는 모래 포대로 둘러싸여 있고요. 랭엄 호텔의 샹들리에 아래에도 로맨틱한 분위기는 없어요. 요즘에는 군복 입은 이들로 붐비고, 분위기는 위압적이에요. 곳곳에 전쟁이 도사리고 있어요.

호텔에서 나왔을 때 길 건너편의 올솔스 교회 계단에 그가 서 있는 모습을 본 듯한 순간이 있긴 했어요. 하지만 버스가 지나갔고 그 모습은 사라졌죠. 이곳에도 유령들뿐이에요.

어머니, 이곳에도 데이비의 흔적은 없어요. 더는 남아 있지 않아요. 심지어 우리가 랭엄에서 예전에 묵었던 방에도요. 우리가 예전에 함께했던 곳에 있으면 그가 내게 올 수 있을 거라 생각했어요. 이렇게 편지들을 보내다보면 결국엔 답장을 받을 수 있을 거라고. 나의 미국인에게 무슨 일이 일어났는지 알 수 있을 거라 생각했어요.

너무 힘들어요. 내 삶의 반을 기다리며 보낸 것처럼 느껴져요. 이제 얼마나 더 기다릴 수 있을지 모르겠어요. 너무 지쳐요.

혹시 답장을 보내오는 사람이 있을지 모르니 랭엄에서 한 주 더 묵으려고 해요. 그후에는 에든버러로 돌아가 내 기억들을 다시 벽 안에 가두고 계속 기다릴 거예요. 다른 방법은 알지 못하니까요. 마거릿이 무척 그리워요.

사랑을 담아,
엘스페스

1940년 9월 9일

메이지,
어머님 소식은 들었어? 부디 들었다고 말해줘. 잘 계신 거지?
런던 폭격 소식을 듣자마자 어머님이 이미 런던에서 떠나셨길 바랐어. 내가 읽은 기사로는 적의 폭격기가 정확히 몇 대나 공습에 동원됐는지, 얼마나 많은 건물이 폭격당했는지 정확히 알 수가 없어. 수백? 수천? 런던이 여전히 화염에 휩싸여 있다면서. 대공습이라 들었어.

내가 더 자세한 소식을 알아보겠지만, 부디 어머님이 제때 빠져나왔다고 내게 말해줘.

사랑을 담아,
폴

스카이 섬 배건 빌탠
1940년 9월 14일 토요일

폴,

엄마의 편지가 네 편지와 같은 날 도착했어. 엄마는 너보다 이틀 전에 편지를 쓰신 거였어.

오, 폴, 우린 아무것도 몰랐어! 편지를 받지도 못했고, 며칠 동안 신문도 구할 수 없었거든. 대공습으로 런던 전체가 불타고 있다고? 할머니 심부름으로 난 바로 포트리로 가 소식을 알아보고 에밀리에게 전보를 쳤어. 혹시 엄마가 계획보다 일찍 런던을 떠나 에든버러에 도착했나 해서.

읽고 나서도 믿을 수가 없어, 폴. 도시 전역에 수백 개의 폭탄이라니. 우리도 공습을 겪은 적이 있어. 하지만 한 도시에, 그것도 그렇게 짧은 시간에 그렇게 많은 폭탄을…… 이해할 수 없어. 폭탄은 무차별적으로 떨어지는 거잖아. 엄마가 알던 런던은 정말로 사라진 거야.

그 이후로도 거의 매일 그런 상황이래! 도시는 포위당했대. 나는 빌고 기도해. 엄마가 그곳에 안 계시기를. 하지만 에밀리 말로는, 에든버러의 집은 여전히 굳게 닫혀 있대. 그래서 난 지난 몇 달간 엄마가 해오셨던 일을 할 수밖에 없어. 난 기다리고 있어. 그리고 우편함만 바라봐.

네가 저멀리서 하늘을 날고 있다는 걸 알아. 폴, 부디 안전하기를. 나를 위해.

사랑을 담아,
메이지

열흘째 계속되는 야간 공격에도
런던은 건재
런던, 9월 17일 화요일

어젯밤과 오늘 새벽 수백 대의 독일 폭격기가 런던 상공을 점령하며 맹공격을 펼쳤지만 런던은 여전히 건재하다. 단 한 명의 사상자가 발생했을 뿐, 피해는 그다지 크지 않다.

낮 동안 런던에는 수많은 경보가 울렸고, 그중 한 번은 거의 네 시간 가까이 지속되었다. 이는 지금까지 낮시간에 울린 경보로는 가장 긴 것이었다. 독일군은 런던 상공에 낮게 깔린 안개 때문에 공습에 어려움을 겪었다. 하늘이 갠 저녁 8시 이후 본격적으로 시작된 공습경보 사이렌은 이후 계속되다가, 고사포탄이 마침내 나치 폭격기를 몰아내는 데 성공한 새벽 2시 42분경 멈췄다. 그러나 방공호에 머물던 런던 시민들은 얼마 휴식을 취하지 못했다. 새벽 3시 52분 공습경보가 다시 울렸고, 폭격기 부대가 포위당한 도시를 공격했기 때문이다.

고성능 폭탄이 연이어 런던 중심부를 강타해 반경 1킬로미터 이내 건물에 피해를 입혔고, 창문들은 산산조각 났다. 유동 인구가 많은 상업지역과 다수의 주거지역에 소이탄이 떨어져 화재 진압대는 맹렬한 불길을 잡는 데 주력하고 있다. 포틀랜드 플레이스에 강력한 폭탄이 떨어져 도로의 석탄가스 공급 본관이 파괴되었고, 고급 호텔인 랭엄이 피해를 입었다……

25장

엘스페스

스카이 섬

1917년 4월 6일

내 사랑,

음식을 보내도 되나요? 난 이렇게 많은 걸 가졌는데 당신이 굶
주리고 있을 걸 생각하니 견딜 수가 없어요. 사과, 빵, 훈제 소시
지, 치즈, 콩, 쌀, 소금에 절인 청어, 양파, 잼을 보냅니다. 아직은
작은 텃밭에서 신선한 채소를 제대로 수확할 수 있는 철이 아니어
서, 말린 완두콩을 넣었어요. 별 문제 없이 당신에게 모두 잘 도착
해야 할 텐데.

작년 이맘때는 당신이 병원에 있어서 걱정으로 미칠 것 같았는
데. 우리가 떨어져 있는 매일매일 난 걱정하고 있으니, 이제 당신
에 대해 걱정하지 않는다고는 말 못하겠어요. 그래도 지금은 당신

이 안전하고 온전한 상태로 나를 몹시 그리워한다는 걸 알고 있으니 그나마 다행이에요.

나는 미나에게도 편지를 쓰기 시작했어요. 그녀가 아기를 낳았다는 걸 알았나요? 해리처럼 옅은 색의 머리카락이 드문드문 난, 정말 예쁘고 아주 작은 사내아이예요. 그녀가 사진을 보내주었어요. 해리에게선 소식을 듣고 있나요? 미나는 혼자서 얼마나 힘들까요.

이 봉투 안에 편지와 함께 키스도 넣었어요. 그게 꿈틀꿈틀 튀어나와 탈출하기 전에 꽉 잡아야 해요.

사랑을 담아,
수

전쟁포로 우편, 엽서
1917년 4월 23일

수,

어젯밤 가장 아름다운 일몰을 봤습니다. 그 모습에, 트램을 타고 포토벨로의 해변에 가서 일몰을 봤던 게 떠올랐어요. 물이 얼음처럼 차가웠는데도 당신은 나보고 바지를 걷어올리고 용감하게 물속으로 들어가라고 부추겼잖아요. 그러고 나서 당신은 내 무릎에 앉아 모래 속에 발가락들을 묻었고, 우린 당신이 만든 그 지독한 파이를 나눠 먹었죠. 지독하든 아니든, 그 파이가 지금 내게 있다면 얼마나 좋을까요. 그리고 모래도, 일몰도. 하지만 무엇보다도, 당신이 내 곁에 있다면 얼마나 좋을까요.

데이비

스카이 섬
1917년 5월 2일

데이비,

당연히 그 일몰은 잊을 수가 없어요. 가만히 앉아 해가 수평선 아래로 미끄러지듯 가라앉는 걸 본 건 그때가 처음이었던 것 같아요. 지구가 내 아래에서 회전하고 있다는 걸 실제로 느꼈어요. 아니면 키스 때문에 그랬을까요.

사랑해요,
E

스카이 섬
1917년 5월 18일

데이비,

한참 동안 소식이 없네요. 당신에게서 오는 편지를 한두 통이라도 제때 받지 못하면 늘 그랬던 것처럼, 걱정이 온통 내 마음을 휘

젓는 일이 없으면 좋으련만. 이런 방면으로 당신의 지난 과거가 썩 모범적이지 않았다는 건 당신도 인정하겠죠. 당신이 편지를 쓰지 않을 때면, 난 그럴 만한 이유가 있을 때의—다쳐서 병원에 있거나 포로로 잡혀 있거나—편지를 찾아 읽어요. 이번엔 뭔가요? 아직도 뭐가 더 남아 있는 거예요?

난 이번에는 뭔가 다른 일을 해보았어요. 에밀리에게 남자아이들을 맡겨두고, 성당에 갔어요. 어린 시절 다니던 엄격한 장로교회가 아니라 포트리에 있는 작은 가톨릭 예배당에요. 세인트메리 성당의 따뜻하고 신비로운 분위기가 기억나기도 했고, 또 당신을 안전하게 지켜달라고 신께 특별한 요청을 드리고 싶었던 것 같기도 하고, 어쩌면 당신이 기도하는 가톨릭의 신에게 호소해야 할 것 같기도 해서요.

그날 예배당에는 나만 있는 게 아니었어요. 베일과 스카프를 한 다른 여자들도 낮은 목소리로 기도하거나 초에 불을 밝히고 있었어요. 당신의 작은 성경책을 가져가서 손가락 끝으로 당신의 이름을 따라 써보았어요. 초를 켜고, 제대로 기도할 줄도 모르면서 그저 눈을 감고 당신에 대해 생각했어요. 그리고 눈을 떠보니 내 옆에 앉아 있던 여자가 조용히 나를 지켜보고 있더군요. "그를 위해 구일기도를 드렸나요?" 어쩌면 그녀가 성당에서 나가라고 말할지도 모른다는 생각이 들었지만, 난 가톨릭 신자가 아니라고 순순히 말했어요. 그녀는 나가라고 하는 대신, 자신의 손을 내 손 위에 얹으며 말했어요. "걱정 말아요. 당신을 위해 내가 기도를 더 드릴게요." 그러고는 내게 나무로 깎은 묵주를 주며 다음에 또 보면 그때는 기도를 가르쳐주겠다고 약속했어요.

성당을 나올 때는 기분이 한결 나아졌어요. 포트리까지는 꽤 먼 길이지만, 이제 당신을 가까이 느끼고 싶을 때 갈 수 있는 곳이 생겼으니까요.

사랑을 담아,

수

스카이 섬
1917년 5월 22일

데이비,

제발 내 안의 두려움을 잠재워줘요. 거의 매일 자전거를 타고 포트리까지 가서 당신을 위해 기도하고 있어요. 내 기도가 응답받았다는 확신이 필요해요. 가톨릭 기도문은 새롭게 배운 것이기에, 내가 잘하고 있는지 알고 싶어요.

뭐라도, 데이비! 엽서. 한 문장. 한 단어만이라도. 제발 부탁이에요.

수

1917년 6월 1일

수,

이 편지를 어떻게 하면 가장 잘 쓸 수 있을지 오랫동안 고심했어요. 얼마나 많은 편지가 난로 속에 들어가고 말았는지 당신은 모를 겁니다. 가장 좋은 방법은 그냥 터놓고 말하는 것이겠죠.

이언이 살아 있습니다.

그는 죽지 않았어요, 수. 그는 여기, 나와 같은 수용소에 있어요.

몇 주 전 우린 바깥에서 운동을 하고 있었어요. 한 무리의 영국인들이 최근 이곳 수용소로 옮겨오게 되어 우린 마당 한쪽에 모여 있었죠. 육 개월 내내 프랑스어와 때로 이해할 수 없는 러시아어밖에 듣지 못하다가 영어로 말하는 걸 들으니, 정말이지 눈가에 눈물이 맺힐 정도였어요! 대화에, 어떤 대화에든 끼워주길 간절히 바라며 그들 가운데 한 명에게로 서둘러 갔죠.

한 남자가 어디서 왔느냐고 묻더군요. "일리노이 주"라고 대답하자 다른 남자가 외쳤어요. "일리노이 주? 설마! 거기에 내 친척이 사는데. 어느 지역이죠?" 유럽인들은 미국이 얼마나 넓은지 잘 알지 못하는 듯해, "시카고. 한동안은 어배나에 있었죠"라고 답하자 그가 말했어요. "아니, 내 사촌도 시카고에 사는데! 프랭크 트림블! 당연히 그를 알겠군요? 걔한테 물어봐야겠네. 그쪽 이름은 뭡니까?"

내가 그에게 내 이름을 말하자 무리 가운데서 고함 소리가 들렸습니다. "일리노이 주 어배나의 데이비드 그레이엄?"

분명 그렇다고 대답했겠죠, 수. 왜냐하면 정신을 차려보니 뺨은 얼얼하고, 눈에 흙먼지가 들어간 채 땅바닥에 나가떨어져 있었으니까요.

누군가가 "왜 그래, 친구?" 하고 말하는 게 들렸어요. 휘청거리며 일어났더니 주먹을 꽉 쥐고 입술을 실룩거리는 낯선 남자가 보이더군요.

"내 아내와 사랑에 빠진 대가지."

현기증이 일어 두번째 가격을 피할 만큼 빨리 대응하지 못했습니다.

"그리고 이건 그녀가 널 사랑하게 만든 대가고."

나는 피를 뱉어냈어요. "도대체 당신은 누굽니까?" 난 이미 짐작했지만 물었습니다.

"엘스페스의 남편. 아니, 너무 많은 유부녀 꽁무니를 쫓아다녀서 헷갈릴 정도인가?"

내가 그런 말을 듣고도 그냥 넘어갈 거라곤 생각하지 않겠죠, 수? 당연히 그를 따라갔죠. 그후에는 학교 운동장에서 치고받던 옛날식 싸움이 이어졌고요.

싸움은 한참 계속된 것 같았지만 아마 몇 분 걸리지 않았을 거예요. 독일어로 외치는 소리가 들리자 다른 이들이 결국 우리를 떼어놓았거든요.

우리는 숨을 헐떡이며 흙먼지 속에 드러누웠고, 몰려들었던 이들은 흩어졌죠. 솔직히 우리는 너무나 피곤했고, 너무 배고팠고, 뭔가를 더 하기엔 너무나 기운이 없었습니다.

"왜 그녀를 떠난 겁니까? 왜 편지를 쓰지 않았죠?" 당신을 위해서 나는 물어야만 했습니다. "그녀는 당신이 죽은 줄 알고 있어요."

이언이 코를 꾹 누르자 그의 손에 피가 묻어나왔어요. "그녀에 겐 당신이 있었으니까."

수, 그는 알고 있었습니다. 처음부터요. 그는 당신의 편지를 봤고, 당신이 수년 동안 비밀리에 내게 편지를 쓰고 있다는 걸 알고 있었어요. 그는 우리 둘이 한참 뒤에야 깨달았던 모든 암시들마저 행간 속에서 간파하고 있었습니다. 우리 중 누군가가 사실을 인정하기도 전에 느꼈던 그 감정을 그는 짐작하고 있었어요. 그가 왜 그토록 서둘러 참전하고 싶어했다고 생각하나요? 어째서 그는 그 토록 전쟁터에 나가고 싶어했던 걸까요? 그는 더는 잃을 게 없다고 생각했던 거예요.

이게 우리에게 무엇을 의미하는지 아직 모르겠습니다. 여전히나 자신의 양심과 씨름중이니 당신이 바로 답장을 주지 않아도 이해합니다. 그에게 편지를 쓰고 싶다면 같은 주소로 보내면 됩니다.

데이비드

스카이 섬
1917년 6월 18일

이 얼마나 끔찍한 농담인가요, 데이비! 당신의 편지를 읽어내려가다 난 바닥에 그대로 기절해버렸습니다. 용감한 앨리가 코트를 입고 의사를 부르러 빗속을 뚫고 막 나가려던 순간, 난 정신을 차렸어요. 그리고 그냥 짓궂은 장난을 친 거라고 그애를 안심시켰어요.

그렇죠, 장난치는 거죠? 이언이 살아 있다뇨. 내가 받았던 편지에서는 모두 그가 죽었다고 했어요. 내 별거 수당은 미망인 연금으로 바뀌었고요. 어떻게 육군성이 이런 일을 잘못 처리할 수 있는 거죠?

내가 어떤 감정을 느껴야 하죠? 내 남편이 자살이라는 원대한 계획을 실행하려고 입대해서 전쟁터에 나간 것이라니. 그는 편지를 쓰지 않아요. 나를 보러 오지도 않고요. 일 년째 포로로 잡혀 있으면서도 자신의 어머니에게조차 살아 있다는 소식을 보내지 않았어요. 내가 다른 남자와 사랑에 빠져서 그가 놀랐다고요? 다른 여자는 그런 일을 하지 않을 거라고요?

오, 데이비! 난 감당할 수 없어요. 이 모든 상황을 감당할 수 없어요.

수

전쟁포로 우편, 엽서
1917년 6월 23일

수,

내일 나는 날개를 펼칠 겁니다. 다시 편지를 쓰기까지 시간이 좀 걸릴지 모르지만, 걱정하지 말아요. 당신은 내가 찾아 날아가는 꽃이니까요.

318

당신의 미소가 그리워요,

데이비

1917년 6월 24일

수, 나의 사랑하는 여인,

당신이 이 편지를 읽고 있다면, 이언이 성공했다는 이야기겠지요. 당신의 현관 앞에 나타난 그를 보고 큰 충격을 받았겠군요. 마치 그가 무덤에서 되살아온 것처럼 느껴지겠죠. 예전에 당신한테 약속했었죠. 그가 당신에게 돌아오면, 내가 걸림돌이 되는 일은 없을 거라고.

수, 당신을 위해 동화 한 편을 썼어요. 이 이야기가 내가 할 수 없는 말을 정확하게 전해주리라 믿습니다. 내가 그대를 사랑한다는 걸 늘 기억해줘요.

영원한 그대의 사람,

데이비드

어부의 아내

옛날에 한 어부가 살았습니다. 그에게는 루신다라는 이름의 아름다운 아내가 있었어요. 어부는 고기떼를 따라 몇 주씩 바다에 나가 있었고, 루신다는 해변에서 그를 기다리며 물결을 따라 맨발을 살랑살랑 흔들거나 그물을 만들었습니다. 질긴 은색 실로 얼기설기 그물을 짜고 엮으며 그녀는 노래를 부르곤 했습니다. 바다에 대한 외로운 노래, 생기 넘치는 뱃노래, 그리고 마치 인어들이 처음 불렀을 것 같은 사무치게 아름다운 선율을 노래했지요. 그러나 저 너머 바다를 응시하는 그녀의 눈은 남편의 배를 찾아 수평선에서 떨어질 줄 몰랐고, 노래마다 슬픔이 묻어났습니다.

루신다는 무척이나 사랑스러웠고, 그녀의 노래는 너무나 순수해 물의 요정은 그녀를 사랑하게 되었습니다. 그녀가 물가에 앉아 그물을 짜는 동안 요정은 매일 근처를 떠돌며 그녀를 지켜봤고, 사랑은 점점 깊어만 갔어요. 루신다가 매일 수정 같은 눈물을 바다에 흘릴 때마다 요정은 조금 더 가까이 헤엄쳐 다가갔고, 그녀를 미소 짓게 할 방법이 있으면 좋겠다고 생각했어요. 마침내 그는 그녀의 사랑을 얻어 그녀를 바다로 데려가 함께 살겠다는 결심을 하기에 이르렀습니다.

요정은 바다 저멀리까지 헤엄쳐 갔습니다. 그가 찾을 수 있는 가장 값진 선물을 찾기 위해서였어요. 루신다가 자신의 초라한 땅에서는 한 번도 본 적이 없는 것, 작은 해안가와 텅 빈 수평선보다 세상에는 더 많은 것이 있다는 걸 깨닫게 해줄 무언가를 찾기 위해서였어요. 요정은 루신다가 바다가 얼마나 먼 곳까지 이어져 있는지, 파도 밑에는 얼마나 많은 것이 숨겨져 있는지 알게 된다면, 자신을 따라나설 거라 믿었어요.

그는 가장 깊은 곳까지 잠수해서 가장 아름다운 조가비를 발견했습니다. 크림빛이 도는 커다랗고 하얀 조가비의 안쪽은 희미한 분홍 빛과 옅은 파란빛으로 반짝반짝 빛났습니다. 그는 수줍은 미소를 지으며 조가비를 루신다에게 가져다주었고, 그녀가 보답으로 미소를 지어주자 기뻐했습니다.

하지만 그녀는 이렇게 말하며 선물을 거절했어요. "내게 아름다운 조개가 필요하다면, 그저 해변을 거닐다가 거기에 흩어져 있는 조개 중 하나를 주우면 된답니다."

"그 어떤 것도 아주 멀리에서 가져온 이 조가비만큼 사랑스럽진 않을걸요."

"그것들은 바로 내 집 문 밖에 있기에 더 사랑스러울 거예요."

다음날, 요정은 파도 속을 춤추듯 헤엄쳐 다니다가 밝은 파란색과 노란색 지느러미가 길게 나부끼는, 가장 눈부신 물고기를 발견했어요. 그는 물고기를 잡아 유리그릇에 넣어 루신다에게 가져다주었지만, 그녀는 미소를 짓고는 전과 같이 말했어요. "눈부신 물고기가 보고 싶으면, 만의 얕은 곳을 들여다보기만 하면 된답니다."

"그 어떤 물고기도 저 너머 파도에서 온 이것만큼 눈부시지 않을걸요."

"그것은 바로 내 집 문 밖에 있기에 훨씬 더 눈부실 거예요."

이에 굴하지 않고 요정은 밤낮없이 헤엄을 쳐서 바람에 살랑대는 야자수와 과일 향으로 가득한 이국적인 해안에 도착했습니다. 해변 가를 덮고 있는 모래는 새하얀 색으로 반짝반짝 빛났어요. 그는 빛나는 모래를 가져와 루신다에게 주었어요. 하지만 그녀는 전과 같이 말했어요. "빛나는 모래가 보고 싶다면, 그저 이 해변을 내려다보기만 하면 된답니다."

"내가 당신을 위해 찾은 이 모래만큼 빛나거나 새하얗지는 않겠지요."

"그것은 바로 내 집 문 밖에 있기에 제 눈에는 훨씬 빛이 날 거예요." 그녀는 요정에게 상냥한 미소를 지었어요. "바다는 당신의 공간이에요. 당신은 해류를 따라 저 먼 곳까지 파도를 가르며 여행하죠. 그러나 바다는 나의 공간이 아니고, 그럴 수도 없답니다. 해변의 내 집은 세상 그 어떤 보물보다 내게 더 소중해요."

요정은 잔뜩 화가 나서 멀리 헤엄쳐 갔습니다. 자신이 가져다준 그 모든 훌륭한 보물이나, 그가 바다 아래에서 그녀에게 줄 수 있는 삶도 마다하고, 루신다가 이토록 소박한 해안가에서 일개 어부와 함께 단순하게 사는 걸 더 좋아하는 이유를 이해할 수 없었습니다. 그녀가 물가에서 부르는 노래가 바람을 타고 날아왔습니다. 그것은 동경과 상실의 노래였지요.

거절당한 것에 화가 난 요정이 수면을 세게 내리치자 폭풍이 일었습니다. 비가 줄기차게 내리고 해안선은 회색 장막 뒤로 숨어버렸습니다. 저멀리 바다에서는 작은 고기잡이배가 요동치는 파도 속에서 오르내리고 있었어요. 파도가 높이 일더니, 날카로운 송곳니에 갈기에는 해초가 주렁주렁 달린 워터호스water horse가 맨가슴을 드러낸 채 물마루를 성큼 넘었습니다. 워터호스는 하얀 포말을 일으키며 곧장 고기잡이배를 향해 날아올랐습니다.

물밑으로 빨려들어간 어부는 다시는 집에 돌아갈 수 없었어요. 이제 요정은 루신다의 사랑을 얻기 위해 애쓸 필요가 없었지요. 그런데 그녀의 노래가 천둥과 요란한 파도 소리를 넘어 들려왔고, 요정은 자신이 무엇을 해야 하는지 알게 되었어요. 그는 수면 아래로 잠수해 들어갔습니다.

워터호스가 뾰족한 발톱이 달린 발굽에서 바닷물을 뚝뚝 떨어뜨리며 물위를 박차고 오르려던 찰나 요정은 배의 옆까지 가는 데 성공했습니다. 요정은 발을 차서 물고기처럼 물 밖으로 솟아올라, 배 바닥에 웅크리고 있던 어부와 워터호스 사이로 나왔습니다. 워터호스의 발톱이 요정을 찔렀습니다.

요정은 온 힘을 다해 바람을 불어 작은 고기잡이배를 해안 쪽으로 밀어냈어요. 그는 어떤 선물로도 루신다를 그녀의 집에서 멀리 데려올 수 없다는 걸 알았거든요. 대신 그는 어부를 집으로 돌려보내어 가장 의미 있는 단 하나의 선물을 찾게 되었습니다.

스카이 섬
1917년 8월 17일

데이비,

이 남자—내 현관에 나타난 이 낯선 남자—는 내 남편이 아니에요. 삼 년 전 떠났던 내 남편은 강하고 오만하고 뭔가에 사로잡혀 있었어요. 광적인 열망 때문이라고 오인했던 강렬했던 눈빛이 질투로 인해 불타올랐던 것이었음을 이제야 알았어요. 그러나 이 남자, 당신이 내게 보낸 이 남자는 마르고, 긴장하고, 굶주려 있으며,

미안해하고, 자신 없어합니다. 그에게는 내가 알던 이언의 모습이 하나도 없어요. 난 그를 몰라요.

당신이 엄청난 탈출을 계획했다고 그가 그러더군요. 가짜 군복을 바느질해 포로수용소 정문을 유유히 걸어나가는 계획을 짰다고. 성공한 사람은 자신이 유일하다고.

정말 알고 싶어요, 대체 무슨 권리로 당신과 이언이 날 위한 결정을 내리는 거죠? 무엇 때문에 당신은 내가 이언을 받아들이는 걸 택할 거라고 생각한 거예요? 왜 내가 당신을 기다리지 않을 거라 생각한 거죠?

그와 어떻게 지내야 할지 모르겠어요. 그는 하루종일 집에 앉아 있는데, 불편해하는 것처럼 보여요. 나와 관계를 가지려고 시도할 때마다 담배를 피우고 초조해하면서 눈물을 흘려요. 내가 외출하려고 부츠를 신으면 내 앞치마를 와락 움켜잡아요. 마치 내가 문밖으로 나가면 다시는 돌아오지 않을 거라고 생각하는 것처럼.

그렇게 해볼까 생각도 했어요. 하지만 어디로 가야 할까요? 난 당신이 여전히 포로인지 아닌지 몰라요. 이언 편으로 보낸 편지에서 당신이 왜 그토록 차갑게 느껴졌는지 모르겠어요. 당신이 여전히 나를 사랑하고 있는지도 모르겠고요. 당신이 이 편지를 열어 읽기는 할는지 그것도 모르겠어요.

포트리에 갈 때마다 매번 가톨릭 예배당에 들러요. 당신이 어디에 있든 안전하길 기도하고, 모든 상황이 바로잡히길 기도합니다. 현재로서는 그 무엇도 제대로 된 게 없어요.

데이비, 난 당신이 필요해요. 내가 얼마나 당신을 필요로 하는지 당신은 모를 거예요. 당신 없이는 제대로 되는 게 하나도 없어요.
난 스스로 선택해야 해요.

수

26장

～

마거릿

런던

1940년 9월 20일 금요일

할머니,

찾았어요! 오, 병상에 누워 있던 엄마는 너무나 작고 창백해 보였어요. 의사 말로는, 랭엄 호텔에 폭탄이 떨어졌을 때 엄마가 그곳에 있긴 했지만 탈출에 성공했고 많이 다친 편은 아니래요. 갈비뼈가 몇 개 부러지고, 발목은 접질리고, 가벼운 신경쇠약 증세가 있어요. 폐렴은 조금 걱정스러운 수준이었는데 지금은 병세가 호전된 것 같아요.

저는 호텔에서 엄마의 행방을 모를 거라 생각하면서도 먼저 호텔에 들러보았어요. 그런데 엄마는 그곳에서 두 달간 지내면서 매일 산책을 나갔다 돌아오는 길에 데스크에 들러 엄마 앞으로 온 우편물이 있는지 확인했대요. 호텔 사람들은 엄마를 알고 있었어요. 직원이 제게 병원 이름을 알려주며 엄마가 건강하길 빌어주었고요.

제가 병실에 들어갔을 때 엄마는 앉아서 손으로 관자놀이를 누르며 울고 있었어요. 하지만 저를 본 순간 "나의 마거릿, 왔구나" 하고 말하더니 바로 누웠어요. 나중에 간호사들한테 들으니, 엄마는 입원한 이후로 계속 불안정한 상태였는데, 저를 보고 난 후에는 거의 하루종일 잠을 잔대요.

제가 엄마 곁에 있으면서 상태를 지켜보고 할머니께 다시 편지 드릴게요. 그런데 의사는 엄마 상태가 나쁘다고 걱정하는 것 같지 않았어요. 엄마를 보살필 가족이 왔다고 기뻐했어요. 지금 엄마에게 필요한 건 시간과 우리의 기도뿐이에요.

사랑을 담아,
마거릿

런던
1940년 9월 20일 금요일

폴에게,

마침내 엄마를 찾았어. 그리고 우리가 바랐던 대로 괜찮으셔. 폭탄이 떨어졌을 때 엄마는 랭엄 호텔에 계셨지만 심각한 부상을 입지는 않았어. 엄마는 아주 간절히 에든버러로 돌아가고 싶어하셔. 공습으로 매일 부상자들이 점점 더 늘어나 병원에서도 병상이 필요한 상황이라, 엄마가 혼자 있는 게 아니라면 굳이 퇴원을 반대하지 않겠대.

지금 엄마는 주무셔. 내가 도착하자마자 바로 누우시더니 입가에 미소를 머금은 채 잠이 드셨어. 수간호사는 내가 먼 데서 왔다는 걸 알아보곤—여전히 회색 여행복 차림이었으니—다른 환자를 방해하지 않는 선에서 엄마 곁에 조용히 앉아 있어도 좋다고 허락해주었어. 내가 엄마 곁에 있으면 엄마가 잠을 더 잘 주무실 거라 생각해서.

호텔에서 실려나올 때 엄마는 여행가방 하나를 꼭 움켜쥐고 계셨대. 오로지 그거 하나였대. 다른 건 다 두고 나왔는데, 갈색 가방만은 손에서 놓지 않으신 거야. 가방을 열어보진 않았지만 난 그 이유를 알아.

엄마는 코를 골면서 잠결에 중얼거리셨고, 그 갈색 여행가방은 침대 아래에서 날 지켜보고 있었어. 그래선 안 된다는 걸 알고 있었지. 내 안의 말 잘 듣는 딸은 그 여행가방을 연다는 생각만으로도 죄책감이 들었어. 하지만 조심스러움 따윈 과감히 던져버리고 소원했던 삼촌에게 편지를 썼던 또다른 내가, 책의 속지에 휘갈겨 쓰여 있던 집 이름만 달랑 가지고 스카이 섬으로 출발했던 내가, 잔해 속에서 엄마를 찾아내 집으로 데려오기 위해 런던으로 돌진했던 또다른 내가 담요 위에 놓인 엄마의 야윈 손에 입을 맞추곤 가방을 열어보았어.

폴, 두 사람은 수년간 편지를 주고받았어. 엄마와 데이비. 그에게서 온 편지가 그 안에 다 있었어. 1912년의 첫 편지—충동적인 대학생에게서 온 찬미에 가까운 팬레터―부터 1917년의 마지막 편지―휘갈겨 쓴 글씨로 그들의 관계가 끝났음을 알리는, 포로수용소에서 온 때 묻은 짧은 편지―까지 모두 다. 갑작스러웠어. 한때는 함께 미래를 바라보다가, 다음 순간 어부의 아내에 관한 동화를 편지로 보내고는 연락을 끊은 거야.

이야기의 주인공은 엄마였어. 엄마의 남편 이언이 스카이 섬의 어부고. 전쟁중에 실종돼 죽었다던 그가 다시 나타난 거야. 손에 데이비의 편지를 들고, 엄마의 현관 앞에. 엄마는 선택을 할 수조차 없었고.

다음날 아침

저기까지 편지를 쓰고 나서 창문 너머 아침노을이 오렌지빛으로 물들 때 나도 잠들어버렸어. 눈을 뜨니 엄마가 침대에 기대어 앉아, 엄마의 편지에 덮여 있는 날 바라보고 계셨어.

"내 이야기를 다 읽었구나." 엄마가 말하셨어. 화가 나셨는지 물어봤더니 고개를 저으셨어. "그 이야기를 비밀로 한 건 잘한 일이 아니었어. 그건 네 이야기이기도 한데."

내 마음은 질문들로 가득찼지만, 창백한 모습으로 베개에 기대어 앉아 있으면서도 편지에서 눈을 떼지 못하는 엄마를 보니 차마 그럴 수 없었어. 그래서 난 대신 엄마한테 기분이 어떤지 물어봤어.

엄마는 꼿꼿하게 몸을 폈지만, 고통 때문에 움찔하시는 게 언뜻 보였어. "훨씬 좋아졌어. 곧 집에 가야겠다."

난 퇴원해도 괜찮을지 모르겠다고 말씀드렸어. 의사는 엄마가 좀더 병원에 있으면서 쉬는 게 최선이라고 생각할지 모른다고. 하지만 엄마는 눈을 깜박이며 한숨을 쉬셨지. "그냥 집에 가고 싶구나, 마거릿. 너무 오래 집을 비웠어." 엄마는 엄지손가락으로 눈을 훔치셨어. "떠나지 말았어야 했는데. 에든버러로 돌아가서 산책을 하고, 고요한 성당에 가서 앉아 있어야 해. 여기서 얼마나 더 기운을 차릴 수 있을지 모르겠다. 집에 가자."

"엘스페스." 그때 침대 발치에서 목소리가 들렸어. "내가 집으로 데려다줄게."

믿을 수 있을지 모르겠지만, 폴, 핀레이 삼촌이었어. 삼촌이 온 거야.

사랑을 담아,
마거릿

런던
1940년 9월 21일 토요일

할머니께,

핀레이 삼촌이 여기에, 런던에 왔어요. 오늘 아침에 도착해 하루종일 엄마 옆에 있으면서 그저 몇 마디의 말로 지난 이십 년간의 소식을 주고받았어요. 내일 삼촌이 엄마를 집으로, 에든버러로 데려다주실 거예요.

할머니께서 어떻게 해내셨는지, 어떻게 삼촌이 런던까지 와서 엄마에게 손을 내밀도록 설득하셨는지 모르겠지만, 감사드려요. 모처럼 엄마 얼굴에 평화로운 빛이 감돌고 있어요.

사랑을 담아,
마거릿

런던
9월 22일 일요일

폴에게,

어젯밤 엄마는 잠들기 전에 내가 이야기의 절반만 갖고 있는 거라고 말하셨어. 내겐 데이비의 편지만 있을 뿐 엄마의 편지가 없으니까.

그래서 오늘 아침 엄마와 핀레이 삼촌과 함께 기차역으로 출발하는 대신, 랭엄 호텔에 들러서 그들이 엄마의 다른 여행가방을 찾았는지 확인하기로 했어. 그 안에 엄마가 보낸 편지의 초고를 모두 써놓은 노트들이 들어 있다고 하셨거든. 엄마는 항상 작가셨던 거야.

호텔에서는 노트로 가득한 엄마의 여행가방을 보관하고 있었어. 이야기의 나머지 절반. 그런데 세상에, 폴, 그것 말고 엄마에게 온 편지가 한 통 있었어.

엄마가 런던에서 기다리며 몇 달에 걸쳐 보냈던 수많은 편지 중 하나에 누군가가 답장을 한 거야.

난 어떻게 해야 할까? 그건 분명 엄마의 편지야. 하지만 난 엄마가 피곤에 지치고 좌절해 병원 침대에 누워 계시는 걸, 그리고 런던을 뒤에 남겨둔 채 삼촌의 부축을 받고 기차역까지 절뚝거리며 걸어가시는 걸 봤잖아. 그런데 이 답장이 별게 아니라면 어쩌지? 절대 그런 일이 없길 바라지만, 나쁜 소식이라면?

난 다음 기차를 타고 에든버러로 돌아갈 거야. 엄마께 편지를 전할지, 아니면 내가 직접 편지를 열어볼지 결정하기 전까지 일곱 시간 삼십 분이 남아 있어.

사랑을 담아,
마거릿

미시간 주 디트로이트
1940년 9월 10일

던 부인께,

더 빨리 답장을 드리지 못한 데에 사과드립니다. 아메리칸 필드 서비스 협회의 중앙 지부 담당 직원한테서 부인의 편지를 우편으로 전달받는 바람에 늦어졌습니다. 부인의 질문에 답하기에 제가 더 적절할 거라 생각한 듯합니다.

부인께 더 좋은 소식을 보내드리면 좋을 텐데, 제게는 데이비드 그레이엄의 연락처가 없습니다. 그는 우리 회보에 새 연락처나 소식을 보내거나 친목회 행사에 참석한 적이 없습니다.

하지만 당신에게 도움이 될 만한 사실을 몇 가지 알고 있습니다. 전쟁이 끝난 후에도 그는 동료 중 몇과는 연락하며 지냈습니다. 저는 그를 파리에서 본 적도 있습니다. 우리의 데이브, 그는 전쟁에서 살아남았어요. 늘 행운의 사나이였죠.

데이브—우린 그를 '래빗'이라고 불렀어요—는 수년간 포로수용소에 있었습니다. 미국이 참전해 적십자가 필드 서비스를 이어받기 전인 1916년에 포로로 잡힌 게 틀림없습니다. 그는 수용소에 있는 동안, 절친한 친구였던 해리 외에는 우리 중 누구에게도 편지를 쓰지 않았어요. 하지만 휴전 이후 그가 수용소에서 풀려났다는 걸 알고 있습니다. 전쟁이 끝나고 우리 모두 그를 파리에서 봤으니까요.

당국에서는 그를 고향으로 보내기 전, 몸을 돌볼 수 있게 그를 병원에 입원시켰는데, 래빗은 슬쩍 빠져나왔더군요. 그는 레누아르 가의 구급대 본부에 있던 우리를 찾아냈죠. 우리가 얼마나 놀랐을지 상상해보십시오! 수용소에서 생활했던 것치곤 건강해 보였습니다. 그는 남은 옷가지와 몇 푼의 돈, 그리고 그가 가지고 다닐 수 있을 만큼의 초콜릿 바를 달라고 부탁하더니 아직 고향으로 돌아가지 않을 거라고 했습니다. 자신의 여자가 있는 스코틀랜드로 가야 한다고 했어요.

던 부인, 저는 당신의 이름을 알아봤습니다. 결례를 범하려는 의도는 전혀 없습니다다만 래빗은 당신 얘기를 멈추지 못했습니다. 그는 부인에게 단단히 빠져 있었죠. 그의 이야기를 듣다보면 부인은 동화책 속의 모든 공주들을 하나로 모아놓은 사람 같았어요. 해리는 전후 상황에 대해 입을 다물었지만, 우리 모두 그가 수용소에 있는 동안 뭔가 일이 잘못되었다는 걸 눈치채고 있었습니다. 그러던 차에 래빗이 레누아르 가에 나타나서는 스코틀랜드에 가서 사과해야 한다며 돈을 부탁했던 것입니다. 던 부인께서도 그때 그를 마지막으로 보았겠지요.

우리 모두 미국으로 돌아간 후에도 동료 몇은 그와 계속 연락하며 지냈습니다. 래빗은 다시 가르치는 일을 했고요. 한동안 시카고에서 지내다가 누나가 사는 곳과 더 가까운 인디애나 주로 갔습니다. 그 이후론 그가 어디에 살고 있는지 소식을 듣지 못했습니다. 그가 책을, 아이들을 위한 동화책을 냈다는 건 알고 있습니다. 누군가가 AFSA 친목 행사에 그 책을 가지고 왔을 때 우리 옛 동료들이 아이처럼 활짝 웃는 모습을 부인도 보셨으면 좋았을 텐데요. 우리의 래빗이 책을 출간한 작가라니!

유감스럽게도 그에게 연락할 주소를 가지고 있진 않지만, 그에 대한 마지막 소식을 들었을 때 그가 잘 지내고 있었고, 책을 출간했다는 사실을 당신도 알고 싶어하실 거라 생각했습니다. 그리고 래빗의 주소는 없지만, 여기 해리 밴스의 주소를 보냅니다. 그는 래빗보다는 훨씬 더 연락하기 쉬운 사람이지요. 해리는 옥스퍼드에 교수로 재직중입니다. 런던에서 그리 먼 곳은 아니지요, 안 그런가요?

진심으로 행운을 빕니다, 던 부인. 그리고 래빗을 다시 보게 된다면, 꼭 제 안부를 전해주십시오.

아메리칸 필드 서비스 협회

중서부 지부 총무,
빌리 '리글스' 로스 드림

에든버러
1940년 9월 24일 화요일

밴스 선생님께,

제 어머니 엘스페스 던 부인을 대신해 이 편지를 씁니다. 어머니는 오래전에 알고 지냈던 데이비드 그레이엄 씨의 소재를 지금도 계속 수소문하고 다니세요. 저는 선생님의 주소를 아메리칸 필드 서비스 협회의 빌리 로스 씨에게서 전해 받았습니다. 로스 씨는 선생님께서 그레이엄 씨의 현재 연락처를 아실 거라고 생각하시더군요.

부탁드립니다. 어떤 소식이라도 제게 알려주신다면 기쁘겠습니다. 어머니는 꽤 오래전부터 그레이엄 씨를 찾고 계십니다. 선생님께서 생각하시는 것 이상으로 저희는 감사드릴 것입니다.

마거릿 던 드림

옥스퍼드
9월 27일

던 양께,

데이브의 주소를 보내야 할지 한참 고민했어요. 그는 오랫동안 은둔 생활을 해와서 자신의 사생활을 소중히 여깁니다. 그러나 그는 불행하다 싶을 정도로 너무 오랫동안 혼자 지내왔습니다. 너무도 오랫동안 과거를 바꿀 수 있기를 바라며 지내왔어요.

그의 주소를 적어 보냅니다. 그는 런던에 살고 있습니다. 랭엄 호텔에서 모퉁이를 돌면 있는 아파트에서요. 그는 늘 런던이 추억으로 가득찬 곳이라고 말했지요.

해리 밴스

27장

엘스페스

스카이 섬

1919년 5월 1일

데이비드에게,

아마 이 편지를 받고 놀랐겠지만, 새 시집이 출간되었는데 내가 한때 내 '팬'이었던 사람을 어떻게 잊을 수 있겠어요?

지난 이 년 동안 당신에게서 소식을 듣지 못했기에 당신이 이 세상 어디에 있는지 난 알지 못합니다. 이 소포를 당신의 부모님 집에 보내면서 어떻게든 당신에게 닿기를 바라고 있습니다.

전쟁이 끝난 후 당신은 어떻게 지내고 있나요? 이언이 집으로 돌아오고 나서 포로수용소에 있는 당신에게 편지를 썼지만, 당신은 한 번도 답장을 하지 않았죠. 건강하게 잘 지내고 있나요?

무척 이상한 일이긴 하지만 몇 달 전 부모님 집 맞은편 길에 당신이 서 있는 걸 본 것 같았어요. 내가 잠깐 아래를 내려다보는 사이에 그 모습은 사라졌죠. 이 섬에는 정령과 추억의 유령들이 산다는 걸 당신도 알고 있죠, 그렇지 않나요?

이언은 최근에 세상을 떠났어요. 페스튀베르에서도, 독일군의 포로수용소에서도 살아남아 탈출에 성공했는데, 결국 집에 돌아와 자신의 침대에서 독감으로 죽고 말다니, 정말 아이러니해요. 돌아온 이후 건강이 좋은 편은 아니었지만, 너무 쉽게 병에 걸리고 말았어요. 그렇게 되었을 때 아주 많이 놀라지는 않았습니다.

난 그가 죽을 때를 기다렸다는 생각이 들어요. 그는 늘 자신이 동료들과 함께 페스튀베르에서 전사했어야 했다고 생각했어요. 집에 돌아왔지만 상황은 예전 같지 않았고, 그는 자신이 있어야 할 곳에 있다고 느끼지 못했던 것 같아요. 무엇을 해야 할지 몰라했는데, 특히 나와 관련해서 더 그런 것처럼 보였어요. 우리는 노력했어요. 정말로요. 데이비. 모든 게 달라졌지만 우리는 노력했어요.

나는 오랫동안 전혀 시를 쓰지 못했어요. 「휴식」이 내가 쓴 마지막 시 중 하나였죠. 문제가 무엇인지 찾지 못하다가 결국 깨달았어요.

바로 당신, 데이비였어요. 당신 때문이에요. 당신 없이 내 삶에 시는 없어요. 당신은 늘 나의 뮤즈였어요. 그대를 만나기 전, 나는 펜으로 시를 썼고 독자들은 그 시를 사랑했습니다. 그 시는 그들에게 의미를 지녔었죠. 그러나 당신을 만나고 나서 난 내 영혼으로 시를 썼고, 나는 그런 시를 사랑했습니다. 그 시는 내게 세상을 의미했어요.

나는 현재 당신의 삶에 대해 전혀 몰라요. 당신에게 마지막으로 소식을 들은 지 이 년이 되었어요. 혹시 결혼해 당신에게 가족이 생겼을 수도 있겠죠. 하지만 난 당신의 선례를 따르려고 합니다. 눈을 감고 단숨에 참호 벽을 뛰어넘으려고요.

데이비, 난 당신 없이는 존재할 수 없어요. 당신이 없다면, 난 존재할 수 없습니다. 전쟁이 벌어지는 동안 우리가 했던 약속, 그리고 함께 꿈꿔온 것들을 모두 기억하나요? 내게로 와 그 모든 걸 다시 해줘요.

우린 당신이 원하는 곳은 어디든 갈 것이고, 당신이 원한다면 어디에서든 살 거예요. 에든버러? 스카이 섬? 일리노이 주 어배나? 당신이 내 곁에 있다면, 난 어디든 갈 수 있어요. 당신의 아내든, 정부든, 연인이든 뭐든 될 거예요. 내가 당신의 사람이기만 하다면.

난 내 집의 문을 닫아걸고 에든버러로 향하고 있어요. 핀레이 오빠가 떠난 이후로 어머니에겐 무엇 하나 제대로 되는 일이 없었어요. 내가 떠나면 오빠가 돌아올지도 몰라요. 어머니를 위해 적어도 그 정도는 할 수 있어요. 당신이 에든버러로 와주겠어요? 나를 데리러 와줄래요?

매일 아침 세인트메리 성당에 가서 당신을 기다릴게요. 당신이 언제 이 편지를 받을지 모르겠지만, 기다리겠다고 약속해요. 얼마나 오랜 시간이 걸리든, 매일 아침 기다릴 거예요. 당신이 아닌 이언이 집에 들어섰을 때, 난 당신을 포기하고 말았어요. 이제 다시는 당신을 포기하지 않을 거예요.

한순간도 당신을 사랑하지 않은 적이 없어요, 데이비.

수

28장

❧

마거릿

에든버러

1940년 10월 1일 화요일

그레이엄 선생님께,

선생님께서 저를 주제넘다고 생각하지 않으시길 바라면서도 저는 선생님의 책『사랑하는 아이들을 위한 가장 사랑하는 이야기들』을 읽고 얼마나 큰 감동을 받았는지 말씀드리기 위해 편지를 쓰고 싶었습니다. 동화를 즐겨 읽던 어린 시절은 한참 지났지만, 무언가가 페이지 속 단어들 너머에 있는 걸 제게 보여주었습니다. 이야기들은 모두 그 아래에 또다른 이야기를 숨기고 있더군요. 분명 우화이면서도 마력과 시정詩情이 담겨 있었어요. 그저 아이들만을 위한 이야기가 아니었습니다.

저는 특히 책의 마지막 이야기, 「어부의 아내」에 매료되었습니다. 너무나 생생해 마음으로 쓴 이야기라는 느낌이 들었습니다. 사랑을 찾아 더듬더듬 나아가지만, 결국엔 사랑이 우리 생각보다 단순한 무엇임을 깨닫게 되는 우리네 삶과 얼마나 닮아 있는 이야기였는지 모릅니다.

「어부의 아내」 결말을 바꾸신 것도 흥미로웠습니다. 원래 이야기는 어부가 안전하게 해안가로 떠내려가도록 물의 요정이 스스로 희생하는 것으로 끝났었는데요. 매우 숭고한 결말이었죠. 그러나 이번에 출간된 이야기에서 물의 요정은 루신다의 사랑을 얻고자 끝까지 노력했습니다. 요정은 그녀가 자유의지로 그를 선택할 수 있는 기회를 주었어요. 어쩌면 이전 결말만큼 숭고하지 않을진 모르지만, 회한과 희망에 젖어 있다는 면에선 현실적이었어요.

물론 책 속 이야기들이 선생님께서 쓰신 유일한 글은 아니지요. 이십 년도 더 된 과거에 선생님께서는 편지로 사랑 이야기를 쓰셨어요. 동화처럼 마법 같은 사랑 이야기, 사실이었기에 더욱 마법처럼 느껴지는 이야기였죠. 하지만 결말이 없는 이야기였어요. 어느 숭고한 순간에 그 이전에 일어난 모든 순간들에 대한 질문을 남긴 채 갑자기 중단된 이야기였죠. 이십삼 년이 지난 후에도 여전히 남아 있는 질문을요.

선생님께서는 그 이야기의 결말을 내주시겠지요. 선생님은 제가 알고 있는 최고의 작가 두 분 중 한 분이시거든요.

존경의 마음을 담아,

마거릿 던

잉글랜드 런던

1940년 10월 5일

친애하는 던 양께,

내가 처음으로 저 세 단어를 썼던 게 한 생애 전의 일인 것만 같
군요. 당시의 삶은 나로 하여금 바다를 건너게 하고, 참호들을 뛰
어넘고, 지옥에 갔다 돌아오게 했어요. 그러나 '숭고한 결말'을 쓰
는 일이야말로 단연 가장 어려운 일이었습니다. 내가 마음을 바꾼
건 그리 놀랄 일이 아니지요.

그 이야기의 초고 원고는 단 한 부뿐입니다. 그녀는 어떻게 지내
고 있나요?

데이비드 그레이엄

에든버러

1940년 10월 8일 화요일

그레이엄 선생님께,

그녀는 궁금해하고 있답니다. 지난 이십삼 년 동안 선생님께서
왜 편지 쓰는 걸 중단했는지 궁금해하고 있어요. 이언이 집에 돌아
온 후 보낸 편지들에 왜 선생님이 답장을 하지 않았는지. 왜 사라
진 건지.

엄마는 선생님에 대해서나 제가 태어나기 전 엄마의 삶에 대해 제게 말씀하신 적이 없어요. 그러나 어깨에 놓인 회한의 무게, 그토록 오랜 세월 궁금해하고 기다린 그 무게를 저는 가늠할 수 있었습니다. 이번 전쟁이 엄마를 흔들어놓았어요. 그로 인해 지난 전쟁을 떠올리게 되었다고 말씀하셨어요. 엄마가 얻었고, 엄마가 잃었던 것을 떠올리게 되었다고요. 엄마는 제게 말씀하셨어요. 전쟁은 충동적이라고. 그리고 선생님은 그저 유령으로만 남게 되었다고.

제가 낯선 타인이나 다름없는 분께 이렇게 편지를 쓸 입장은 아닌 듯하지만, 제게 선생님은 아는 분처럼 느껴집니다. 지난 전쟁이 끝난 이후 줄곧 벽 속에 봉해놓았던 엄마의 모든 편지를 다 읽고 난 후부터는 말이지요. 비록 우리가 한 번도 만난 적은 없지만, 저는 선생님을 이해합니다. 저는 꼭 선생님처럼 무모하고, 두려움이 없으며, 이 세상에서 제가 있어야 할 곳을 찾고 있거든요. 하지만 주저하던 마음은 이해가 되는데, 뒤도 돌아보지 않고 떠난 것은 이해가 가지 않습니다. 왜 그러셨던 건가요?

마거릿 던 드림

잉글랜드 런던
1940년 10월 11일

마거릿에게,
나는 그녀에게 편지 쓰는 걸 중단한 적이 없어요. 결코 그럴 수

없었어요. '숭고한 결말'을 쓴 순간, 바로 후회했어요. 연이어 그
녀에게 편지를 썼지만 답장을 받지 못했습니다. 남편이 집으로 돌
아왔는데 뭐하러 굳이 답장을 쓰려 했겠어요? 그들에게 두번째 기
회가 생겼는데요? 그녀에게 당신이 생겼는데, 내게 뭐하러 답장을
쓰려 했겠습니까?

그 이후로 그녀는 내게 편지를 쓰지 않았지만, 그는 썼어요. 이
언이 내게 그만 멈춰달라고 청하더군요. 다시는 편지를 쓰지 말아
달라고요.

그가 돌아온 이후로 그녀는 행복하다고, 그가 말하더군요. 그들
은 다시 시작했고, 모든 게 잘되어가고 있다면서요. 그녀가 그토록
바라던 첫아이도 보게 되었다고 했어요. 그러자 이해가 되더군요.
그녀가 뭐하러 나 같은 어린애를 원하겠어요? 자리도 잡지 못한
어린애를? 그녀가 바라던 대로 가정에 헌신할 마음이 되어 있지
않았던 어린애를? 이언이 집에 돌아와 기뻐하는 게 당연했어요.

그래도 얼굴을 보고 직접 사과를 하려고 했었어요. 이언은 내가
그녀와 다시 이야기하는 것을 원치 않았고, 그녀 또한 나와 이야기
하는 것을 원치 않을지 모르지만 난 다시 한번 수를 만나고 싶었어
요. 휴전 이후 수용소에서 나왔을 때, 난 여기저기에 부탁해 여비
를 마련한 뒤 몰래 스카이 섬에 들어갔습니다. 그녀의 이야기를 들
어야 했으니까요.

누군가가 그녀의 부모님이 사는 집을 가르쳐주었어요. 그곳에
도착했을 때 나는 웃음소리를 들었습니다. 그래서 길가에 멈춰 섰
죠. 수의 웃음소리는 결코 잊을 수 없을 겁니다. 집의 뒤편을 보자,

그녀가 보였어요. 수는 이언과 어린 여자아이와 함께였습니다. 당신이었죠. 이언이 당신을 안아 빙그르 돌려 물줄기를 건너게 해주자 당신은 참지 못하고 웃음을 터뜨렸어요. 셋 다 크게 웃었죠. 나는 주저했어요. 아주 잠깐 수가 고개를 들었고, 나는 그녀가 나를 봤다고 생각했어요. 그때 당신이 다시 키득거렸고, 난 한 발짝도 움직일 수 없었어요. 행복한 가족의 한순간을 방해할 수는 없었으니까요. 나는 그곳을 떠났고, 다시는 그녀에게 연락하려고 하지 않았어요.

내가 수용소에 있는 동안 보낸 모든 편지에 수는 답장하지 않았어요. 이렇게 많은 시간이 흐르는 동안 그녀는 나를 찾으려고 하지 않았어요. 그런데 이제 와서 왜 지난 일을 들추는 거죠?

데이비드 그레이엄

에든버러
1940년 10월 14일 월요일

그레이엄 선생님께,

엄마가 간직한 모든 편지를 살펴봤지만, 선생님의 편지는 이언이 집에 돌아온 날 중단되었습니다. 엄마에게 편지를 썼다고 하셨죠? 그 편지들이 도착했다면 엄마는 왜 그것만 보관하지 않았을까요?

혹시 그 편지들을 보지 못한 것이라면요? 이언이 편지를 전부 불속에 던져버렸을지도 몰라요. 선생님은 단지 펜 하나로 엄마의 마음을 얻은 분이니, 이언이 뭐하러 편지들이 전달되도록 내버려 두었겠어요?

엄마는 선생님이 엄마에게는 언제나 단 하나의 사람이라고 말씀하셨어요. 엄마의 사랑, 뮤즈, 엄마의 시. 이언이 죽자 엄마는 선생님이 했던 방식으로 모험을 했어요. 편지를 보낸 뒤 행운을 빌었죠. 에든버러로 이사해 선생님이 올 때까지 매일 세인트메리 성당—두 분이 예전에 만났던 장소—에서 기다리겠다는 편지를 썼어요. 선생님은 올 테니까요. 편지를 받으면 선생님이 올 거라고. 엄마는 그럴 거라고 확신했어요.

얼마나 확신을 하시는지 지금도 그 자리에서 기다리고 계세요. 그 이후로 매일 그래왔던 것처럼요. 엄마는 선생님을 포기한 적이 없어요. 숭고한 결말에 동의하지도 않으셨을 거예요.

마거릿 던

잉글랜드 런던
1940년 10월 17일

마거릿에게,
그 오랜 세월 동안, 세인트메리 성당에서 기다렸다고요?
음, 그리 놀랍지는 않군요. 그녀에게는 늘 따개비처럼 끈질긴 면이 있었으니까요. 엘스페스는 어떤 것도 포기하는 법이 없었어요—나를 포기해야만 했던 때조차.

나는 그녀의 마지막 편지, 에든버러로 이사를 가겠다고 한 편지를 받지 못했어요. 이제야 그 편지를 찾았어요. 내가 전에 그 편지를 읽지 못했던 것은, 다름 아닌 나 자신의 외고집에서 비롯된 것이었습니다. 당신도 짐작하겠지만, 그녀는 그 편지를 자신의 마지막 책인 『혼돈으로부터』의 책갈피 속에 넣어 보냈군요. 혼돈으로부터. 이언을 설명하기에 딱 맞는 말인 것 같았어요. 이언은 참호와 포로수용소로부터 벗어났어요. 그리고 그의 경쟁자 하나를 철창 속에 남겨두었고요. 그는 집으로 돌아가 평화를 누렸죠.

이언과 내가 수용소에서 만난 순간부터 우리는 막다른 골목에 놓여 있는 것이나 다름없었어요. 그는 모든 걸 다 잃은 게 아니라는 걸—내가 수용소에 갇혀 있는 한—깨달았고, 나는 그녀의 남편이 살아 있는 한 엘스페스를 둘러싼 상황이 쉽지 않으리란 걸 깨달았죠. 이언이 집에 돌아오면 난 물러나겠다고 그녀에게 약속을 한 상태이기도 했고요.

난 몇몇 동료들과 탈출 계획을 세우고 있었어요. 우린 상의 안감과 담요와 시트의 일부로 '독일군 제복'을 만들었어요. 우리의 계획은 그 제복을 입고 문밖으로 그냥 걸어나가는 것이었죠. 대담했어요. 그때의 나는 그랬습니다. 이언이 그 계획을 알아채고 합류하길 원했어요. 다른 친구들 덕분에 내가 입을 열 필요는 없었어요. 그들은 이언에게 끼워줄 수 없다고 했죠. 그들이 "안 돼"라고 말했으니 난 따로 말할 필요가 없었어요.

하지만 그게 옳은 일이라고 생각되지 않더군요. 여기에서 나는 수에게 편지를 쓰며 그녀를 다시 보게 될 날을 꿈꾸고 있는데, 그녀의 남편은 그럴 수 없다는 걸 알고는 점점 더 내면으로 침잠해가고 있었어요. 또다시, 그는 포기했습니다. 그게 다 나 때문이라는 걸 알면서 그 모습을 그저 지켜보는 것은…… 난 그럴 수가 없었어요.

탈출 전날 밤, 나는 당신이 읽은 결말로 끝난 「어부의 아내」를 썼어요. 그리고 이언이 집에 돌아오면 내가 방해가 되는 일이 없도록 하겠다는 약속을 상기시키는 편지 속에 그 이야기를 접어넣었어요. 가짜 제복에 그 편지와 이야기를 끼워 이언의 베개 밑에 놓아두었습니다.

그가 스카이 섬에 도착하고, 수가 무슨 권리로 우리가 그녀에 대한 결정을 내리는 거냐고 반문한 편지를 받고 난 뒤에야 난 내가 한 일에 의구심을 갖기 시작했죠. 난 그녀에게 편지를, 오, 수없이 썼습니다. 이언이 내게 그만 쓰라고 할 때까지 계속 썼어요. 그녀가 신경쓰지 않는다는 말을 들을 때까지.

내가 왜 그의 말을 믿었을까요? 나도 모르겠어요. 그녀가 그와 함께 있는 집에서 행복하다는 말이 이해되었어요. 그는 단지 그녀와 함께하기 위해 아주 많은 일들을 헤치고 살아남았으니까요. 그는 혼돈으로부터 벗어났으니까요. 그리하여 그녀의 책 제목이 된 것이고. 그래서 나는 이언에 대한, 이언을 위한 책을 읽을 수가 없었어요. 그는 세상의 모든 것 가운데 내가 가장 필요로 하는 한 가지를 내게서 앗아갔습니다.

그러나 내가 틀렸어요. 그녀는 내게 다시 편지를 썼던 거로군요. 「휴식」이라는 시가 실린 페이지에 끼워놓은 편지만이 아니었어요.

책 한 권 전체를 내게 쓴 것이었어요. 『혼돈으로부터』의 모든 시가—수줍게 피어나 열망하다 그리워하는 것까지—우리에 관한 것이었어요. 수십 년 전에 그 책을 열어보았다면 그녀가 나를 단념하지 않았다는 것을 알았을 텐데. 붉은 벽옥색 가죽으로 장정된 책 속에 묶여 있는 그녀의 마지막 간청, 그녀의 마지막 기도를 알았을 텐데. 그녀는 결코 잊은 게 아니었어요.

나는 그저 그 책을 열어, 그녀가 수년 동안 나를 위해 쓴 모든 것을 읽기만 하면 되는 거였는데. 그러나 난 그렇게 하지 않았어요. 또 한번 나는 그녀의 기대를 저버렸어요. 또다시, 가장 중요한 순간에 스스로 겁쟁이란 것을 증명했군요.

데이비드

에든버러
1940년 10월 19일 토요일

친애하는 데이비드,
편지 사본에서 부치지 않은 편지 한 통을 발견했어요. 엄마는 이언이 집으로 돌아오던 그날, 그 편지를 쓰고 계셨어요. 한 통의 편지가 다른 모든 편지들보다 더 많은 얘기를 들려주는 것 같습니다. 그 편지를 읽고, 에든버러로 와주세요. 그 편지를 읽고 우리가 있는 집으로 와주세요……

사랑을 담아,

마거릿

스카이 섬
1917년 8월 10일

데이비에게,

내가 오랫동안 편지를 쓰지 못했다는 건 알지만, 날 믿어줘요.
그럴 만한 이유가 있었어요. 내가 당신에게 고백하려는 것 때문
에 당신이 화낼 수도 있겠지만, 부디 화내지 말아요. 이유가 있
었어요. 당신에게 아기를 잃었다고 말했었죠. 하지만 어머니가
말씀하시듯, "잃어버린 것은, 언젠가 다시 찾을 수도 있는 법"이
지요. 난 유산하지 않았어요, 데이비. 난 아기를 낳았어요.

지우려는 시도를 하기는 했었어요. 당신의 죽음을 알리는 해
리의 편지를 받고 나서 나는 내가 꾸릴 수도 있었던 가족에 대
한 기억을 떠올리며 내 기대를 무너뜨리는 존재를, 나를 낙담하
게 만드는 존재를 원하지 않게 되었어요. 그래서 지우려고 노력
했어요. 임신중에 해서는 안 된다는 것들을 모두 다 해봤어요.
유리 닦기, 자살자의 무덤 위 걷기, 설익은 자두 먹기, 밖에 나가
초승달 아래 서 있기, 뜨거운 물에 목욕하며 위스키 마시기. 하
지만 어떤 것도 효과가 없었어요.

그러고 나서 당신이 살아 있다는 걸 알게 됐고, 모든 게 완벽
했어요. 내게는 아기가 있었고, 데이비가 있었죠. 하지만 당신이

전에 어떤 느낌을 받았었는지, 아빠가 된다는 생각을 얼마나 두려워했는지 기억이 나더군요. 나 역시 엄마가 된다는 것이 얼마나 두려운지 인정할 수도 없었고요. 그래서 당신에게 말하는 것을 미뤘어요. 그후에도 미루고. 그리고 다시 미루고. 그러다가 결국 내 거짓을 고백하게 되면 순전히 지어낸 이야기처럼 들릴 수밖에 없는 지경에 이르렀어요. "소포로 보낸 음식 맛있게 먹어요. 아 참, 그런데 어제 아기를 낳았어요."

당신에게 말했더라면 좋았을 텐데. 아기를 낳을 때 당신이 내 곁에 있기를 바랐어요. 당신이 내 이마에 키스해주며 내가 잘해낼 거라고, 내가 당신의 용감한 여인이라고 말해주길 바랐어요. 그대의 딸을 안아주기를, 아기가 눈을 떴을 때 처음으로 보는 사람이 당신이기를 바랐어요.

난 아기에게 '진주'를 뜻하는 마거릿이란 이름을 지어주었어요. 우리 아기는 정말 보물 같은 아이예요.

하지만 주변 상황은 힘들어지고 있어요. 데이비, 난 거짓말을 할 수 없어요. 이웃들이 모두 알고 있으니까요. 그들은 내 미망인 상복 아래에서 배가 불러오는 것을 지켜보며 입을 가리고 수군거렸어요. 몇 년 동안 미국에서 오던 편지와 엘스페스 던이 배위에 오르던 세 번의 심상치 않은 날을 본 적도 있고요. 이언의 죽음을 알리는 편지가 온 지 일 년 만에 아이가 생겼는데도 그들은 놀라지 않았어요.

나는 떠날까 생각중이에요. 마거릿을 등에 업고 마지막으로 배에 오르려고요. 스카이 섬을 떠나면 사람들의 수군거림을 피

해 아이를 키울 수 있으니까요. 스카이 섬을 떠나면, 핀레이 오
빠가 돌아올지도 모르고요. 어머니는 오빠를 무척 그리워하세요.
　당신은 에든버러의 아파트가 집처럼 느껴진다고 말했었죠. 우
리가 그곳을 우리의 집으로 만들 수 있지 않을까요? 마거릿이
있는 집으로 오세요, 내가 있는 집으로 오세요. 당신의 가족이
기다리는 집으로 오세요, 데이비.

기다리며,

수

29장

엘스페스

에든버러

1940년 10월 25일

어머니,

마거릿이 내 삶의 제1권을 찾고 있는 동안, 나는 줄곧 내 삶의
제2권을 기다리고 있었어요.

런던에서 돌아오는 기차에서 난 그것으로 충분하다고 결정했어
요. 더는 기다리지 않겠다고. 더이상 제2권은 없다고. 그 기다림으
로 인한 결과가 어땠어요? 성당에서 기다린 구천 일, 과거를 알지
못하는 딸, 과거를 알고 싶어하지 않는 오빠. 내게는 열차에서 곁을
지켜주는 핀레이 오빠가 있었고, 또 편지를 가지고 뒤따라오는 마
거릿이 있었어요. 그 둘은 유령을 기다리는 일보다 더 중요했고요.

하지만 핀레이 오빠가 에든버러까지 날 바래다주고 떠났을 때,

난 내가 한 약속을 모두 잊었어요. 나도 모르는 사이에 발은 평소대로 세인트메리 성당으로 향했어요. 고개를 들어 조각된 문을 보고도 놀라지 않았고요. 내 기다림이 중독인지, 습관인지는 모르겠지만 단지 대담한 몇 마디 말로는 멈출 수 없었어요.

수요일에도 나는 그곳에 있었어요. 표지 안쪽에 어린아이의 둥근 필체로 "데이비드 그레이엄"이라고 써놓은 작은 갈색 성경책을 무릎에 얹은 채 평소 앉는 신도석에 앉아 있었어요. 늘 그랬던 것처럼 그의 이름 끝에서부터 반대 방향으로 '데'까지 따라 썼고, 늘 그랬던 것처럼 이번이 마지막이라고 약속했어요. 구천 일은 많은 나날이지만, 만 일은 지나치다고. 나는 끝내야만 한다고. 그런데, 엄마, 그날 저녁 난 유령을 보기 시작했어요.

불과 조금 전, 성당 앞 요크 플레이스를 건너는데, 바로 그곳에서 한 남자와 마주쳤어요. 그런데, 오, 엄마, 내 심장이 뛰었어요.

그 똑같은 모랫빛 머리, 똑같이 구부정한 어깨, 입으로 서서히 가져가는 똑같은 엄지손톱. 겨울날 언덕처럼 갈색빛이 도는 녹색 눈. 내 영혼을 걸고 바로 그였다고 맹세할 수 있을 것 같았어요.

하지만 버스가 경적을 울리며 덜컹거리며 지나갔고, 그 사람은 모자를 만지며 서둘러 거리를 건너갔어요. 나는 어떻게 또 이런 착각을 할 수 있는 걸까 생각하느라 그 자리에 조금 더 서 있었고요. 전 그였다고 확신했거든요. 그렇지만 정전이 된 거리가 더 어두워지기 전에 서둘러 집으로 가려는 차들이 내 주위에서 방향을 틀었고, 저는 포기해야 한다는 걸 알았어요.

성당에서 성경에 쓰여 있는 이름을 손가락으로 따라 쓰며 이번이 마지막이라고 맹세했어요. 엄마, 정말 진심이었어요.

성당 안이 어두워질 때까지 앉아 있는데, 누가 옆자리에 살그머니 앉더군요. 초록색 새 모자를 쓴 마거릿이었어요. 집을 떠난 그 애가 벌써 그립던 참이었어요. 지난주에 폴이 휴가를 받았을 때 둘은 결혼했어요. 간단한 결혼식에, 보더스로 떠난 더욱 간소했던 신혼여행, 그리고 이제 그애는 제 집의 주인이 되었죠. 그날 밤 내 옆자리에 앉으며 그애는 비밀스러운 미소를 지었어요.

"전해줄 게 있어 왔어요." 그녀는 빳빳한 사각형의 봉투를 성경책 위에 놓았어요. "속달우편."

편지 봉투였어요. 내 삶에는 늘 편지 봉투가 있었어요. 저는 겉면에 쓰인 이름을 보기도 전에 떨기 시작했어요.

수에게.

손이 떨려서 두 번이나 떨어뜨린 후에야 봉투의 덮개 아래로 손가락을 넣을 수 있었어요. 난 봉투를 거의 반으로 찢고 말았어요.

종이 한 면에 연필로 쓴 편지는 짧았지만, 그 필체는 내 것만큼이나 낯익었어요.

잉글랜드 런던

1940년 10월 23일

사랑하는 수,

우리는 편지로 시작했고, 편지로 끝을 맺었죠.

어쩌면 편지로 다시 시작할 수 있지 않을까요? 그대에게 들려줄 이십삼 년간의 이야기가 있는데, 지면이 충분하지 않네요.

한순간도 당신을 사랑하지 않은 적이 없어요.

데이비

단어들이 흐릿해졌어요.

마거릿이 내 손을 잡았어요. "엄마……" 그러고는 성당의 뒤쪽을 향해 고개를 끄덕였어요.

사람들은 스코틀랜드 하일랜드의 아가씨는 유령을 본다고들 생각해요. 엄마가 그렇게 말씀해주셨죠. 그런데 그가 통로의 촛불 속으로 걸어들어왔을 때 숨이 턱 하고 막히더군요. 내가 예상했던 모든 시나리오 중에 그런 장면, 그런 장소, 그런 때는 없었어요.

바로 그였어요. 놀라서 휘둥그레진 그 눈. 엄지손톱은 이미 입속으로 서서히 들어가고 있었고요. 우리가 만났던 그날 그랬던 것처럼 그가 날 보고 있었어요. 나의 데이비. 오, 엄마, 그가 왔어요. 그가 왔어요.

겨울날의 언덕처럼 갈색빛을 띤 녹색 눈이 내 눈에서 시선을 떼지 않고 있었어요. 거울 속에 비치는 나 자신. 갑자기 저는 단 하루도 나이를 먹지 않은 것 같은 느낌이 들었어요.

내가 일어서자 작은 성경책이 무릎에서 떨어졌어요. 편지는 손에서 구겨져 있었고요. 나는 마거릿과 함께 그를 향해 걸어갔고, 전쟁, 그리고 세상의 다른 모든 일들은 기억 속에서 다 사라졌어요.

"안녕, 수." 그가 손을 내밀었어요. "내가 여기 있어요."

나는 그의 팔에 안겼어요. "왔군요. 데이비. 당신이 왔군요."

감사의 말

『스카이 섬에서 온 편지』의 초고는 가족들이 모두 잠든 늦은 밤에 몰래 썼지만, 많은 이들의 응원과 격려가 없었다면 지금 이 자리까지 오지 못했을 것이다.

내 소설이 세상에 나올 수 있도록 원고를 읽고 도와준 브린 그린우드와 크리스틴 로버츠를 비롯해 많은 분들에게 고마운 마음을 전한다. 일레인 골든은 소설의 완벽한 마지막 문장에 영감을 주었다. 수 레이본과 루이즈 브레넌은 등장인물들에게 어울리는 적절한 언어를 찾는 데 도움을 주었다. 리처드 부주아는 바다 괴물에 대한 이야기를 포함해 여러 읽을거리를 보내주며 응원해주었다. 케이트 랭턴은 나에 대한 굳은 믿음을 보여주었다. 내가 정말 해냈어. 격식 없는 편안한 분위기, 따뜻한 격려, 그리고 치즈 스콘과 함께하는 에든버러의 글쓰기 모임 내노빈스에 감사의 마음을 전한다. 에든버러를 떠난 이후로, 터무니없는 생각도 서로 나누고 격려

하는 우정 어린 모임을 만들고자 노력해왔다. 이곳에서도 작가들의 열정으로 가득한 내노빈스 같은 모임을 꾸릴 수 있다면 바랄 게 없겠다.

악기의 공명판처럼 언제나 반응을 보여주고 격려해준 친구, 대니엘 루워렌즈는 데이비를 사랑에 빠질 수밖에 없는 남자 주인공으로 그리는 데 도움을 주었다. 도움이 필요할 때 늘 곁에 있어준 리베카 버렐, 내가 어떻게 그녀보다 먼저 책을 썼는지 여전히 모르겠다.

나의 에이전트 코트니 밀러 캘리핸은 대단한 자신감으로 나와 계약을 맺고 확신에 차서 이 책을 세상에 내보냈다. 편집자 제니퍼 E. 스미스는 내 언어로 표현된 이야기를 나와 같은 시점에서 바라봐주고, 그 이야기가 필연적으로 지금과 같은 소설로 거듭날 수 있도록 도와주었다. 랜덤하우스/밸런타인 북스의 모든 관계자분들, 특히 지칠 줄 모르는 부차권 부서 분들에게 감사의 마음을 전한다.

나를 언제나 믿어준 부모님과 자매 베키에게도 감사하다. 내가 가족들에게 자랑스러운 사람이 되었기를 바란다. 내가 빨래하는 것을 깜빡 잊어도 인내심을 갖고 이해해준 엘런과 오언에게 고맙다고 말하고 싶다. 사랑해. 마지막으로 짐에게는 스코틀랜드를 비롯해 전부 다 고마운 마음이다.

엘스페스와 데이비가 내게 그러듯 다른 사람들에게도 실존 인물처럼 생생하게 느껴지다니 여전히 놀라울 따름이다. 그들을 생생하게 그려낼 수 있도록 도움을 준 모두에게 진심으로 고마운 마음을 전한다.

누군가에게 마음을 주고는
영원히 잃어버린 사랑 이야기

누군가에게 마음을 주었다가 돌려받지 못한 경험이 있나요? 번역자가 미지의 독자에게 건네기에는 너무 내밀한 질문인 줄 알면서도 용기를 내봅니다. 얼굴을 보고는 차마 묻지 못할 질문도 글로 할 때는 마음속 빗장이 풀리는 것인지 과감해지는 순간이 있으니까요.

처음부터 끝까지 편지로만 이루어진 이 소설은 서로에게 마음을 주고는 영원히 잃어버린 사람들의 이야기입니다. 손으로 꾹꾹 눌러쓴 편지에는 무슨 특별한 마법이라도 있는지, 실타래처럼 꽁꽁 엉켜 있어 아무 말도 못 쓸 것 같다가도 어느새 한 가닥이 풀리기 시작하면 조금씩 이야기들이 풀려나옵니다. 소설 속 주인공들도 뒤늦게 편지의 마법을 깨닫습니다. 그들은 누구에게도 하지 못했던 내밀한 이야기를 주고받으며 서로의 영혼에 깃든 깊이와 폭을 엿보게 됩니다.

『스카이 섬에서 온 편지』를 통해 작가로서 첫발을 뗀 제시카 브록몰은 결혼을 계기로 미국 중서부에서 스코틀랜드로 이주해 오면서 가족과 친구들에게 편지를 쓰기 시작합니다. 단순히 국제전화 비용을 아끼기 위해 시작된 편지 쓰기였지만, 오래전부터 소설을 쓰고 싶다는 꿈을 간직했던 그녀는 편지라는 매체에 매료됩니다. 급기야는 사랑하는 사람들과 연락을 주고받을 수 있는 수단이 편지밖에 없던 시절을 배경으로 소설을 쓰고 싶다는 생각을 하기에 이릅니다. 막연했던 생각이 구체적으로 그려지기 시작한 것은 가족과 함께한 스카이 섬 여행에서였습니다. 미국 중서부의 드넓은 옥수수밭을 보고 자란 그녀는 바다로 둘러싸인 스카이 섬의 자연 풍광에 사로잡힙니다. 그리고 집으로 돌아오는 차 안에서 착상이 떠오릅니다.

"스코틀랜드의 시인과 미국인 팬에 관한 소설을 써보면 어떨까? 1차 대전이 일어나는 시대를 배경으로. 그리고 소설 전체를 편지로만 쓰는 거야!"

이렇게 세 문장의 착상이 떠오른 그날 밤, 그녀는 미국에 사는 무모한 대학생 데이비드가, 스카이 섬에 살며 시를 쓰는 엘스페스에게 보내는 편지를 써내려가기 시작합니다. 그렇게 해서 오랜 전통을 가진 서간체소설이 또 한 편 탄생하게 된 것이죠!

시인과 팬으로 정중하게 시작된 편지는 주고받는 횟수가 늘어가면서 솔직해지고, 두 사람은 있는 그대로의 자신을 드러냅니다. "연필로 쓴 한 획마다 감정이 그대로 묻어나와" 둘은 서로의 마음속 깊이 자리하게 됩니다. "편지지 위에 놓인 말들은 영혼을 적시고" 외로운 밤이면 그 사람이 써준 "말들을 이불 삼아" 덮고 잠들기도 하지요.

두 사람이 서로에게 물들어가는 과정을 지켜보는 것은 여느 로맨스 소설 못지않게 설레면서 긴장감이 있습니다. 하지만 이 소설의 재미가 사랑을 속삭이는 다른 누군가의 편지를 몰래 엿보다가 어느새 주인공들의 마음에 동화되는 것에만 있지는 않습니다.

스카이 섬의 언덕을 거닐며 시를 쓰는 이십대의 엘스페스와 1940년 에든버러에서 혼자 딸을 키우는 중년의 엘스페스가 번갈아 등장하는 구성은, 과연 그사이 그녀에게 무슨 일이 일어난 것인지 독자를 더욱 궁금하게 만듭니다. 더구나 중년의 엘스페스는 이십대의 일들을 "내 삶의 제1권"이라 부르며 봉해버리고는 다시는 열려 하지 않습니다. 엘스페스의 비밀을 푸는 것은 딸 마거릿입니다. 마거릿은 엘스페스의 오빠 핀레이가 비밀의 열쇠를 쥐고 있다는 것을 알게 됩니다. 그래서 마음에 큰 상처를 입고 아주 오랫동안 가족을 등진 채 살아온 삼촌에게 편지를 쓰기 시작합니다. 그리고 또 한번 편지의 마법이 시작됩니다.

참으로 고전적인 매체인 편지로 사랑을 말하는 이 소설을 번역하면서 내심 어떤 독자층이 이 책을 가장 좋아할까, 주요 독자는 당연히 손편지에 익숙한 세대가 아닐까 섣불리 예상해보기도 했습니다. 그런데 한창 번역을 하던 중, 그런 예상이 빗나갈 수도 있겠다는 생각이 들었습니다. 당시 오랜 세월을 함께한 노부부의 다큐멘터리가 극장가에서 조용히 파란을 일으키고 있었는데, 놀랍게도 이십대 젊은 관객층이 89세 할머니와 98세 할아버지가 주인공으로 나오는 이 영화를 많이 찾는다는 보도를 접한 것입니다. 카톡이나 문자로 가볍게 사랑을 시작하고 끝내기도 하는 세대라고 지레짐작해왔던 그들 또한 두 손을 꼭 잡고 한 방향을 오래오래 바라보는 사랑을 마음 한편에서 꿈꾸고 있었다는 뜻일까요? 표현 방식은 다를지라도 우리가 꿈꾸는 사랑은 세대를 넘어 비슷한 모습을 하고 있는지도 모르겠습니다.

이 소설의 마지막 장면은 사랑 앞에서 '쿨한' 척하던 오래된 위선을 벗기기에 충분했습니다. 꽤 오랜 시간이 흘렀는데도 마지막 장면을 우리말로 옮기던 때를 잊을 수가 없습니다. 뇌의 화학작용인 사랑의 유효기간이 삼 년이라는 둥, 사랑은 움직이는 거라는 둥, 사랑 앞에서 상처받지 않으려고 미리 벽을 쌓아놓아도 결국 우리가 꿈꾸는 사랑의 모습은 이러한가, 깊은 생각에 잠기게 만들지요. 작가 또한 어느 인터뷰에서, 엔딩 장면을 수도 없이 읽었음에도 읽을 때마다 울컥한다고 고백합니다. 저도 어쩌나 마음이 뜨거워지던지 숨을 고르며 한 자 한 자 옮겼던 기억이 깊게 남아 있습니다. 굳건하게 서 있던 건물이 순식간에 폐허가 될 수 있는 전쟁의 소용돌이 속에서도, 흔들리지 않고 무너지지 않는 무언가가 있음을 확인하는 것이 그토록 큰 감동으로 다가올 줄은 몰랐던 까닭이겠지요.

이 소설에서 빛나는 편지의 마법이 어느 간절한 순간 독자분들의 삶에서도 일어나길 바라며……

정서진

추신: 그러고 보니 제 삶에도 그런 편지의 마법이 일어났다는 것을 알려드리고 싶네요. 제가 보낸 팬레터 한 장을 계기로 졸지에 마감 때마다 아주 까칠해지는 번역가의 남편으로 살아가게 된 그에게 이 지면에서 심심한 감사와 위로를 전하는 것을 특별히 이해해주시길……

옮긴이 **정서진**

숙명여자대학교에서 독문학을 공부하고 이화여자대학교 통역번역대학원에서 한영번역을 전공했다. 현재 전문 번역가로 활동하고 있다. 옮긴 책으로 『신이 토끼였을 때』 『대지의 아이들』 『스파이스—향신료에 매혹된 사람들이 만든 욕망의 역사』 『식량의 제국』 『미식 쇼쇼쇼』 등이 있으며, 연극 〈아메리칸 환갑〉(공역)과 〈외계인들〉을 번역했다.

문학동네 세계문학
스카이 섬에서 온 편지

초판인쇄 2017년 4월 18일 | 초판발행 2017년 4월 28일

지은이 제시카 브록몰 | 옮긴이 정서진 | 펴낸이 염현숙
기획 이현자 | 책임편집 윤정민 | 편집 이봄이랑 오영나
디자인 김마리 이원경 | 저작권 한문숙 김지영
마케팅 우영희 정진아 김혜연 | 홍보 김희숙 김상만 이천희
제작 강신은 김동욱 임현식 | 제작처 영신사

펴낸곳 (주)문학동네
출판등록 1993년 10월 22일 제406-2003-000045호
주소 10881 경기도 파주시 회동길 210
전자우편 editor@munhak.com | 대표전화 031) 955-8888 | 팩스 031) 955-8855
문의전화 031) 955-8896(마케팅) 031) 955-2634(편집)
문학동네카페 http://cafe.naver.com/mhdn | 트위터 @munhakdongne

ISBN 978-89-546-4525-6 03840

www.munhak.com